KB158345

교실에서 온 편지

교실에서 온 편지

발 행 | 2015 년 2월 28일

엮은이 | 김종건
펴낸이 | 신중현
펴낸곳 | 도서출판 학이사
　　　　출판등록 : 제25100-2005-28호
　　　　주소 : 대구광역시 달서구 문화회관11안길 22-1(장동)
　　　　전화 : (053) 554~3431,3432
　　　　팩스 : (053) 554~3433
　　　　홈페이지 : http : // www.학이사.kr
　　　　이메일:hes3431@naver.com

저작권자 ⓒ 2015, 김종건
이 책의 저작권은 저자에게 있습니다. 저자와 출판사의 허락 없이
내용의 일부를 인용하거나 발췌하는 것을 금합니다.

ISBN _ 978-89-93280-92-0 03810

교실에서 온 편지

學而思 | 학이사

그대 있음에 난 행복했다

정년퇴임 준비를 하면서 나는 교직생활 40여년간 제자들로부터 받은 편지를 학교별 연대별로 정리하면서 새삼 놀랐다. 편지 받을 당시에는 어떤 기분이었는지 기억이 잘 나지 않지만 지금에 와서 편지들을 한 통 한 통 읽어 보니 애틋한 10대 소년 소녀적 감성으로 너무나 진솔하게 쓴 것이 많아서 내가 그 동안 아이들에게서 이렇게 많은 관심과 사랑을 받았었나하는 생각이 들어 감회가 새롭다. 난 참 '행복한 선생이다' 라는 생각과 함께 아이들의 애틋한 마음이 담긴 편지를 읽는 내내 마치 내가 아이돌 가수가 된 듯한 착각에 빠지기도 했다.

지금이나 그 때나 나는 박봉에 시달리며 박사과정 공부와 논문 준비, 학교 잡무 등으로 바쁘게 살아왔다. 때문에 학생들에게 최선을 다하지 못해 늘 미안하다는 생각을 많이 했는데, 편지를 정리하면서 내가 베푼 것보다 제자들로부터 몇 갑절 더 사랑을 받았구나 라고 생각하니 그저 고맙고 감사할 따름이다.

오늘날 많은 사람들이 '교사는 있어도 스승은 없고 학생은 있어도 제자는 없다'고 말하는 서글픈 현실 앞에 이렇게 따뜻한 가슴을 지닌 사랑스러운 제자들이 많다는 사실에 교사로서의 보람과 긍지를 느낀다. 평범한 교사인 나를, 늘 보고 싶어 하고 그리워하는 아이들의 애절하고 애틋한 편지 글을 이해관계 속에서만 살아가는 세상 사람들과 함께 공유하고, 나의 제자들을 자랑하고 싶어 이렇게 책으로 엮게 되었다.

돌이켜보면 지난 40여년의 교직 생활이 항상 행복하고 즐거웠던 것은 아니다. 때로는 내가 소속된 학교 교직원 간에 심각한 갈등과 대립이 있기도 했다. 그러나 그 어려운 시절 나를 믿고 지지해준 이는 뜻을 같이하는 동료교사들과 초롱초롱한 눈망울을 지닌 순수한 제자들이었다. 지금 생각해도 나에 대한 아이들의 무한 지지와 관심이 없었다면 교직생활을 지속하기가 어려웠을 것이다. 독선적인 학교운영에 대한 반발로 학교 관리자와의 불편한 관계가 지속되어 학교생활을 힘들어 할 때, 그 처진 어깨를 일으켜 세워준 이도 사랑스러운 제자들이었다.

격동의 70-80년대에 거짓과 위선에 흔들리지 않고, 억압과 획일화에 휩쓸리지 않고, 참교육 실천에 동참할 수 있도록 나를 이끌어 주신 건국대 김영철 선생님, 박병기 신부님께 감사하다는 말씀을 꼭 드리고 싶다. 이 밖에 저를 위해 옥고를 보내 준 지인들과 퇴임기념 '마지막 수업'과 출간을 위해 많은 도움을 준 정년퇴임 행사 준비위원들에게도 고마움의 인사를 드리고 싶다. 이번에 발간되는 퇴임기념 문집은 나에게 있어서 그 무엇보다 귀중한 자산이 될 것이다.

다시 태어난다고 해도 나는 아이들의 끼와 꿈을 마음껏 펼칠 수 있게 하고, 그들의 아픔까지 어루만져 주는 교사가 되고 싶다.

끝으로 내가 죽으면 나의 무덤에 배롱나무 한 그루를 심고 '종건당은 제자들을 사랑했다' 라는 작은 팻말 하나 달아주었으면 한다.

2015. 2. 28. 종건당 문학연구소에서

김 종 건

■ 차 례

제3부 : 교실에서 온 편지

제4부 : 종건당의 저널리즘

제1부
선생님들이 본 종건당

교실에서 온 편지

사제지간의 완성,
아름다운 동행

김영철
건국대 교수

김종건 선생님을 처음 만난 건 1981년 3월이었다. 새 학기로 분주한 가운데 국문과에 새로 들어온 학생들을 맞이했고, 그 가운데 김 샘(지면상 약칭으로 호칭)이 있었던 것이다. 일찍이 교대를 졸업하고, 구룡포읍에 있는 초등학교에서 학생들을 가르치다가 뜻한 바 있어, 다시 국문과에 들어온 것이었다. 말하자면 김 샘은 교사 학생이었던 셈이다.

아마도 국문과 진학은 본인이 꿈꿨던 학자로서의 꿈을 실현하는 동기였던 것 같다. 그것은 국문과 입학 후 김 샘의 열정적인 학문탐구에서 드러난다. 만학도였던 그는 연배가 한참 어린 학생들보다 학업과 학문탐구에 더욱 심혈을 기울였다. 편입이거나 전과로 들어와 대충 학점을 따고 졸업하는 여느 학생들과는 전혀 다른 모습이었다. 그 무렵 국문과에는 전과생들이 유별나게 많았던 바, 김 샘은 자신만의 학구열로 그치지 않고, 그들에게 자신의 학구열을 전파하여 모두 학구파로 만들어 놓았다.

그 계기를 마련한 것이 김 샘이 창시하고 주도한 '텐 서티 제너레이션(ten thirty generation)' 이라는 스터디그룹 이었다. 이 독특한 별칭은 '10시 반까지 도서관을 지킨다는 뜻' 에서 따 온 것이다. 말하자면 10시 반까지 도서관을 지키며 학구열을 불태우자는 모임이었다. 당시는 12시에 통금이 있어 10시 반이 공부할 수 있는 최대한의 시간이었던 것이다. 그 모임을 통해서 국문과는 편입생은 물론 전과생이 학문탐구에 전념하는 학구적인 학과로 일신되었다.

지도교수였던 필자도 이에 호응하여 그 해 겨울부터 원서반을 꾸려서 이론적 토대를 다지는데 일조하였다. 김 샘은 원서반 반장으로 반원들의 공부는 물론 후생 복지에도 열의를 쏟았다. 문학원론의 성경으로 불리는 르네 윌렉의 〈문학의 이론〉이 첫 번째 책이었다. 지금도 그 책에 묻어 있는 떡볶이 국물, 라면 국물을 보면, 간식을 곁들여 오손 도손 재미있게 공부하던 그 시절이 떠오른다. 대학원에서나 할 수 있는 원서공부를 대학 2학년 때 했으니, 학문에 대한 열정이나, 수준을 짐작할 일이다. 책거리로 맛있는 음식도 나눠 먹고, 원서반 여행도 다니고 했던, 참으로 행복한 시절이었다. 이 모든 것이 김 샘이 없었으면 불가능한 일이었을 것이다.

이러한 김 샘의 학구열이 하나의 불씨가 되어 학과 전반으로 확산되었고, 이후 학술발표회, 학술논문집 발간 등으로 이어졌다. 대구대 국문과에서 발행되던 학술지가 국회도서관의 학회

지에 소개될 정도였으니, 그 학문적 성취는 대단한 것이었다. 대학원도 아닌 순수 학부학생들의 연구와 논문이 일반 학술지로서 높은 평가를 받았으니 실로 기적 같은 일이었다. 이 모두가 김 샘이 일으킨 국문과의 학문적 혁명이었다. 실로 김 샘은 대구대 국문과의 학문적 위상을 바꾼 개혁자요, 선도자였다. 비유컨대 국문과의 학문의 길을 지켜준 외로운 등대지기였다. 지금 대구대 국문과의 학문적 전통과 기반은 김 샘에 의해서 이루어진 것이라 해도 과언이 아니다.

인간적인 면에서도 김 샘은 훈훈한 인정이 넘치는 형님이요, 선배였다. 넉넉지 못한 형편이지만 동기들이나 후배들의 밥자리나 술자리에서 아낌없이 호주머니를 털던 국문과의 영원한 스폰서였다. 이미 실직했으니 무슨 돈이 있었으랴. 그러나 아낌없이 후배들의 뒷바라지 역할을 했다. 하지만 책 사는 것만큼은 인색하지 않았다. 필요한 책은 꼭 사놓고, 나머지로 후한 인심을 베풀었던 것이다. 인정보다도 학문을 더 중시했던 김 샘의 선비로서의 모습을 엿볼 수 있다. 경제적 후원자 말고 인생 문제, 예를 들면, 사랑 문제나, 집안 문제 심지어 취업, 입대 문제까지 고민이 있으면 김 샘에게 와서 서슴없이 흉금을 털어놓고 조언을 구했다. 어떤 때는 지도교수인 내가 해야 할 몫을 해주어서 고맙고 미안할 때가 많았다. 그러다보니 오해도 생기어 한 후배 여학생이 짝사랑을 하는 바람에 곤혹을 치룬 적도 있었다. 이미 결혼까지 한 상태였는데 막무가내로 무모한 사랑을 호소

했던 것이다. 물론 냉정하게 대처하여 잘 수습되긴 했지만, 아무튼 동기, 후배들의 사랑을 온 몸에 받다 일어난 슬프고, 아름다운 일화 중의 하나다.

만학을 하여 필자와의 연배 차이가 얼마나지 않음에도 불구하고, 지도교수로 깍듯이 모시는 모습에서 때로는 미안하고 부끄러운 마음이 들었다. 하지만 무엇보다 관계를 중요시 여기는 예의범절, 덕목을 지키려는 군자로서의 모습을 엿볼 수 있었다. 나이를 초월하여 지도교수와 학생으로서의 기본관계를 지키려 했던 것이다. 나는 나대로 만학도로서 나이 많은 학생이라는 점을 늘 존중하려 했으나, 아마도 그냥 교수-학생이라는 단순한 틀로 결례를 많이 범했을 것이다. 그래도 김쌤은 나이를 표내지 않고 묵묵히 나를 따라주고, 존중해 주었다. 지금 퇴임을 앞둔 시점에도 그런 관계를 편안하게 이어주는 김 쌤에게 미안하고, 고마운 마음을 전한다.

나 역시 대학에 처음 발령받아 처음 만난 학생이니 선생으로서 첫사랑인지 모른다. 모름지기 선생으로서는 무엇보다 공부 잘하는 학생이 최고이니 학구열이 넘치는 김 쌤을 사랑하지 않을 수 없었다. 그것이 다른 학생들에게는 편애로 비치어 오해를 불러오기도 하였다. 연구실에 조교로 있던 학생이 김 쌤만 오면 '차 끓여라, 음식 준비해라', 그렇게 내가 종용했다면서, 지나치게 김 쌤만 챙겼다고, 졸업 무렵에 불평을 털어 논 것을 보니, 편애한 건 사실인가보다. 지도 교수로서 여러 학생을 놔두고 한 학생을 편애한 것은 잘못된 일이겠지만, 그래도 후회하지는 않는다. 의당 받아야 할 사랑이었고, 나로서는 늘 부족한 사랑이었으니까. 나도 김 샘을 만나며, 스승의 길이 무엇이고, 학문의 길이 무엇인지 깨달아 갔으니, 내게도 김 샘은 스승이었던 셈이다. 편애를 질투하고 오해한 학생이 있었다면, 그것이 오히려 자기발전의 자극이 되고, 동기가 되었을 것이다. 말하자면 김 샘과 나와의 사랑은 국문과를 위한 자그마한 불씨가 되고, 동력이 되었던 것이다.

그런 애제자 김 샘에게 씻지 못할 큰 죄를 지었다. 그저 내 욕심만으로 대구대를 떠났기 때문이다. 기둥처럼 나를 믿고 따르던 제자들에게 배신의 아픔을 겪게 했던 것이다. 학부 때 원서반을 통해, 학술 모임을 통해 학문의 기초를 닦게 하고, 그 열정을 대학원까지 잇게 했으나, 끝내 그 결실을 보지 못하고 홀연 대구대를 떠났던 것이다. 지금도 내 평생 씻지 못할 과오고, 실수였다. 학문적 결실을 맺으려는 중간에 지도 교수인 내가 떠남으로서 김 샘을 비롯한 제자들에게 큰 상처를 입혔으니 이런 배신이 어디에 있으랴. 하여 남은 제자들이 방황하고 미로를 헤매게 한 죄, 두고두고 씻어도 갚을 길이 없다. 그래도 김 샘은 묵묵히 학문에 정진하여 박사학위를 받고, 학계에 큰 기여를 하였다. 김 샘이 박사학위 받는 날 누구보다도 기쁘고, 뿌듯하였다. 하지만 학자로서, 교수로서 큰 길을 갈 수 있도록 옆에서 지켜주지 못한 죄, 부끄럽고 죄송할 뿐이다. 대구대 뿐 아니라, 전국

유수의, 아니 세계 최고의 학자로 우뚝 서도록 끝까지 지켜주지 못한 큰 죄가 있다. 이 자리를 빌어 김샘에게 용서를 빈다.

청출어람이라 했던가. 얼음은 물에서 나오지만 물보다 찬 법이다. 자고로 사제지간을 완성하는 세 가지 단계가 있다 하였다. 1단계는 교실에서 선생과 학생으로 만나는 일이고, 2단계는 인생의 동반자로, 친구로 만나는 것이고, 마지막 단계는 스승이 제자에게 배우는 단계이다. 나하고 김 샘은 충실히 3단계를 완성하였다. 81년 교실에서 선생과 학생으로 만났고, 졸업 후 인생의 친구로 만나고, 이제는 내가 김샘에게 배우는 단계에 와 있다. 하여 나는 김 샘을 통해 사제지간의 아름다운 만남을 완성한 복 받은 사람이다. 내가 내 스승에게 못한 숙제를 내 제자를 통해 이룬 것이다. 그런 점에서 김 샘과 나는 사제지간이 아니라 영원한 인생의 동반자요, 동행자이다. 그런 동행자를 만난 것은 내 인생의 큰 축복이요, 행운이다.

유년 시절
아름다운 추억

황상원
초등학교 친구

지난 주말, 나뭇가지마다 화려하게 머물던 가을이, 겨울을 재촉하는 가을비에 맥없이 나무 아래로 내려앉았다. 노랗고 붉은 옷들로 한껏 멋을 낸 채 공원 벤치 위를 잠시 머물다 거리로 이리저리 떠나가는 가을을 보며, 매년 겪는 지극히 평범한 귀향과도 같은 자연 순환의 일부가 새삼스러워 보이는 건, 일할 수 있는 공식적인 권리의 시효를 강제 당하거나 다 해, 스스로 위축되고 초라해진 감성 때문은 아닐까?

그런데 내 어릴 적 고우 김종건 선생의 명예로운 정년 퇴임소식을 접하면서, "그 친구 참 복 많은 친구야, 그 동안 수고에 대한 보람을 저렇게 누리면서 퇴임하는 친구가 우리들 중에 얼마나 될까? 그런데 벌써 그렇게 됐나?" 부러움과 함께 또 한 번의 아쉬움이 교차하는 조금은 우울한 기분으로, 어린 시절 함께 뒹굴며 보냈던, 어쩌면 평생을 마음 한 켠에 아름다운 추억으로 간직하며 살아가는, 아주 오래된 추억의 갈피를 들추어 보았다.

초등학교 2학년 겨울방학 때, 담임 선생님이 토끼 두 마리를 사가지고 오셔서 김 샘과 나에게 토끼풀 당번을 시키셨다. 지금이야 겨울에도 야채가 흔하지만 그 당시엔 추수가 끝나면 무청하나, 배추 한 잎도 겨울양식으로 갈무리를 하던 때라, 토끼풀은 겨우내 논 밭둑 밑 양지쪽에서 빨갛게 언 잎으로 어렵사리 겨울을 나는 씀바귀(우린 하얀 액이 나와서 젓때라고 불렀음) 뿐이었고 오전을 돌아다녀도 한줌을 겨우 뜯을 수 있을까 말까 하던 귀한 토끼풀을 장갑도 귀하던 시절, 빨갛게 언 손을 호호 불어가며, 겨울 방학 내내 둘이서 그렇게 토끼를 키웠다. 방학 중이라 어쩌다 마주친 담임선생님의 "이놈들 표창장 줘야겠네." 하시던 말씀에 우쭐해진 마음으로 추운 줄도 모르고 참 열심히 뜯어다 키웠다. 그런데 어느 날 그 토끼들이 소리도 없이 없어진 것이다. 나중에야 안 사실이지만 방학이 끝날 즈음 선생님의 입속으로 사라진 것이었다. 그 때 느꼈던 허탈감을 오십여 년도 더 지난 지금도 만나면 그 이야기를 하며 어린 시절을 회상하곤 한다. 물론 표창장 이야기도 토끼와 함께 영영 사라져 버렸고……

가을이면 우리는 방과 후에 벼가 누렇게 익어가는 들판으로 참새를 쫓으러 다니는 게 어린 우리에게 주어진 임무였다. 헤진 주머니에 찐쌀을 두어 웅큼씩 넣고, 다 익어도 떫은 감을 두어 개씩 따서 김 선생 네 논으로 갔다. 논둑을 따라 참새를 쫓다가 금새 무료해진 우리는, 아래 윗 논의 높이차이가 꽤 나는 논둑에서 소싸움놀이를 시작했다. 서로 빡빡 깎은 머리의 정수리를 마주대고 서로 밀어서 밀리면 지게 되는 놀이였는데, 얼마나 서로 지지 않으려고 식식거리며, 정수리가 아픈 것도 눈물을 찔끔거리며 참고 버텼든지, 한참을 그렇게 하다가 그만 둘 다 동시에 논둑 아래로 떨어져 처박혀버렸다. 마침 그 논은 물을 빼지 않은 진흙탕 논이었는데, 둘 다 온몸이 진흙에 빠진 생쥐 꼴이 되어 집으로 돌아갔고, 그날 저녁 김 선생은 몰라도 나는 늘씬하게 어머니에게 두들겨 맞았던 기억이 지금도 새롭다

한 번은 어느 해가 방학 중이었는데, 그 시절에는 초등학생인 우리도 지게를 지고 산에 가서 땔감을 구해 와야 했었다. 김 선생과 나는 앞뒤 집에 살았던 관계로 자주 같이 나무를 하러 다녔는데, 내 평생 잊을 수 없는 사고를 당하던 그 날도 김 선생과 나는 지게를 지고 나무를 하러 갔다. 그날 해오기로 한 나무는 다시 말릴 필요 없이 바로 땔 수 있는, 소나무의 마른 삭정이, 일명 '안차리'라는 나무였는데, 초등학생인 우리들의 작은 키로 할 수 있는 나무의 아랫부분에 있는 '안차리'는 이미 다른 사람들이 다 해버려서, 옹이 몇 마디를 밟고 올라가야 그 소나무 삭정이를 딸 수가 있었다. 둘이 흩어져서 한참을 오르내리며 열심히 나무를 하던 중, 내가 밟고 오르던 나무의 옹이 부분이 갑자기 부러지면서 그만 아래로 미끄러지며 추락했는데, 미끄러져 내려오면서 낫으로 베고 남은 옹이의 날카로운 부분에 배를 깊이 긁히고 말았다. '악' 소리에 놀란 김 샘이 달려와 속

옷을 찢어 대강 상처를 동여매주고 부축해서 겨우 집으로 왔는데, 병원치료는 꿈도 못 꾸던 시절이라, 그 시절 상처의 만병통치약이던 일명 '다이아 찐 가루약'을 대충 바르고 동여매서 다 아물었는데, 꿰매지 않아서 흉터가 크게 남았었다. 그 일이 김 선생에게는 큰 충격으로 각인 됐던지, 고향을 떠나 각자의 길을 가느라 오랫동안 못 만나다가 수십 년 만에 만났었는데, 대뜸 그 흉터의 안부를, 마치 외양이 변해 버린 어릴 적 친구를 확인하는 징표인 양 묻는 것이었다. 이제는 쇠퇴해져가는 우리의 기억처럼 상처의 흉터도 희미해져 버린 지금, 새삼 어린 시절의 추억 몇 꼬투리를 떠올려 보았다.

그 외에도 김 박사는 대구교대를 졸업하고 첫 부임지로 구룡포 남부초등학교에 있다는 소식을 듣고, 군대 첫 휴가를 나와서 찾아 갔었는데 그 날 밤 둘이서 그 당시 구룡포 명물 꽁치 회를 안주삼아 밤새 통음을 했던 추억도 새롭다

이제 존경 받는 교육자로서 명예로운 퇴임을 하는, 내 어릴 적 친구 김종건 선생의 퇴임소식을 접하면서, 새삼 바람처럼 지나가버린, 참 좋았던 시절의 한 자락을 반추해 보는 동안, 아련한 행복감에 잠시 젖어 본다. 아무쪼록 퇴임 후의 삶이 더 다복해 지고, 아름다운 추억을 더 많이 만들어 가는 건강한 삶이 이어지기를 기원해 본다.

따뜻한 가슴을
지닌 친구

이중두
대구교대 동기, 수석교사

2014년의 마무리를 재촉하는 찬바람이 옷깃을 여미게 하는 12월의 끝자락에서 정다운 친우 종건당 김종건 선생과의 지나온 여정을 되돌아본다. 세월은 붙잡을 수 없는 유수와 같다더니 교직에 몸담은 지 벌써 40여년, 한 직장 교직에 반평생을 보냈다.

1975년 한적한 시골 바닷가 마을에 있는 영일군 구룡포읍 구평리에 있는 그의 첫 발령지 구룡포 남부초등학교 인근 자취방을 친우 4명이 찾았다. 그 때 술을 별로 좋아하지 않는 그는 친우들을 위해 원두커피를 손수 우려 내 권하였다. 진한 커피 향속에서 이제 교대를 갓 졸업한 우리들은 한껏 젊음을 뽐내면서 기타 반주를 안주 삼아 노래를 부르곤 했다. 우정의 하모니로 정화된 친우의 우정이 뜨거운 열정으로 목이 쉬도록 부르고 또 불렀다. 그리고 우리는 짧은 밤을 탓하며, 인생을 노래하고 청춘을 예찬하고 새로운 교직의 첫걸음에 대한 청사진을 그려보며 밤새워 이야기꽃을 피웠다.

종건당, 그는 원래 바닷가 홍해와 가까운 신광면에서 태어났다. 그 당시 시골은 다 어려운 살림에 5남 1녀의 여러 남매들이 공부하기에 벅찬 환경이었다. 그도 대구로 유학, 대구교육대학에 입학하여 가정교사를 해 가면서 학업을 계속하였다. 졸업 후에도 향학열은 식을 줄 몰랐다. 국문학에 심취하여 학사, 석사 학위를 마치고, 그 어려운 박사 학위를 취득하였다. 물론 교직에 종사하고 가장으로서 경제적문제 등, 여러 가지로 어려운 환경을 극복하면서 그 모든 일을 이루었다.

종건당과의 첫 만남은 교육대학교 '풀 섶' 이라는 미술 동아리에서이다. 그 때 기억으로 참 얼굴이 맑고 밝은 청년이었다. 항상 잔잔한 미소를 짓고 맑은 음성으로 붙임성이 좋아 여학생들에게 꽤나 인기가 있었다. 동아리 '풀 섶' 의 회원들은 미술에 관심을 가지고 그림을 그리는, 말 그대로 회화를 추구하는 동아리였다. 그러나 내가 알기에 종건당은 그림에는 그렇게 소질이 있었던 것은 아닌 것 같았다. 사람 좋아 회원들과 이야기를 나누고 아마 이것이 국문학에 입문하게 된 조짐이었나 보다. 짧은 학교생활을 아쉬워하며 우리들은 의기투합 급기야는 군장을 꾸려 산을 올랐다. 산을 올라 캠핑을 하면서 우정을 나누었다.

교직에 다들 종사하면서 매년 정기적으로 만남을 가져왔다. 그러나 그 중 재능이 많았던 두 친구는 우리들을 두고 되돌아 올수 없는 먼 나라로 떠났다. 그렇게 함께 우정을 나누던 친구가 세상을 떠나면서 함께 나누던 추억의 일부분을 가져 가 버렸다. 이제 빛바랜 아픈 기억으로만 남아있다.

그 동안 학생들의 교육을 위해 각별한 사명감과 정열로 올곧게 평생을 헌신한 종건당 김종건 선생님도 명예로운 퇴임을 맞이하게 되었다. 평생 늙지 않고 제자들과 호흡하며 지낼 것 같았던 김 선생! 우리 교직에는 안타까운 일이지만, 많은 세월을 거침없이 달려 40여 년을 한 우물만을 고집한 김종건 선생, 이제는 심신의 휴식으로 보상을 받아야겠기에 진심으로 축하의 박수를 보낸다.

옆에서 지켜본 김종건 선생은 정의로움, 예리한 판단력과 높은 덕성을 지닌 분이다. 다시 말해 냉철한 머리와 따뜻한 가슴을 가진 사람이다. 종건당 선생님의 가르침을 받은 수많은 제자들이 현재 사회 각계 각층에서 훌륭하게 활동하고 있을 것이다. 한 알의 밀알이 수많은 결실을 이룬 것이다. 국가를 위하여 보이지 않은 큰 일을 한 것이다. 퇴임할 때 훈장을 받겠지만 그 훈장 괜히 받는 것이 아니다. 과거 애국지사들이 한 일에 버금가는 일을 했기 때문이다. 그런 종건당 선생은 교단을 떠나지만 많은 후배와 제자들이 항상 선생님의 높으신 뜻을 잊지 않을 것이다.

끝으로 항상 종건당 김종건 선생님의 가정에 건강과 행운이 가득하길 진심으로 빌면서, 아쉬운 마음과 섭섭한 마음을 공감하면서 새로운 목적지, 제2의 인생을 위하여 첫발을 내딛는 퇴임에 즈음하여 다시 한 번 축하의 박수를 보낸다.

내 친구, 김종건
- 시대의 모순을 극복하려는 의지 -

권서각
시인 · 문학박사

빛이 1초에 지구를 일곱 바퀴 반 돈다고 한다. 빛이 1년 동안 가는 거리를 1광년이라고 한단다. 우리가 사는 우주에는 감히 몇 억 광년이라는 말이 있다. 우리는 넓고 넓은 우주 가운데 지구라는 별에 산다. 지구상에는 바닷가에 흩어진 모래알만큼이나 많은 사람들이 산다. 사람과 사람이 만난다는 것은 바닷가에 흩어진 모래알 가운데 하나와 또 다른 모래알이 만나는 것만큼이나 어려운 일이다. 일생을 살면서 만나는 사람의 수효보다 만나지 못하는 사람의 수효가 더 많다.

사람과 사람이 만난다는 것은 그만큼 소중한 인연이다. 내 친구 김종건 선생도 내가 만난 가장 소중한 사람 가운데 한 사람이다. 우리가 만난 것도 벌써 30년이 넘는 것 같다. 교육대학을 졸업하고 초등학교 교사를 하다가 대학 국문과에 편입을 했는데 거기 나와 똑같은 과정을 거쳐 편입을 한 친구가 있었다. 지금까지의 이력이 같고 전공이 같으니까 더욱 반가운 만남이었다. 국문과를 졸업한 뒤에 나는 내 고향 영주에 있는 고등학교에 국어교사로 부임하게 되었다. 얼마 후 김 선생도 우리학교 이웃 학교에 국어교사로 오게 되었다. 영주에서 2년 정도 있은 후 김 선생은 대구로 전근이 되었다. 우리는 그 후에 서로 멀리 떨어져 살게 되었지만 1년에 한두 번 정도는 만나면서 인연을 이어오고 있다.

김종건 선생 하면 가장 먼저 떠오르는 몇 개의 어휘가 있다. 성실함, 착함, 믿을 수 있는 사람 등이 그것이다. 누가 내게 어떤 자리에 한 사람을 추천해 달라면 가장 먼저 떠오르는 이름이 김종건이다. '나의 어머니는 멘 빌에 살고 계세요' 라는 소설에는 별장에서 글쓰기 하는 작가의 시중을 드는 소년의 이야기가 있다. 장작을 패 달라고 하면 장작을 패서 비 맞지 않는 곳에 쌓아 두고 그 곁에 불쏘시개까지 마련해 둔다. 서술자는 이런 소년의 행동을 성실이란 단어에 가장 잘 어울리는 일이라 했다. 김 선생은 학문 연구에 있어서나, 교직을 수행함에 있어서나 늘 성실한 사람이었다.

교육자로서, 국문학도로서의 그의 외형적 모습은 늘 조용하고 선량한 사람이다. 그와 함께 있으면 그 선량함이 감염되어 주위가 모두 선량해진다. 백조가 우아하게 물 위를 떠가기 위해 물밑에서 힘차게 헤엄쳐야 하듯이 그의 내면은 겉으로 드러나지 않지만 치열하지 않을 수 없었을 것이다.

문학 또는 인문학을 하는 자는 원초적으로 시대와 불화하지 않을 수 없다. 인문학은 인간과 인간의 삶에 대해 관심을 갖는다. 인간은 불완전하고 세계는 합리적으로만 구성되어 있지 않다. 그러기에 항시 인문학자의 시선은 시대의 불합리한 쪽에 머물고 이를 극복하기 위한 부단한 탐색을 한다. 시대의 모순을 극복하려는 의지는 자연 시대와 불화를 초래한다.

홍부전도 누구나 공감하는 우리의 고전이지만 시대와의 불화의 산물이라고 할 수 있다. 홍부전이 창작된 시대는 홍부처럼 착한 사람이 현실에 적응하지 못하고 가난과 핍박 속에 살아야 하고 놀부처럼 악행을 저지르는 자가 부와 권력을 누리는 사회였다. 홍부전의 창작자인 민중은 이런 시대와 불화할 수밖에 없었을 것이다. 이렇게 시대를 극복하기 위한 민중의 꿈이 홍부와 놀부의 삶을 뒤집어 놓은 홍부전을 탄생시켰을 것이다.

내 친구, 김종건 선생도 인문학도이기에 겉으로는 평온했지만 내면은 누구보다 치열한 사람이다. 교육자로 사는 동안 보람도 있었겠지만 힘겨웠으리라. 수고하셨다. 이제 그가 교육자로서의 삶에서 학자로서의 삶으로 전환되는 시점에 서 있다. 그의 학문이 더 자유롭고 깊어지기를 빌 따름이다. 그리고 늘 건강하게 지내시라.

맑은
시냇물

이상훈
대구대 동기, 국어교사, 시인

"예쁘지?"

"응!"

맑다 못해 미끄러질 듯한 계곡물에서 유유자적 노닐고 있는 작은 고기들을 바라보노라면 시간 가는 줄을 모르지요. 어쩌면 저렇게 맑을 수가 있을까? 물도 맑고 그 안에 놀고 있는 고기들도 맑고, 물을 통해 보이는 돌들도 어쩌면 그렇게 맑을 수가 있을까요.

어린 시절에는 그렇게 맑은 물에서 고기들과 함께 놀았지요. 다리를 둥둥 걷고 그들과 함께 놀다보면 나도 물이 된 듯, 고기가 된 듯 영혼이 맑아지곤 했어요.

그 때는 그게 맑아지는 거라는 걸 잘 몰랐는데 살아갈수록 아, 그 때가 참 나를 맑게 하는 행복한 시간이었구나 하고 느끼곤 합니다. 다른 아이들은 고기를 잘도 잡곤 했지만 나는 도무지 고기를 잡는 재주가 없었어요. 오히려 잡았던 고기를 놓치기 일쑤였지요.

시냇물을 끼고 산다는 게 맑은 영혼을 유지하기에 참 좋았다는 생각을 하면서 늘 가슴 한 쪽에는 맑음의 기운을 가지고 맑음의 기운을 향해 살았지요. 시냇물처럼, 혹은 가을 하늘처럼 맑은 사람들을 만나면 그 맑음의 기운을 알아 볼 수 있었어요. 그 맑은 기운에 편안히 기대 앉아 넋을 잃곤 했었지요.

그렇게 만난 맑은 기운 중에 하나가 바로 김 형이었어요. 입학도 힘들었지만 입학할 때는 복지가 가득한 아름다운 사회를 꿈꾸다가 군대를 갔다가 돌아온 다음에는 방향을 틀어 국어국문학과에서 만나게 되었지요. 초등학교 교사로 여러 해를 근무하다가 돌연 사표를 내고, 다시 2학년에 학사편입을 한 김 형의 이력도 평범한 건 아니었어요. 어떻게 보면 꽤 쉽지 않은 인연으로 만나 3년을 함께 보내면서 늘 김 형의 맑은 기운에 마음을 씻으면서 행복한 시간을 보냈지요.

어떤 일이든 깔끔하게 처리하는 모습이라든가 글씨 한 자 한 자에도 맑음의 기운이 고스란히 서려 있는 김 형의 모습은 시냇물, 그래요, 어렸을 적 내가 만난 바로 그 시냇물이었어요. 맑은 기운 속에 고스란히 잠겨 있는 고기들과 반짝반짝 빛나는 고운 조약돌들을 품고 있는 그 시냇물이었어요.

나이 차이가 꽤 나는 과우들이었지만 '형님'이라고 부르긴 해도 오히려 친구보다 더 친구 같은 친근함으로 함께 어우러질 수 있었던 것은 바로 시냇물 같은 그 맑음 때문이겠지요. 그들을 포용하는 가슴이 전혀 어색하지 않았던 것도 시냇물의 너른 가슴을 그대로 닮아 있었기 때문이겠지요.

오로지 삶속에 고스란히 녹아 있는 맑은 기운을 그대로 살아가시는 모습이 참 보기 좋았습니다. 게다가 끊임없이 이어지는 열정으로 공부하면서 가르치는 모습도 시냇물의 부지런한 끈기를 그대로 닮아 있었어요. 쉽게 닮아갈 수 없는 그 맑은 모습은 아마 태어날 때부터 물려받은 아름다운 품성일 수 있겠지요. 하지만 그 품성을 더욱더 맑은 기운으로 이어가고자 애쓰시는 모습은 더욱 아름다웠습니다.

끄트머리라는 말을 다시 한 번 생각합니다. 끝은 끝이 아니라 다시 머리로 이어진다는 가볍지 않은 의미가 그 안에 담겨 있다는 생각이 들기 때문이지요. 그 동안 함께 했던 아이들에게 베풀었을 그 맑은 열정은 얼마나 뜨거울 것이며, 함께 삶을 나누었던 많은 사람들과 나눈 사랑은 또 얼마나 따뜻했을까요.

김 형이 뿌린 그 맑음의 열정이 식어가는 세상의 온도를 올리는데 큰 역할을 했을 거라고 믿습니다. 따뜻한 사람들을 만날 때마다 맑게 웃던 김 형의 미소를 떠올리곤 합니다. 거기서 김 형의 기운을 느낍니다. 늘 건강하십시오.

김 쌤의
마지막 수업

조혜선
대구대 동기, 특수교사

가을이 한창이던 10월의 어느 멋진 날 청계천 물길을 따라 걷고 있었다. 내 옆에는 30년 지기 형이 있었다. 30년 지기라지만 나는 형의 속을 잘 모른다. 나는 매직 카드를 꺼내 형에게 주었다.

"형이 세상에서 가장 사랑하는 사람을 떠 올려봐. 그리고 그 사람의 나이가 적힌 카드를 골라서 날 줘."

서너 장의 카드가 다시 내 손으로 돌아왔다. 형이 지금 마음에 담고 있는 사람의 나이는 서른 세 살이다. 누굴까? 형은 50대 중반, 형의 마음을 사로잡고 있는 이는 33세. 언니도 아니고 민이나 현이도 아니다.

"청년 예수를 사랑하나, 왜 서른세 살이야?"

형이 소리 없이 웃었다. 10월의 햇살과 실바람이 맑은 물소리를 따라 흐르며 형의 웃음까지 싣고 가 버렸다. 순간 형의 웃음이 가을 하늘처럼 청명하다고 느껴졌다. 나는 그 일로 형이 사

30 교실에서 온 편지

랑하는 사람이 아름다운 청년 예수라고 굳게 믿었다.

밥을 먹으며 형이 책 이야기를 꺼냈다. 나도 읽었는데 왜 난 저런 생각을 못했지? 내가 독해 능력이 현저히 떨어지는 사람인가?

"책을 꼭 그렇게 분석하며 읽어야 해? 아, 참 좋다 가슴이 따뜻해지는 책이구나! 그렇게 읽으면 안 되는 거야?"

"넌 비전문가니까 그렇게 읽어도 되지만 난 전문가니까 그렇게 읽으면 안 되지. 작가 이상李箱은 말이야 숫자를 상징으로 썼거든. 숫자 3이 뜻하는 것은…"

이상의 시 세계를 설명하는 형은 지금까지 내가 본 어떤 모습보다 멋지고 활기가 넘쳤다. 아, 이 사람에게 수업은 자신을 드러내는 가장 멋진 장치였구나! 아이들에게 내 수업은 어땠을까? 갑자기 내가 작아지는 느낌이 들었다.

안부 한 번 물어보는 법이 없는 형에게서 전화가 왔다.

"웬일이야, 전화를 다 하고?"

"도가니를 읽다 보면 이런 대목이 나오는 데 맞는 거야? 지금 독서 디베이트 중인데 사실 확인이 필요해서 물어보는 거야. 이 분야는 나보다 네가 전문가니까."

나는 내 전문 분야의 이해를 돕기 위해 얼마나 정확성을 기하려 노력했을까? 형은 때때로 날 작아지게 만든다. 그래도 형이 있어 나는 좋다, 늘 나를 돌아보게 하니까.

"퇴임식을 어떤 형식으로 할까 생각 중이야."

"퇴임식 하려고? 그런 거 안 하면 안 돼? 나는 학교에서 하는 형식적인 퇴임식이 싫어 안 했는데…. 교직원들이 저녁에 퇴임 공연을 해주긴 했지만."

"학교에서 하는 게 아니고 제자들과 함께 하는 거야. 구룡포에 첫 발령 받아 교직생활 시작했을 때부터 지금까지 총 33기 정도의 종건당 제자들이 있어. 그 아이들이 기수별로 몇 명씩 모여 퇴임식을 준비하고 있는데 어떤 식이 좋을까 고민하고 있어. 아이들을 모아놓고 신영복 선생님처럼 나도 마지막 수업을 하고 싶어."

그 긴 세월 동안 제자들을 관리했다고? 한 학교에만 있었던 것도 아니고 이곳저곳 다녔으면서? 그런데 난 그 자리에 초대 대상도 아니란다. 제자가 아니라고, 섭섭하다. 진짜 섭섭하다. 나는 진정으로 아끼는 몇 안 되는 지인 중 하나라고 믿었는데…. 얼마 뒤 다시 연락이 왔다.

"내 이야기 한 편 써 봐, 그러면 너도 초대할 수 있어."

'앗 싸~ 그런데 무슨 이야기를 어떻게 쓰지?'

형과의 일화를 떠올리며 글을 쓴다. 그 끝에 형의 마음이 읽혔다. 형은 진짜 스승이고 싶었구나.

형이 사랑한 예수는 구세주 예수도 아니고, 아름다운 청년 예수도 아니고, 그저 스승 예수였구나. 스승이 없다고 개탄하는

시대 진정한 스승이 되고자 했던 김 쌤이 우리에게 마지막으로
주고 싶은 이야기는 무엇일까?
 궁금하다, 스승 예수를 사랑한 김 쌤의 마지막 수업이.

나의
영원한 형

이해미
대구대 국문과 동기

 세모가 가까워지면 해마다 그렇듯 지나온 삶을 돌이켜 보게
된다. 그 삶은 대부분 근간의 것이기도 하지만 때로는 더 오랜
세월을 거슬러 올라가 청춘의 것이 되기도 하고 혹은 더 까마득
한 유년의 것이 되기도 한다. 올해는 새삼 추억에 잠기는 일이
많았다. 지난 여름 대학 동기 몇몇이 핸드폰 밴드를 결성하면서
그 동안 자주 만나지 못해 아쉽고 그리웠던 은사님과 동기들이
사이버 공간에서나마 소통할 수 있게 되었기 때문인데, 그 밴드
지기가 김종건 형이다. 그가 몸담고 있는 학교에서는 '종건당'
이라 불리던가?
 그를 추억하는 것은 정겨움이고 훈훈함이다. 학교를 졸업한
지 30년인데 나는 아직도 그를 형이라 칭한다. 80년대 초 대학
2학년이 되면서 학과를 옮긴 나는 한 동안 모든 것이 낯설고 적
응하기가 어려웠는데 그 때 눈에 띈 이가 그였다. 처음엔 복학
생이라기엔 나이가 좀 더 들어 보인다 싶었는데 알고 보니 교대

를 졸업하고 5년간 교사로 재직 후 다시 학업에 뜻을 두고 편입한 편입생이었다. 그러니 어쩌면 낯설고 서먹하긴 피차일반이었을 터인데 나는 무턱대고 그를 따라다니며 학과에 관련된 모든 것을 그에게 묻고 의지하곤 하였다. 당시의 그는 다소 소심한 성격이어서 - 지금도 별반 달라 보이진 않지만 - 아무 스스럼 없이 다가서는 내 행동에 때론 멈칫거리기도 하고, 당황해 하기도 했다. 서른 가까운 나이에 그처럼 순수한 모습이 경이롭기도 하고 한편 재미있기도 해서 나는 줄곧 철없는 선머슴처럼 굴었던 것 같다. 주위의 시선도 아랑곳 않고….

첫 학술답사 때의 일이다. 문경세재 일대에서 방언조사를 하고 하루는 주흘산 정상까지 오르게 되었는데 관문을 지나쳐 모르는 길목에서 「동화원 분교」라는 작은 표지판을 보게 되었다. 한 때 초등학교 교사였던 그는 향수에 젖어 그 표지판을 따라갔고 나도 무작정 그를 따라 그 곳으로 향해서는 세 칸 남짓한 교실들을 둘러보고 몇 안 되는 분교생들의 흔적으로 꾸며진 교실 게시판이며 교실 앞 화단이 있던 자리에 텃밭인양 심겨진 푸성귀들도 들여다보느라 그만 일행들과 멀어지게 되었고 시간이 한참 흐른 뒤에야 정상에 올라 기다리고 있던 일행과 만나게 되었는데 그 때 우리를 바라보던 그 야릇한 시선들을 생각하면 지금도 피식 웃음이 난다. 요즘 식의 표현을 빌자면 말 그대로 '헐' 이었던 것이다. 정말 그런 것이 아니었는데 말이다.

산길을 오르면서 오르막 경사가 심할 때 손을 잡기라도 했었던가? 하도 오래 전 일이라 기억이 나지 않는다.

그의 유년 시절은 잘 알지 못하지만 80년대 이후 지금까지 지켜 본 그는 때로는 고뇌에 찬 수도자의 모습처럼 여겨지기도 하였고, 열정에 불타오르는 만학도의 모습이기도 했으며, 한 때는 잠시 지친 가장의 모습이기도 하다가 이내 제자들로 인해 삶의 보람을 차곡차곡 채워가는 바람직한 스승의 모습이 되었다. 그리고 그 갖가지 모습들의 중심에 사람에 대한 그의 진정성과 삶에 대한 성실함이 뿌리내리고 있었음을, 그리하여 때론 흔들리다가도 이내 줄기를 곧게 세우고 아름답게 피어나는 가을꽃과 같았음을 나는 안다. 그것이 내가 아는 김종건 형이다.

나는 여전히 그를 좋아하고 그가 참 고맙다. 그는 파란 많고 질풍노도와 같았던 내 20대를 말없이 지켜봐 준 이였고 그 이후로 오랫동안 겸손의 덕으로 내공을 다지며 타인을 배려하는 겸허한 자세와 주어진 삶에 최선을 다하는 자신의 성실한 삶을 통해 내게 무언의 충고를 해 주었기 때문이다. 그런 형이 어느덧 정년을 맞이한다고 하니 진심으로 축하드리면서 이렇게 마무리 짓는다.
형님 그만하면 참 잘 살았습니다.
남은 세월도 그만큼만 살아가십시오.

삶의 오르막에서
만난 선배

송숙이
대구대학교 겸임교수

먼저 선배님의 아름다운 퇴임을 101송이 장미 꽃다발로 축하드린다.

오랜만에 대구에도 눈이 내렸다. 창밖의 나무들은 온몸으로 칼바람을 맞으며 서 있다. 제 몸보다 무거운 눈을 인 채 꿋꿋이 서 있으나, 뿌리로부터는 봄을 준비하고 있으리라.

선배님의 삶을 돌이켜 생각해보니, 저 나무들과 많이 닮아 있다. 이제는 무거운 짐을 내려놓고 칼바람을 피해서, 정자 아래에서 낮잠도 자고, 게으르게 종일 뒹굴 거리면서, 느림의 미학을 음미하면서 편안하게 하루하루를 보내기를 바란다.

선배님에 대한 기억은 대부분 사적인 기억들이다. 그럴 수밖에 없는 것이 1983년 국문과 선·후배로 처음 얼굴을 대면했기 때문이기도 하고, 세상살이에 억울함과 분노가 정수리까지 차오르면, 제일 먼저 전화통을 붙들고 그간의 울분을 토해 낸, 내게는 친 오라버니 같은 존재이기 때문이다.

대학 2학년 때인 1983년 인문대 좌측 건물 출입구 방에서 선배님을 처음 뵈었다. 그 방은 소위 근로 장학생의 방이었다. 순수하고 성실한 한 남학생이 수줍게 후배를 반기던 그 모습 때문에 난 그 후로 그 남학생을 나의 인생 선배님으로 삼기로 작정한다.

'김종건 선배' 하면 떠오르는 이미지는 '성실'과 '도서관'이다. 대학에 들어와 고삐 풀린 망아지마냥 불성실을 미덕으로 삼고, 도서관보다는 거리에서 방황하던 것을 자랑삼았던, 미숙아인 나에게 선배는 도저히 따라잡을 수 없는 모범생이었다. 대부분 선배의 아지트는 도서관이었다. 지금 생각해보면, 그때 이미 참교사가 되기 위한 준비와 실력을 다지고 있었던 것이다.

당시 지도 교수님이셨던 김영철 은사님은 그 때나 지금이나 이런 저런 오고가는 대화중에 후렴구처럼 "우리 김종건"을 챙기신다. 볼매인 선배님의 마력은 30년이 흐른 지금까지도 존경받는 학과교수님에게는 애제자이고. 후배에게는 성실하고 듬직한 선배님이다.

본인이 대학원 석사과정을 다닐 때 선배님은 결혼을 하고 집들이를 한다고 지인들을 초대했다. 파티(?)를 끝내고 집으로 가려는데, "숙이는 여기서 자고 가라" 한다. 어머님도 계시고, 또한 신혼집인데도 불구하고, 쓸쓸한 자취방에서 혼자 지낼 후배를 그 와중에도 챙기는 마음 따뜻한 선배이다. 그 따뜻함에 하마터면 눌러 앉을 뻔 했다. 대학원을 졸업 할 때도 정작 본인보다 먼저 졸업식장에 참석해서 본인의 가족들을 챙기고, 축하해 준 선배님이다. 박사 졸업식 때도 먼 길을 마다하지 않고 선배는 어김없이 찾아와 축하 해 주었다.

1987년 본인의 아버지가 췌장암으로 투병생활을 하고 있을 때, 선배님은 그 바쁜 와중에도 대구에서 부산까지 문병을 왔었다. 겉으로는 무뚝뚝한 경상도 남자지만, 내심 속정 깊은 진국이다.

2001년 자료 수집을 마무리하고 박사논문을 본격적으로 쓰기 시작 할 무렵이다. 컴퓨터 워드작업으로 인해 생긴 어깨통증을 갈아 앉히기 위해 먹은 약의 부작용으로 온 몸에 알레르기가 발병 했었다. 치료 중 2차 약의 부작용으로 14일 만에 10kg의 몸무게가 증가하더니, 설상가상으로 창틀에 걸려 넘어져 무릎에 깁스를 하면서, 논문 쓰는 시간보다 병원 다니는 시간이 많아졌다. 몇 달 안에 논문을 마무리해야 하는데, 촉박한 시간으로 인해, '과연 논문을 제 때 마무리할 수 있을까' 하는 심리적 불안감으로 매일을 초초하게 보내고 있었다. 불안과 초초감이 어느 날은 극에 달해, 책상에도 맘 편히 앉아 있을 수가 없어 무릎을 세우고 쪼그리고 앉아 24시간을 보낸 적도 있었다. 그야말로 좌불안석이었다. 그때에 선배는 매일 아침 내게 전화를 걸어 밤새 안부를 묻고, 격려하고 마음을 다독여 주곤 했다. 소위 바람 앞에 놓인 촛불 같았던 위태한 시기인 그 때에, 선배님의 모닝콜이 없었다면 조금 과장해 본다면, 지금쯤 정신과 신세를 지고 있을지도 모른다. 아침마다 선배와 통화하면서 눈물과 수다로 어려움을 견뎌냈던 것이다. 여간한 사람은 몇 번의 전화로 끝낼 것을, 선배는 그 일을 몇 달에 걸쳐서 수행했고 후배의 눈물을 모두 받아냈다. 선배님은 후배의 심리적 안정에만 온 신경을 쓰는 것으로 끝내지 않았다.

대학원 박사과정 마지막 단계인, 학위논문을 심사하고 출간할 즈음, 내 통장에는 잔고가 바닥나서 마이너스통장을 사용하고 있을 때였다. 그즈음 한두 달 짧은 사이에 사용할 목돈이 필요했다. 선배님께 부탁을 했더니, 흔쾌히 다음날 통장에 입금되었다. 난 그 돈을 매달 월급에서 조금 나눠 푼돈으로 되돌려 드렸다. 그래도 지금까지 단 한 번도 언짢은 내색을 하지 않았다. 당신의 처지도 넉넉하지 않음에도 불구하고, 다급하고 필요한 이를 보면 아낌없이 내 주는 큰 나무 같은 선배이다.

선배님을 알고 지낸지 30여 년이 되었다. 돌이켜보니 본인의 경조사에는 어김없이 선배가 늘 함께 있었다.

내가 길을 잃고 헤맬 때, 네 거리의 길 위에서 갈팡질팡 헤맬 때, 가야 할 길이 안개더미에 덮여 길이 사라져 버려, 길을 찾고 있을 때도 그 길 위에 함께 해준 사람은 선배이다. 세상살이에 치이고 밟히고 튕겨져 나가 내동댕이쳐서, 피투성이가 되어 쓰리고 먹먹한 마음 풀길이 없어서, 주저앉아 있을 때, 손 내밀어 준 선배이다. 적당한 거리에 있다가, 내가 손 내밀면 언제나 한달음에 후배의 지겹고 고통스런 삶의 열탕으로 기꺼이 발을 담근다. 생각해 보면, 내 삶의 힘든 오르막길에는 언제나 선배가 함께 동행 하고 있었다.

제레미 리프 킨은 〈공감의 시대〉 라는 책에서 '공감' 할 수 있는 것은 위대한 '능력' 이라고 했다. 대통령이 국민의 고통을 공감하지 못 했을 때, 국회의원이 서민들의 삶의 불편을 공감하지 못했을 때, 교사가 학생의 어려움을 공감하지 못했을 때, 미처 예견하지 못했던 다량의 사건이 발생 할 것이다. 공감은 소통하고자 하는 깊은 배려에서 출발한다. 공감은 인간 존중을 우선 가치에 둔 따뜻한 마음에서 나온다. 공감된 소통은 따뜻한 감동을 안겨준다. 선배는 누구보다 공감력이 뛰어나다. 그래서 언제나 약하고 무너지는 현장에, 늘 거기에 선배님이 있다. 그런 측면에서 선배는 휴머니즘을 지향하는 진정한 국문학도이고 참교사이다.

지난 2014년은 본인에게 매우 힘든 한해였다. 몸과 마음이 세상을 거부하는 듯, 심리적 구토를 할 정도로 벼랑 끝에 서 있는 시기였다. 그 절망의 끝에서 선배님을 찾아갔다. 그 때 후배의 나약함을 질책하기보다는, 함께 세상과 대상을 향해 나보다 더

분노하고, 호탕하게 욕지거리를 해댔다. 뚫릴 것 같지 않던 체중이 내려가는 듯 했다. 그는 사람을 위로 할 줄 아는 지혜를 품고 있다.

참으로 매력적이고 존경스런 교감선생님이다.

그러고 보니 선배님과의 추억은 헤아릴 수 없이 많은데, 함께 여행한 기억은 없다. 그 동안 열심히 촌음을 아껴서 사신 선배님, 이제는 시간 내서 대학 은사님과 함께 여행이나 다녀오십시다.

너무나 솔직한
선생님

정광자
대건중 도덕교사

 며칠 전 김 선생님께서 학교로 전화를 하셨다. 남자가 전화
온 건 아주 드물어서 누구일까라고 생각하면서 받았는데, 김종
건 선생님이라고 하셨다. 참 반가웠는데, 선생님께서 내년 2월
이면 정년퇴임이라 하시는 소리에 그냥 어안이 벙벙해지는 마
음이었다. 세월이 그렇게 빨리 흘러가나, 나도 그렇게 늙었구
나…. 인간은 남을 통해 자기의 늙음을 확인한다고 할까. 반가
움도 잠시, 김 선생님과 함께했던 시간들에 대해 글을 써 달라
고 하시니, 또 어안이 벙벙해지는 마음이었다. 글도 글이지만
세월이 많이 흘렀고, 옛날 효성여중에서의 생활이 까마득한 옛
날로 느껴지며 생각나는 게 별로 없어서이다. 옛날 효성여중에
서의 생활은 계속 아웃사이더로 내몰려 살아온 생활이어서 별
로 기억도 하고 싶지 않아서 그런지 기억도 별로 없고 피해의식
만 남아있는 상황이다. 지금도 대부분 사람들이 학교 분위기가
안 좋으면 옛날 효중 분위기라고 얘기를 한다. 그 분위기에서

자신들은 어떤 위치에 있었는지는 생각하지 않고 모두가 자신은 피해자라고만 생각을 하는 것 같다. 사실은 모두가 가해자이면서 피해자인가?

사람은 변하기 마련이고 세월이 흐르면 어떤 모습일지 나 자신도 장담할 수 없듯이 김 선생님도 현재 어떤 모습일지는 잘 모르겠으나, 나는 과거의 김 선생님을 떠 올려서 생각나는 것을 써 본다.

김종건 선생님과 관련된 단편적인 기억들을 떠 올려 본다.

김 선생님은 제가 좋아하는 후배 조용개 선생님과 나이 차이가 있음에도 불구하고 아주 친하게 지내셨다. 후배 선생님과 같이 교육에 대해서 많은 고민과 얘기를 나누었던 기억이 나는데, 지금 생각하니 무슨 얘기를 했는지 모르겠다. 박사 학위 받으실 때 학산 복지관에서 학생들 공부도 봐 주시면서 논문 준비를 하셔서 그 복지관에 몇 번 선생님들과 방문한 적이 있었다. 늘 자상하면서도 유머가 있으셔서 다른 사람들을 편하게 해 주신다. 그러면서 가끔은 예리하게 현실의 문제와 상황을 꿰뚫어 보시고 말씀을 하실 때에는 아하! 라고 감탄을 할 때도 있었다. 무슨 얘기를 주고받았는지는 기억이 나질 않는다.

학교생활에서 기억나는 것은 선생님께서 수업 시간에 학생들에게 참 솔직하게 모든 걸 말씀하신다는 것이다. 나는 가끔씩 아이들에게 하지 말아야 할 얘기와 할 얘기를 구분해서 하는데, 김 선생님은 시인의 마음이라서 그런지 너무 솔직하게 학생들

에게 털어 놓으시니, 몇 명의 학생들이 당황해 하던 기억이 난
다. 너무 솔직함과 비밀 사이에서 줄다리기를 하는 게 옳은지
그른지 지금은 잘 판단할 수가 없지만, 그 당시에서는 김 선생
님의 얘기에 나도 조금의 당황함이 있었던 것 같다. 왜냐하면
나는 학생들 앞에서는 적당한 가면을 쓰고 살았기에 솔직함과
감춤의 사이를 그런대로 유지하면서 생활했지만, 김 선생님은
매사에 너무 솔직하고 진솔하게 말씀하셔서 당황했던 것 같다.
내가 당황했는데 학생들은 더 많이 그랬을 것 같았다.

　도덕과 후배 선생님이 양심선언 비슷한 마음으로 학교를 그
만 둘 때에 김 선생님이 가장 마음 아파하셨다. 그만큼 사람에
대한 사랑 즉 인仁이 많으셨던 분으로 기억된다.

　그 당시에 효중은 크게 두 편으로 갈라져 다툼이 많았다. 물
론 우리들이 일방적으로 당하는 입장이었지만, 그래도 당당하
게 그 반대편의 사람들에게 주눅 들지 않고 김 선생님께서 잘
싸워주셔서 우리들이 좀 더 쉽게, 덜 힘들게 학교생활을 할 수
있었다.

　선생님 책상 위에 시가 쓰여 있었는데, 참 공감이 되어서 자
작시인 줄 알고 물어보니 아니라고 하시면서, 지금의 자신을
잘 표현한 시라서 책상 위에 붙여 놓았다고 하셨다. 그 시가 김
선생님을 참 잘 표현했다는 생각이 들었다. 그 시 내용은 가난
한 선비의 모습을 현대시로 표현한 것이고 김 선생님에게 잘
어울린다고 생각을 했다.

학교가 많은 소용돌이를 겪고 있는 중에, 공립학교로 전근을 가게 되었다. 그리고 오랜 시간 동안 김 선생님에 대한 소식은 가끔 들려왔다. 몇 년 전 달성고등학교에서 만났는데, 교감이 되어 있어서 나는 또한 약간의 충격을 받았다. 나의 좁은 편견이랄까 생각은, 진정한 교사는 평교사로 학생들과 지내다 퇴직하는 게 가장 좋은 모습이라고 생각을 했는데, 교감이시라니 김 선생님에 대한 이미지가 약간은 뒤틀렸다. 이것도 순전히 내가 생각한 김 선생님에 대한 고정관념인 것 같다. 그 고정관념 속에서 선생님을 판단한 것이다.

여하간 내가 본 김 선생님은 늘 자상하시고 다정다감하시고, 유머스러움에 통찰력이 있어서 후배로서 많은 걸 배우게 해준 선배님이셨다. 자연인으로 세상 속으로 돌아가서서 참 다행이다.

좀 더 자유롭고 평화스럽게 생활하실 김 선생님을 생각하면서. 퇴임을 축하드립니다.

초록빛 청년,
김종건 선생님

조용개
선문대학교 교수

  그는 젊은 시절을 초등학교 선생님으로 재직했었다. 나는 그의 초등학교 선생님 때의 모습을 본 적은 없다. 하지만 그의 초등학교 선생님의 모습은 상상으로는 가능할 것 같다. 한 마디로 아이들을 보면 입가에 미소가 떠나지 않는, 그래서 늘 행복했었을 것이라고 상상해 본다.

  그의 메일 아이디는 selegi(쓰레기)이다. 처음 접하는 이는 그가 왜 '쓰레기'라는 아이디를 사용하는지 의아해 할 것 같다. 나 역시 그러했었다. 설마 그가 자신을 그렇게 비하하지는 않았을 게다. 내가 판단하기에는 그는 쓰레기 하나도 아끼는 마음을 그렇게 표현했으리라. 왜냐하면 그가 살아 온 쾌적을 되돌아보면 그는 사랑이란 이름으로 아이들을 하나하나 모두 소중히 여기고 따뜻하게 대해 왔기 때문이다. 내가 그를 처음 만나게 된 것은 내가 교사 초년생으로 효성여중에서 교직을 시작할 즈음이다. 그 때는 교육의 암흑기라고 할 만큼 교사로서의 자부심과 긍지를 키워 갈 만큼 여유가 없었다. 교사가 된 것을 후회하지는 않았지만 교사로서 살아가기가 너무 힘겨웠던 그 때 그는 혜성같이 내 곁에 다가왔다.

지금 기억을 되뇌어 봐도 어떤 이유로, 어떻게 관계가 시작되었는지 그 시작을 가늠할 순 없지만 어느 때부터인가 너무도 자연스럽게 아이들을 바라보는 학생관이 비슷했고, 서로 눈빛만으로도 소통이 가능한 그런 사이가 되었고, 시간이 흐를수록 우리의 공통분모는 점점 더 커져만 갔다.

그와 나는 6-7년을 함께 같은 학교에서 교사로 지내오면서 비록 나이 차이는 났지만 그는 늘 나의 그림자가 되어 주었고, 나 역시 그의 그림자가 되고 싶었다. 정말 힘들고 어려운 고비고비마다 늘 그는 내 곁에 있어 주었고, 내가 교사로서 살아 갈 이유를 알려주었다. 그래서 나는 교사로서의 생활이 결코 두렵지 않았다.

그의 얼굴과 말투를 보면 서민적이고 친근감을 느낄 수 있다. 가끔씩 아니 어떨 땐 진담을 농담처럼, 농담을 진담처럼 던지곤 하는데, 늘 웃음을 만드는 재주가 있었다. 아이들을 대할 때면 마치 옆집 아저씨 마냥 편하게 아이들을 대하지만, 그 웃음 속에는 늘 철학이 담겨져 있었다. 아이들은 나중에 성장하여 그 의미를 읽을 수 있었지만, 나는 그의 말과 행동을 결코 가볍게 여기지 않았다.

내가 교직을 떠날 때 나에게 가장 큰 위로가 된 이도, 내가 힘들고 괴로워할 때 내 곁에 가장 가까이 있었던 이도 바로 그다. 그리고 오랫동안 떨어져 있어도 나에게 가장 많은 관심과 애정을 보여준 이도 바로 그다. 아마도 지금의 내가 있기까지 내가 걸어 온 발자취를 가장 많이 알고, 격려해 주고 용기를 준 이도 바로 그다.

그가 고등학교 교사가 되었을 때 나는 그의 교육신념을 학생들에게 뿌리내리기를 간절히 기대했고, 내가 못 다한 교육을 그가 대신해 줄 수 있을 거라고 믿었다. 그렇게 세월이 흘러 그가 비로소 교감 선생님이 되었다는 소식을 듣고 그의 교육신념이 교육철학으로 이어지기를 간절히 기원했다. 내가 그의 곁에서 지켜보지는 못했지만 아마도 나의 기대와 바람이 지금도 계속되고 있으리라 믿는다.

만약 그가 한 때 원했던 대학교수가 되었으면 어떠했을까? 문학을 전공한 그가 청년들에게 전해 줄 메시지는 색깔로 치자면 아마도 청색이었으리라. 소설로 치자면 장편소설이었을 게고, 그 소설은 앞으로도 계속되리라. 그래서 한편으로는 아쉬움도 남는다. 교감 선생님으로 정년퇴임을 맞이하는 것이 아쉽기도 하고, 그를 위해서나 아이들을 위해서나 좀 더 기회를 드리고 싶은데, 그가 이제 곧 교단을 떠난다고 한다. 내가 교단을 떠난 후에 내가 다 못한 몫을 감당해 주었듯이 이제 내가 남은 기간 동안 그가 이루지 못한 대학교수로서의 몫을 내가 대신 감당할 참이다.

이제 그가 물리적 인생의 나이테를 안고 교단을 떠나지만 정신적 인생의 나이테는 지금부터 더 진한 청색을 띠고 언제 어디서나 초록빛 잎사귀를 주렁주렁 만들어 낼 거라고 믿는다. 그것이 그의 삶의 모습이었고, 앞으로도 그 모습으로 살아갈 것이기에 나는 그가 늘 내 곁에, 아니 이 땅의 모든 아이들 곁에, 청년들 곁에 늘 함께 하기를 진심으로 소망한다.

이제는 말할 수 있다
- 미안해요, 종건당 샘 -

이희정
효성중 수학교사

한 학생의 '행동 및 종합의견'을 적는데도 어떻게 적어야 할지 몰라 수 십분 동안 골머리를 앓는 주제에 목소리도 아득한 선배 선생님의 전화 한 통에 꼼짝없이 에피소드 한 편을 쓰게 생겼다. 웃음기 띤 목소리에 떠오르는 얼굴은 지금의 나보다 젊은데 벌써 정년퇴임을 하신단다. 선배도 내게 '이제 40 돼 가제'라며 농을 하는 것을 보니 세월이 흐르긴 많이 흘렀나 보다.

김종건 선생님과는 오래 같이 근무하지는 않았다. 선생님께서는 10년 정도 효성여중에서 근무한 후 고등학교로 옮겼고, 그 후 대구바닥이라는, 좁은 도시에 사는 탓에 어쩌다 결혼식장 정도에서 한 두 번 마주친 것을 빼고는 거의 못 보고 지냈다. 그런데도 지금까지 친숙하게 느껴지는 것은 까마득한 옛 일이지만 정말 잊을 수 없는 만우절 날에 있었던 일화 때문이다.

나로서는 교직생활 한 3년차 쯤 되었던가 보다.

요즘의 후배들은 얼마나 똑똑한지 가르쳐줄 것은 없고 배울 것 만 가득한데, 그 즈음의 나는 지금 생각해보면 우둔한 애들처럼 해도 되는 것과 하면 안 되는 것의 구별조차 안 되는 풋내기 선생이었다. 소풍 가는 게 좋고, 만우절이 되면 뭐 재미있는 일들이 없을까 애들보다 더 궁리를 하던 시절이었다. 대단한 아이디어가 생각났다. 먼저 수업이 시작되기 전에 당시 우리 반에서 제일 덩치가 큰 홍아름이라는 학생 뒤 자석에 몰래 앉아 있었다. 학생 교복 상의를 미리 빌려 입고는 일반 선생님들과는 다른 방식의 수업을 하신다는 조용개 선생님께서 수업하시는 장면을 몰래 훔쳐보았던 기억이 난다. 수업이 시작되고 한 1, 2분이면 들킬 줄 알았다. 그런데 그 당시에 젊은 남선생님께서 숫기가 없으셨던가 애들 얼굴을 쳐다보지 않으시는 거다. 분명히 시선은 나를 지나쳤는데 전혀 못 알아보시는 거였다. 애들은 웃음을 참느라 볼이 붉어져 가고 한 10분이 지나서는 내가 조바심이 나서 더 있을 수가 없었다. 손을 들고 '선생님 화장실 좀 다녀와도 돼요?' 하고 물었다. '응 그래 다녀와라.' 하는데 폭소가 터졌다. 그러고도 한참만에야 선생님이 아시고 무안해하고 너무나 당황해하셨다. 수업이 끝나고 재밌었다고, 근데 정말 몰랐고 당신이 애들 얼굴을 그렇게 한 명 한 명 안 보는 줄도 처음 알았다고 하셨다. 선생님 수업이 남 다르시다고 해서 보고 싶었다고 말씀드렸다. 그 날의 성공에 자신을 얻어 그 다음 해 만우절에 애들이 내게 먼저 와서 이번에는 김종건 선생님 수업시간입니다. '작년처럼 꼭 한번 들어오셔서 재미있는 시간 좀 만들어주세요.' 라는 요청이 있었다..

당시의 나이는 이미 40이 넘으셨는데도 김종건 선생님 수업은 정말 재미가 있다고 소문이 자자했었다. 한 시간 내내 웃고 즐겁다고…… 꽁꽁 붙들어 꼼짝 못하게 하고 수업하는 내 방식을 생각할 때 정말 부러운 수업이었다. 1996년 4월 1일 새로운 역사는 시작되었다. 마침, 내가 비는 시간에 선생님 수업이 들어 있었다. 아쉽게도 우리 반은 아니었지만 절호의 기회라고 생각했다. 한 학생의 교복 재킷을 빌려 입고 교실 뒤 창문 쪽에 등치가 큰 '정혜나' 라는 아이 뒤에 앉았다. 작년의 경험 때문인지 조금 느긋했다. 농구부였던 것으로 기억하는데 한 학생과 농담으로 시작하는 수업이었다. 당시 농구부는 오전에만 수업을 하고 오후는 연습을 했기 때문에 수업에 들어오면 엎드려 자기도 하고 애들과 그리 잘 어울리지 못한 학생도 있었다. 그런데 아주 친밀하게 얘기를 주고받았고 애들은 수업 시작부터 웃음을 터트렸다. 그날따라 김종건 선생님은 평소 하지 않으시던 껌을 질근질근 씹으면서 수업에 들어오셨다. 이 장면을 목격한 이들이 선생님을 공격할 좋은 기회라고 생각하고는 '어떻게 선생님께서 수업 시간에 껌을 씹을 수 있어요' 하고 먼저 시비를 걸었다. 너무나 자연스럽게 그리고 당당하게 김종건 선생님께서 내가 교실에 들어오기 직전에 좋아하는 제자가 껌을 주어서 지금 씹고 있다. 그러시고는 수업이 시작된 그 때까지 씹고 있는 이유 3가지를 말씀하셨다. 첫째, 아직 단물이 다 빠지지 않아서이고, 둘째, 나는 껌을 일단 씹으면 딱 소리가 한번이라도 날 때까지 씹는 습관이 있고, 셋째, '내가 이것을 다 씹고 나면 누군가가 받아 씹고 싶은 아이가 있으면 줄려고 그런다' 라고 능청스럽게 말씀하셨다. 문제는 아담한 체구의 후배 처녀 선생이 뒤쪽 구석에 여학생 교복을 빌려 입고 있다는 사실을 전혀 모르시고는 아이들과 평소보다 진지한 농담을 주고받고 계셨다. 문제는 아이들의 반응이었다. 선생님께서 평소와 비슷한 행동이나 말씀 한 마디 한 마디 할 때마다 박장대소하면서 책상과 교실 바닥을 발로 구르면서 야단법석이 이어졌다. 선생님께서 참 난감해 하셨다. 그날따라 도저히 이해가 되지 않는다고 하시고는 '세상 살다보니 별꼴 다보겠다'고 하시면서 '이년들이 드디어 미쳤다'고 하시면서 황당해 하셨다. 그러시면서 목이 마르고 땀을 흘리시면서 앞에 앉은 아이의 우유를 하나 집어서 드시면서 '우리 엄마가 우유는 씹어 먹어라했다' 면서 이와 이가 부딪치는 소리가 들릴 정도로 질근질근 씹어 드시는데 아이들은 계속해서 교실이 떠나갈 정도로 와자지껄하고 소란은 계속되었다. 선생님께서 몇 번 수업을 진행하려고 했지만 아이들의 완강한 거부와 소란으로 잘되지 않았고 참 세상에 이상한 아이들도 다 봤다는 식으로 어쩔 줄 몰라 하셨다. 아이들은 같은 교실 뒤쪽에 후배 수학과 처녀 선생님이 있다는 사실을 눈치 채지 못하고 선생님의 욕설에 가까운 말에 평소 같으면 따지고 화를 내야 할 텐데도 그저 깔깔 대고 재미있어 했다. 30분이상이 지난 뒤 겨우 교실 분위기를 수습하고 그 날 수업 단원인 황순원의 '소나기'로 이어졌다. 내 학창 시절 국어시간에 단어 하나하나, 문장 하나하나 떼서 해부를 하던 국어 수업에 익숙했던 나는 연극 대사를 읊는 톤으로 혼자서 일인 다역을 마치 성우처럼 하시면서 얘기하시는 모습이 신기하였다. 옛날 소년 소녀들에게는 첫사랑의 아련함이 잘 담겨있는, 하지만 그 당시의 학생들만 해도 그 투박한 사랑의 느낌을 공유하기에는 너무 세련된(?)아이들이었다. 소년이 비를 맞고 추위에 떠는 소녀를 업고 빗속을 달리는 대목이었다. 선생님은 '전율이 흐르듯 짜릿하지 않느냐고, 나는 생각만 해도 마음이 설레고 얼굴이 붉어진다.' 하며 양 손을 들고 얼굴을 가리면서 몸부림을 치니 그 표현 때문에 애들이 또 까르르 웃으며 저마다 사랑에 대해 떠들어댔다. 나는 문득 피천득의 수필 '인연'이 생각나며 코끝에 낙엽 태우는 냄새가 나는 것처럼 느껴졌다. 사랑이라는 게 꼭 손잡고 뽀뽀해야 사랑이냐고, 이것보다 더 아름다운 사랑이 어디 있느냐고. 김종건 선생님의 수업은 계속 이어졌고 나는 이제 그만 나가야한다는 것도 잊은 채 한 시간이 거의 다 흘렀다.

　수업이 끝 날 무렵에 갑자기 선생님께서 '야! 오늘 만우절인데 질문 없느냐?'고 하시기에 그제 서야 정신이 번쩍 든 나는 이제는 진짜 나가야 할 타이밍임을 알고 손을 들고 뭔가를 질문했는데(기억이 잘 나지 않음) 그 때까지도 내가 고개를 숙이고 손만 들고 질문을 했기 때문에 선생님께서는 "야 질문하는 너 왜 고개를 들지 않고 있어 얼굴에 자신이 없나?" 하시 길래 그제서야 내가 고개를 드니까 그 순간 난리가 났다. 아이들은 킥킥 웃고 김종건 선생님께서 한 시간 내내 자기 수업을 몰래 숨어서 보고 있었다는 것을 그제서야 아시고는 너무나 놀라시며 두 손으로 얼굴을 가리시고 '나 몰라' 하시면서 발을 동동 굴리셨다. 무대 위의 배우처럼 소년과 소녀의 대사를 번갈아 읊으시며 당당하던 선생님의 얼굴이 소나기의 10대 소년과 같은 홍당무 얼굴이 되어 황당해 하시던 기억이 아직도 생생하다. 갑자기 겁이 났다. 내가 너무 큰 결례를 한 것이 아닌가하고 말이다. 수업을 마치고 만우절을 즐겁게 보내고 싶은 마음과 당시로서 선생님 수업이 학생들 사이에서 재미있다는 소문이 나 있어 마침 만우절이라 선생님은 만우절에 어떻게 수업을 하시는가 보고 배우고 싶은 충동 때문에 그랬습니다. 죄송합니다.' 하고 말씀드렸더니 수업 끝날 무렵 내가 손들 들 때까지 전혀 몰랐다. 수업 중에 평소와 다르게 애들이 박장대소하고 욕을 해도 즐겁게 깔깔대는 것이 의아했지만 상상도 못했다. 그러시고는 괜찮다고 하셨지만 한참이나 선배인 선생님께 지금 생각해보면 정말 무례를 범한 후배 여선생에게 버릇없다고 화를 내셔도 아무 드릴 말씀이 없는 상황이었다. 그 이후부터는 만우절만 되면 선생님의 너무나 당황하셨던 모습이 떠올라 더 이상 그렇게 하지 않았다. 물론 나도 나이가 들고 애들과 장난를 위해서 함께 무엇을 꾸미기에 너무 늙은 중견교사가 되었다. 교사인 나에게도 잊을 수 없는 사건이다. 재미있는 추억을 만들어 주신 김종건 선생님께서 벌써 퇴임을 하신다고 하니 먼저 진심으로 축하드리고 싶다. 요즘의 교직사회를 생각해보면 명예로운 퇴임이란 참 쉬운 일이 아니다. 더 불명예스러워지기 전에 퇴임한다고 서글픈 말씀을 하시는 선배 선생님들이 계시고, 나 역시 학생을 가르치는 것보다 늘 잡무에 시달린다는 생각이 들 때마다 교단을 계속 지켜야하나 하고 고민에 잠길 때가 많다.

늘 아이들의 눈높이에 맞추어 생활하시던 김종건 선생님의 모습이 나의 뇌리에 오래오래 남아 있는 까닭은 무엇일까?

감칠맛 나는
선배 교사

박화수
서부고 교감

시간이 정말 빨리도 흘러갔네요. 벌써 정년이라니…

김종건 선생님과 처음 인연을 맺은 게 아마도 새로운 밀레니엄을 맞이하기 직전해인 1999년도 9월 1일이었다.

저는 이번 기회에 선생님과의 인연을 쭉 정리해 볼까 합니다.

당시만 해도 흔하지 않게 사립학교에서 공립학교로 특채되었지요. 아주 여유 있게 유머를 섞어가면서 학생들에게 첫 부임 인사하던 모습이 생생합니다. 선생님 당신이 알고 있는 대구고의 사전 지식은 두 가지뿐이다 라고 고백했다. 대구고는 대-명동에 위치하고 있다는 것과 야구를 좀 하는 학교라는 사실뿐이다 라고 솔직하게 말하면서 앞으로 대구고등학교에서 학생들과 생활하게 되어 기쁘다고…

그리고 그 후 국어 선생님, 학급 담임으로서 학생들을 교육하는 모습을 옆에서 지켜봤습니다. 아낌없이 주는 나무처럼 사랑과 열정으로 항상 학생들과 호흡을 같이하면서 소통하는 선생님이었습니다. 동교과도 아니고 동학년도 아니었지만 교사 테니스 동아리 회원으로 나중에는 회장으로서 참 많은 기여를 하고 교직원 친목회장님으로서도 학교의 분위기를 화기애애하게 하시는데도 크게 기여하였다. 대구고에서 인연을 맺은 후 나는 지금까지도 그 끈을 놓지 않고 있다.

그 후 저는 2002년도 화원고등학교로 전출되었고 선생님은 대구고 학생들과 만학도인 방송 통신고 학생들에게까지 꿈과 희망을 키우시다 동문고등학교 요원교사를 거쳐 제가 근무했던 화원고에 부임하였다.

저는 선생님이 오시던 해 다른 학교로 전근을 갔고 그 후 몇 년이 지난 뒤 2010년도 더운 여름날 우리는 팔공산에서 교감연수 동기로 기쁘게 다시 만났죠. 사립학교 교감 연수생들과 확연히 다르게 공립학교 교감 연수생들은 눈에 보이지 않는 연수 순위 다툼이 엄밀하게 진행되는 4주간 연수의 회장을 맡았다. 연수회장이라는 중책을 맡은 김 선생님은 그만이 구사할 수 있는 유머와 조리 있는 말솜씨로 많은 연수생들로 하여금 연수과정에서 받는 여러 가지 부담과 스트레스를 한 방에 날려주던 모습이 너무나 인상적이었다. 매 시간마다 강사 소개를 간결하면서도 재치 있게 하여 함께 연수받던 선생님들을 놀라게 했다. 저는 그 때마다 어떻게 즉흥적으로 저렇게도 잘 하실까하고 연구 대상이었다. 늘 감탄의 연발이었고 매 시간 강사 소개 시간이 기다려지기도 했습니다. 그야말로 언어연금술사 같았다. 뿐만 아니라 그의 품행까지도 늘 본받고 싶었다.

아직까지도 김 선생님과 나는 교직의 선후배로서 명품테니스구장 경북고 테니스 동아리의 영원한 회원으로서 좋은 인연이 이어지고 있다. 앞으로 살아가면서 늘 가까이에서 선배로서, 인생의 멘토로써 아낌없는 지도를 부탁드립니다.

곱상한 외모와 조용한 분위기의 소유자이지만 가끔 그에게 말할 기회가 주어지면 풍부한 학식과 유머로 대중을 사로잡는 매력은 범부들이 쉽게 흉내 낼 수 없는 것은 그만이 할 수 있는 노하우다.

늘 건강하시고 여유 있는 생활이 지속되시길 기원합니다.

'종건당',
그는 행복한 사람이다

방종헌
강동고 국어교사

시간은 무엇이든 무너뜨리는 강고한 힘을 가졌다는 사실은 이미 다 알고 있다. 그래서 그 시간의 축에 빠져들지 않으려 사람들은 기록이 지닌 의미를 중요하게 여기고, 그로 인해 인간이란 평범한 종이 지구상에 우뚝한 존재가 된 것이다. 그리고 그 시간의 축에 평범한 사람들이 남긴 기록이 소중한 가치를 지녔음을 자각한 사람들은 시간의 축에 끌려가지 않고, 시간을 자신의 몫으로 남길 줄 안다. 망각과 기억이란 시간의 축에서 기억을 되살려 남기는 것이다. 그런 만큼 한 사람이 겪어온 시간들이, 그 시간의 날줄과 씨줄을 엮어 자신의 시간으로 만들어 갈 때를 안다는 것은 소중하다.

사람이라면 누구에게나 그 자신에게 사소한 일이란 없다. 그 가운데 하나가 사람과의 만남이다. 처음에는 그것을 인연이라 생각하지 않지만, 그 만남이 지속되고, 의미를 부여하여 소중한 가치를 형성하면 그 때에서야 우리는 깊은 인연을 말하고, 시간의 축을 기억에다 되살려 담으려는 것이다. 오늘, 무너지는 가을 앞에서 찬란히 쏟아지는 11월의 햇살 아래 그 만남을 떠올리는 일은 한 편으로는 아쉬움이 되지만, 한 편으로는 기쁨이 된다. 한 해의 뒤 끝에 남은 시간이 얼마 되지 않은 때 돌아보는 것. 그 시작을 살펴봄, 또한 의미 있으리라.

김종건 선생님. 그와의 만남은 늘 밝은 햇살 아래의 가을을 생각하게 한다. 21세기의 시작이 이루어진 해. 2001년 3월 대구 고등학교에서 한 학년을 하게 되면서 시작된 만남은 다음 해까지. 그리고 드문드문 이어진 만남과 헤어짐이 지나, 내가 와룡고를 거쳐 달성고에 왔을 때, 다시 만났다. 그 사연의 낱낱을 깨워 다시 들먹이기엔 망각의 편에 서 있음이 편리하다. 그래도 기억에 남겨두어야 할 일이 있어, 이 글의 서두가 되는 것이 아니겠는가?

사람에게 잊혀 진다는 것은 자기 존재의 부정이다. 그래서 잊혀 지지 않으려 사람들은 자신의 존재를 다른 사람에게 각인시키려 하고, 지속적인 인상을 남기려 한다, 안쓰러울 정도로. 그런데 이와 반대로 다른 사람에게 잊혀 지지 않는 존재가 되고자 노력하지 않아도 잊혀 지지 않는 사람들이 때론 있고, 그런 만남에는 깊이가 있고, 사소함마저 기록을 통해 역사적 사실이 될 수도 있다. 처음 제목을 받아들었을 때, 나에게 이 사람은 어떤 존재였을까? 전자였을까 후자였을까를 생각해 보았다. 얻은 결론은 후자였다. 그 계기는 우연처럼 엮인 일 때문이다.

달성고에 있을 때, 은행잎이 지고 난, 지금쯤이었을 것이다. 수능 이후라 시간의 여유가 있어, 신입생을 유치하기 위한 설명을 위해 모 중학교를, 지난 학기동안 근무한 적이 있는, 종건당 선생님과 함께 간 적이 있었다. 그 학교에 가서 진학실 선생님들에게 인사를 하고 나오는 순간, 저 중학교 교재에 나오는 '상록수'의 한 구절. 그것도 영신이 아이들을 내보내고 실의에 젖어 창밖을 보는 순간 나타난 놀라운 광경. '뽕나무에 닥지닥지 매달린 것은 뽕나무 열매가 아니라 아이들이었다'는 구절의 재현을 보았다. 복도를 가득 메운 많은 중학생들, 고 어린 것들이 와르르 몰려와 종건당을 붙잡고 매달리고 서로 차지하려고 아우성치는 모습이 마치 유명 가수가 등장한 것처럼 말이다. 이 낯설고도 생소한 광경에 서른 해 가까이 학교란 공간에, 게다가 내숭과 점잖음을 내세우는 고등학교에서만 근무한 나에게 충격적인, 그야말로 '경이적 모멘트'란 이럴 때 쓰는 말일지도 모른다. 이 상황을 무엇으로 설명한다는 것은 불가능한 것이며, 불가사의란 말로 잊어버리는 것이 차라리 편한 발상이리라.

신망을 얻음으로 가능한 일도, 열성적인 수업만으로 가능한 일도, 유머 가득한 언행으로만도 설명되지 않는 이 사태에서 내가 내릴 수 있는 결론은 아무것도 없었다. 단지 기록할 뿐이다. 공자 말씀대로 술이 부작述而不作이다. 판단은 이 글을 읽는 이의 몫이고, 나는 단지 기록할 뿐이다.

후일담으로도 그 상황에 대해 어떻게 가능한지, 또 어떻게 생각하시는지는 물어 보지 못했다. 그냥 당혹스런 감정에 나는 어떤 존재일까라는 의문이 더 컸기 때문이다. 아니 실상은 나 자신이 부끄러웠다고 하는 것이 오히려 솔직한 답이리라. 그리고 새 학기가 되어 나는 학교를 옮기게 되어 더 함께 하지 못했다. 끝내 그 의문은 풀지 못한 채 헤어진 것이다. 나의 삶을 돌아보게 한 계기가 된 의문이니 풀고 그 방법을 배웠어야 함이 마땅함에도 아직 제대로 묻지 못한 사실이 부끄럽다. 그 뒤 중학교로 가셨다는 소식을 들었고, 나는 스스로 잊혀진 존재가 되리라고 대구에서도 변방의 작은 학교에 칩거하고 있다. 문득 기억을 되살려 보면, 참으로 많은 대화를 나누었던 것 같다. 국어과라는 동과 교사로서의 동질감, 사립에서 오랜 시간을 근무하고 마흔이 넘어서야 공립으로 오게 된 상황이 지닌 유사성도 또한 인연을 깊게 한 동기가 되었으리라. 집도 서로 멀지 않은 공간에 있어 늦은 저녁 술 자리도 함께하며 사람의 진정성을 생각한 계기도 작동하여 오늘까지 온 것은 아닐까.

내가 선생에 대한 가진 인상은 말씀을 낮게 조근 조근하지만, 사소한 일에도 끈을 놓지 않는 잔소리꾼에 가까운 분이다. 게다가 일의 우선 순위에는 항상 학생들이 앞자리에 있었다. 그래서 동료교사로서는 불만을 사기도 하는, 때론 심각한 갈등으로 괴로워하면서도 그 일을 선택하는 사람이었다. 그런 점에서 결단력이 있는, 단호함도 있는 사람이라 여겼다. 어쩌면 순수하고 어쩌면 어리석고, 하긴 어리석음은 순수와 상통하지 않은가.

이제 곧 선생님은 교단을 떠나게 된다. 그리고 다시 학생들과 마주서서 이야기하며, 웃고 떠들 수 없을 것이다. 그래서 지난 날을 기억하고 잊지 않기 위해 글을 쓰고 적고 있는 것인지도 모른다. 물론 기록은 소중하다. 그러나 기록보다 소중한 것은 현재이며 미래이다. 학생들과 마주서서 웃고 떠들고 이야기할 기회를 잃어버리는 선생님은 어디에서 그 웃음을 찾을까? 가족도 있고, 성당도 있겠지만, 그만이 지닌 덕성을 그만이 지닌 무한 긍정의 가치를 더 이상 아이들에게 전할 기회가 없다는 것은 선생의 불행이다. 그러니까 학생을 만나는 행복이 없어진 것이다. 아니 아이들이 더 불쌍할 지도 모른다. 일생을 두고 잊혀지지 않은 선생을 만날 기회가 없어진 탓이기 때문이다. 나에게는 그 모두가 슬플 따름이다. 그것이 곧 나의 길이 될지도 모를 일이니, 그럼 나도 슬픈 존재가 되는가. 아니 나도 그만한 가치를 가진 선생이었을까를 생각하는, 오늘 이 맑은 볕 아래 비감해진다.

그래도 희망은 있다. 이 글이 활자가 되고 난 뒤, 따뜻한 봄이 오면 전화가 올 것이다. 이 반야월의 연밭에도 물길을 뚫고 연잎이 솟구치고, 꽃이 피면 문득 전화가 올 것이다. 그리곤 저녁 어스름의 골목에 마주앉아 잘 마시지 못하는 맥주 한 잔, 나는 소주 한 잔을 앞에 두고 저 1930년대의 소설들, 그리고 구인회의 뒷이야기를 하며 흰머리를 쓸어 올리고 있을 것이다. 그것은 미래가 아니다. 오래 전부터 그와 나 사이에 있었던 일이다. 그러니까 '오래된 미래'인 셈이다. 기다려지는 미래는 설렘을 갖게 한다. 그와의 만남은 이런 삶의 설렘을 확인하는 기쁨이 될 것이다. 누군가에게 이런 설렘을 준 '종건당', 그는 행복한 사람이다.

늘 배려하는 모습의
선생님

박혜옥
달성고 독일어교사

사람의 성격을 묘사하는 독일어 형용사 중에 'hilftsbereit' 란 낱말이 있습니다. 이 낱말을 우리말로 옮기면 '남을 잘 도와주는' 혹은 '자비로운' 이란 뜻입니다.

선생님을 떠올릴 때면 늘 이 낱말이 생각납니다. 그건 아마 두 학교를 같이 근무하면서 본 선생님의 모습에서 학생이든 동료교사에게든 늘 '도와주려는 마음' 이 느껴졌기 때문입니다.

처음 같이 근무하던 고등학교에서의 일입니다. 늘 그렇듯이 질풍노도의 시간을 살고 있는 남학교에서는 매일 크고 작은 일(?)들이 벌어집니다. 그럴 때면 잘못을 한 학생에게 큰 소리로 꾸지람을 하게 되고 즉각적인 반성을 요구하는 것, 그게 일반적인 모습이었습니다. 그런데 선생님은 한 번도 큰 소리로 학생을 꾸지람하는 모습을 본적이 없습니다. 학생을 바로 옆자리에 앉게 하곤 먼저 이유를 물으셨습니다. 그러면 학생은 한결 안정되어 이야기를 시작했습니다. 즉 학생이 하는 이야기를 많이 들어

주셨습니다. 그 후에 학생은 선생님께서 해주시는 충고와 조언을 새겨듣는 모습이었습니다. 만약에 그런 과정을 거치지 않으면 학생들은 그 어떤 이야기도 잔소리라고 듣기를 거부할 것입니다. 그런 모습을 보면서 '큰 소리 한 번 내시지 않고 저렇게도 선 머슴 같은 남학생들을 지도할 수도 있구나!' 하고 생각하게 되었습니다.

그런데 그게 사실 쉽지 않은 일임을 그 후로 많은 학생들과의 갈등을 경험하면서 알 수 있었습니다. 사실 바쁜 학교 일과를 겪다 보면 학생들과의 이야기 시간을 줄이게 되는 경우가 많이 있습니다. 그래서 선생님께서 보여 주신 주변 사람을 배려하는 마음, 먼저 이해하려고 노력하시는 모습이 인상적이었습니다.

그리고 시간이 흘러 달성고등학교에 교감선생님으로 부임해 오셨습니다. '이제 교감선생님이시니까 조금 달라지셨겠지' 하는 생각을 하고 있던 학기 초에 방과 후 학교 프로그램 개설에 문제가 생겼습니다. 국어 프로그램에서 강사가 부족한 상황이 발생했습니다. 여러 방면으로 필요한 강사를 구해도 잘 구해지지 않았습니다. 그래서 혹시나 하는 마음으로 교감 선생님께 부탁드렸습니다.

그런데 너무나 흔쾌히 '물론 도와드리지요' 라는 대답을 들었습니다. 사실 교감 선생님으로서 일도 많은데 시간을 내어 학생들과의 토론 프로그램을 한 학기 동안 계속 진행한다는 것이 쉽지 않을 것 같았습니다. 그리고 그 이후에 진행된 수업에서 너무나 열정적으로 학생과 문학 토론 반을 이끌어주셨습니다. 학생의 이름을 일일이 외우시고 친구처럼 대해주셨습니다. 그래서 학생들은 자유로운 분위기 속에서 문학 토론반의 수업에 열심히 참가했습니다. 사실 토론수업은 학생들과의 공감대가 형성되지 않으면 진행하기 어려운 수업이죠. 그런데 선생님은 사전에 학생들이 좋아할만한 재미있는 이야기를 준비하시고 수업 초반에 이야기를 해주셨습니다. 그러면 학생들은 웃으면서 '그건 아닙니다'라고 이야기를 하면서 학생의 의견이 자유롭게 나올 수 있도록 했습니다. 그렇게 해서 시작된 수업은 다양한 작품과 텍스트로 선생님께서 중학교로 전근가실 때까지 진행되었습니다. 보충수업 시간이 너무 많아서 힘들어하시던 국어 선생님들께서 많이 고마워했습니다.

이제 선생님은 사랑하던 학생들과 그리고 동료 선생님 곁을 떠나시게 되었습니다. 아마 계시는 곳이 학교가 아니라도 그 어떤 장소에서도 사람을 사랑하고 문학을 사랑하는 선생님의 모습은 변하지 않을 것이라고 확신합니다. 또한 후배 교사들과 이웃에 대한 선생님의 사랑과 관심은 앞으로도 계속 될 것이라고 확신하면서 또한 선생님의 건강과 마음의 평화까지 함께 기원합니다.

이 시대 참 스승이며 교육자
- 스스로 삶의 지평을 개척하며 살아가는 멋진 주인공 -

이순희
대곡고 교사

선생님과 나는 2004년부터 2005년 동문고등학교 개교 초창기 2년을 같은 학교에서 근무하였고, 2010년에서 2011년까지 한 울타리에 있는 포산 중학교와 포산 고등학교에서 함께 하였다. 그 기간 동안 한 학교에서 가장 많은 대화를 나눈 분이라 할 만큼 교직의 선배이자 인생의 선배이신 선생님과 나는 학생 지도 방법의 문제에서 문학관, 교육철학, 그리고 인생관이나 종교관에 이르기까지 수많은 주제에 대해 대화를 나누었던 것 같다.

그 모든 대화를 통해 그때그때 느낀 것도 있고 오랜 세월이 지나면서 깨닫게 된 것도 있지만 김종건 선생님이 어떤 분인가에 대해 묻는 물음에 난 주저하지 않고 다음과 같이 말할 수 있다.

내가 아는 김종건 선생님은 이 시대 보기 드문 참 스승이고 교육자이며 스스로 삶의 지평을 개척하며 살아가는 멋진 주인공이시다. 참 스승으로서의 면모는 선생님이 국어 교사로서 독서 지도나 글짓기 지도, 국어나 문학 교과 지도 등에서 끊임없이 최선을 다하고, 선생님만의 독특한 방법으로 성과를 거둔 것에서 잘 나타난다. 그러나 내가 선생님을 이 시대 참 스승이라 부르는 이유는 선생님이 자신을 낮추어 학생들의 눈높이까지 내려가 함께 소통하면서 그들을 위로 밀어 올려주는 헌신적인 제자 사랑과 참교육을 실천하시는 분이기 때문이다.

포산 고등학교 재직 시절 한 울타리에 있던 포산 중·고등학교는 체육대회 행사를 함께 했다. 그 때 선생님은 포산 중학교 2학년 담임이셨다. 당시 체육대회 때에는 중학교에서는 가장행렬을 꼭 했었는데 선생님 반 학생들이 택한 가장행렬의 주제는 남장 여자와 여장 남자를 신랑 신부로 하여 행렬에 참가하는 것이었다. 이때 여학생들로만 구성된 반 학생들이 여장 남자로 택한 대상은 바로 50대 후반의 담임 김종건 선생님이셨다. 선생님은 망설임 없이 학생들과 하나가 되어 학생들이 해주는 대로 긴 가발을 머리에 쓴 채 입술은 빨갛고 얼굴 전체가 허옇게 분칠을 한 화장을 받았고, 가슴이 불룩 나온 블라우스를 입으셨다. 그리고는 학생들이 재미를 더하기 위해 선생님에게 입힌 다리가 밖으로 다 보이는 짧은 치마를 입으신 채 마치 배우가 주어진 역할에 최선을 다하듯, 남장한 그 반의 꼬맹이 여학생과 함께 학급의 가장행렬 맨 앞자리에 서서 행진하셨다. 그러다가 교장 선생님 이하 심사위원들이 있는 본부석 앞에 멈춰 서서는 천연덕스럽게 절을 하셨다. 그 모습을 본 중·고등학교 학생들과 선생님들은 물론 학부모들까지 모두 배를 잡고 웃으며 즐거워하지 않은 이가 없었다. 나는 그 삐에로 같은 모습을 하고 쑥스러워하면서도 학생들 속에서 그들과 함께 어울려 잔잔한 미소까지 머금고 계시던 선생님의 모습에서 이 시대의 참 스승의 모습을 보았다. 포산중 가을 축제 때는 60에 가까운 나이도 잊은 채 학생들과 함께 발랄하고 경쾌한 셔플 댄스를 추는 모습은 많은 제자들과 동료교사들에게는 신선한 충격이었다. 선생님은 진정 자신의 모든 것을 비우고 학생들이 원하는 자리까지 내려가 그들의 손을 잡고 이끌어 주신 참 스승이셨다.

선생님은 학생들에게만 가까이 다가가는 분이 아니라 남녀노소를 가리지 않고 어떤 구성원과도 대화하고 소통하신 소탈하고 친화적인 교육자이시다. 포산 중·고 시절 대부분의 선생님들은 대구시내에서 현풍까지 편도 한 시간 정도 걸리는 먼 거리를 차로 출퇴근하였다. 선생님과 나도 처음엔 두 사람이, 나중엔 가까운 거리에 있던 4명의 선생님이 함께 카풀 형태로 출퇴근을 하였는데 우리 구성원들은 모두 선생님의 소박하고 소탈한 유머와 친화적이면서도 결코 가볍지 않은 선생님과의 대화로 두 시간 남짓한 출퇴근길을 즐겁게 다닐 수 있었다. 특히 처음 한 해 정도는 함께 할 카풀 구성원이 없어 선생님과 단 둘이 하루 2시간을 여행하듯 대구에서 현풍까지를 드라이브하는 기분으로 다녔다.

그 땐 아침 6시 반쯤이면 대구에서 출발했기 때문에 피곤하기도 했지만 계절마다 새롭게 펼쳐지던 새벽길의 풍광이 우리에게 적잖은 위로가 되었다. 겨울에 우린 눈 덮인 머언 산과 하얗게 눈꽃을 피운 철쭉이 새벽의 신비한 하늘과 어우러져 끊임없이 이어지는 수묵화를 연상케 하는 길을 가르며 자연의 무한한 신비와 아름다움을 느끼는 행복을 누렸다.

봄이 되면 칙칙하고 딱딱한 겨울 땅을 헤치고 노란 개나리가 피어 세상을 밝히고, 이어서 연분홍 벚꽃이 꽃망울을 터트려, 한 일주일 사이에 흐드러지게 피기 때문에, 차창 앞으로 펼쳐지는 전경이 마치 무릉도원으로 통하는 길처럼 들어갈수록 아름다웠고 볼수록 환상적이었다. 그러다 이 꽃들이 지면 다시 앞산 터널 주변에서부터 하얗게 조팝나무가 줄지어 피는데 몇 주씩 격을 두고 피는 이들 봄꽃들의 파노라마는 여러 폭의 수채화를 이은 것같이 부드럽고 환상적인 분위기를 연출한다. 이렇게 끝없이 이어지는 생명들의 향연을 보며 때론 인생을 논하고 때론 교육과 문학을 논하고 또 때론 우리가 살아가는 세상 이모저모에 대한 생각을 나누었다.

그리고 짙푸른 녹음과 푸른 하늘이 그림보다 더 아름답게 펼쳐지는 여름이면 시골 길에 할머니들이 내놓은 과일을 맛보기도 하였고, 단풍이 아름답게 물들어가는 가을에는 자연의 섭리를 생각하며, 가을 곡식이나 나무들처럼 거둘 것이 많지 않은 우리네 인생을 반추하며 겸허한 마음으로 인생과 종교를 논하기도 하였다.

그 때 함께 했던 시간과 대화를 통해 내가 느낀 선생님에 대해 어느 날 자연스럽게 했던 말이 기억난다. '선생님은 남성과 여성의 속성을 함께 지닌 중성적 존재, 혹은 세속 사람이지만 성당의 신부와 같은 속성을 함께 지닌 사람, 동물과 식물 유형으로 말하면 동물보다 식물에 더 가까운 존재'와 같이 느껴진다고 말했던 것 같다. 난 지금도 그렇게 생각하며 이것이 바로 선생님만의 독특한 성품이라고 생각한다. 그리고 선생님과 함께 한 그 많은 시간들이 더없이 값진 것으로 추억되는 이유 또한 이러한 성품을 지닌 선생님과 함께 했기 때문이다.

마지막으로 또 한 가지 선생님에게서 느낀 선생님만의 그 무엇은 담담하면서도 진실하게 자신의 삶의 지평을 개척하는 삶의 주체, 주인공으로서의 면모이다. 선생님은 60여 년이 넘도록 자신의 삶에서 도달한 어느 한 수준에 만족하지 않고 부단히 노력하여 좀 더 높은 자신의 꿈을 이루고, 보다 넓은 삶의 지평을 개척하면서 살아오셨다.

초등학교 교사로 교직을 시작하셔서 그보다 몇 배 더 긴 세월을 중·고등학교 교사로 재직하셨고, 그에 만족하지 않고 박사학위를 취득하신 후에는 대학교 강단에서 문학을 강의하셨다.

이는 단순히 교육자로서의 자기 연찬의 정신만이 아니라, 한 문학도로서 문학에 대한 열정과 탐구력을 보여주었고 또한 자기 삶의 주체, 주인으로서의 역할과 책임을 다하는 모습이어서 언제 보아도 멋진 인생의 주인공이라는 생각이 들며, 이것이야말로 그 누구에게서도 보기 힘든 가장 선생님다운 면모라고 생각한다.

　이제 선생님이 학교를 떠나시면 어디서 무엇을 하실까? 물어보지 않아도 넉넉히 지금까지의 삶의 내공으로 보아 더 멋진 인생을 설계하실 것이고 또한 그 목표를 이루는 길이 좀 험하더라도 선생님은 그 길을 스스로 개척할 것이다. 그리하여 또 한 번 자신의 꿈을 실현하고, 보다 새롭고 아름다운 삶의 지평을 열어 가시리라 믿어 의심치 않는다.

　나는 미래의 어느 날 선생님이 찾아와 당신께서 본 세상, 당신께서 이룬 또 다른 꿈을 얘기하실 날을 위해 축배를 준비해 둘 것이다.

선생님과의 오랜 길동무
이순희 드림

종건당 당수
그는 누구인가?

박현성
대곡고 교사

　종건당 선생님께서 은퇴하신다고 한다. 늘 청년 같은 모습이라 그 분의 나이를 잊고 있었다. 아쉽기도 하고 요즘 같은 교육 환경 속에서 무사히(?) 임기를 채우고 떠나신다는 것이 부럽기도 하고. 그의 전화를 받고 많은 생각을 했다. 그리고 비록 오랜 기간을 함께 보낸 사이도 아니고(그분과 나는 화원고등학교에서 2006년부터 2009년까지 함께 했었다.) 속속들이 그 분을 알지는 못하지만 그 분에 대한 추억을 한 번 떠올려 보고자 한다. 이름 하여 영원한 종건당 당수 김종건 그는 누구인가?

　불완전하고 단편적인 나의 기억에 의존하기 때문에 이 글은 부정확할지도 모른다. 그러나 내가 짧은 기간 보았고 겪었던 종건당 선생님에 대한 진솔함이 드러나도록 한 번 써 보려고 한다.

1. 호박죽, 분필

　종건당 사모님께서는 호박죽을 맛있게 잘 만드신다. 나는 종건당 선생님으로부터 사모님께서 만드신 많은 음식을 받아먹었다. 당시 나는 혼자 자취하는 노총각이었기에 종건당 선생님이 보시기에 마음이 짠했을 것이다. 당신은 매일 나를 보면 결혼에 대한 이야기를 직설적으로 했다. 예를 들면 "박 선생 마음에 드는 여 샘 있으면 무조건 넌 내 꺼다. 꼼짝하지 마라. 한 눈 팔면 죽는다." 그리고는 자기의 늦은 결혼과 결혼 후의 삶의 변화와 행복에 대해 이야기했다. 나는 그 호박죽 맛을 잊지 못한다. 달콤하고 구수했던 맛은 흡사 종건당 선생님을 닮아 있었다. 아침을 굶고 오던 배고픈 노총각에게는 호박죽이 일종의 결혼에 대한 환상이었다. 나이가 들고 결혼을 했지만 아직 나는 내 아내에게서 호박죽을 얻어먹지 못했다. 아내도 언젠가는 호박죽을 끓이겠지 하는 마음으로, 종건당 선생님 말씀처럼 납작 엎드려 살고 있다.

　종건당 선생님은 나와 근무할 당시에 대구대학교에 출강을 하셨다. 종건당 선생님은 한국 현대소설을 전공하신 학자이시다. 대구교대를 졸업하고 잠시 근무하시던 초등학교를 그만 두고 심심해서 박사 학위를 땄다고 지나가는 말로 나에게 이야기했지만, 젊은 날 그의 학문에 대한 열정은 대단했을 것이다. 당시 대학원에 다니던 나에게 종건당 선생님은 늘 신선한 충격이었다.

강의를 다녀오신 어느 날 오후 느닷없이 나에게 분필 한 통을 내밀었다. 선생님께서 주신 분필은 대구대학교에서 사용하는 고급 분필이었다. 먼지가 날리지 않는 고급 분필. 별것도 아닌데 나는 그 것이 두고두고 생각이 났다. 그 분필을 사용했는지 어떤 느낌이었는지는 기억나지 않는다. 그러나 그가 분필을 주며 했던 말은 기억이 난다. "우리 학교 선생님들도 이런 분필 써야 하는데……"

2. 화원 분식 김밥

정확한 기억은 아니지만 그와의 첫 만남은 내가 화원고 발령을 받고 학년이 정해지던 날이었다. 교감에게 인사를 하고 간단하게 짐을 푼 다음 집으로 가는 길에 종건당 선생님께서 밥이나 먹고 가자고 이끈 곳이 학교 앞 분식집이었다. 우리는 김밥을 먹으며 이런 저런 이야기를 했다. 나는 내심 긴장하고 경계를 했었다. 이전부터 들었던 화원고로 지원한 교사들의 성향과 전임 학교에서 충분히 겪었던 이기적인 선배 교사들의 모습(진급을 위해서 후배의 공도 가로채고, 물불 가리지 않고 학생들을 이용하던)을 많이 보았기에 나는 나의 속마음을 털어 놓지 않고 그저 김밥만 꾸역꾸역 먹었다.

선생님은 나에게 자신의 속마음을 보여주셨다. 전임 동문고에서 교무부장으로 근무하며 생겼던 교사들과의 갈등과 진급이 목표는 아니지만 기회가 되면 최선을 다 해 보겠다는 이야기도 새파란 청년 교사에게 고백하셨다. 나는 오히려 그 모습이 좋았다. 있는 그대로의 모습을 보여 주신 초로의 선배 교사를 보며, 나이를 잊고 좋은 친구가 될 수 있겠구나 라는 생각을 했었다.

3. SBN, SBY

아이들은 종건당 선생님의 수업에 열광을 했다. 교직 경력이 얼마 되지 않던 나는 그의 수업이 궁금했다. 어떤 수업을 하시길래 아이들이 저토록 열광을 하는지 궁금했다. 아직까지 그 의문은 다 풀리지 않았지만 거침없이 뱉어내는 그의 찰진 '욕' 도 분명 한 몫 했을 것이라 짐작한다.

"이런 SBN, SBY"

나는 아직 종건당 선생님처럼 찰지게 욕을 하는 교사를 본 적이 없다. 욕이라고 하는 것이 과도하면 불쾌하고 어정쩡하게 지르면 욕 같지도 않은 것이 되고 만다. 그러나 선생님의 욕은 기분 나쁘지 않은 묘한 쾌감을 주는 재미가 있었다. 아이들도 곧 잘 따라했다. 이런 SBN, SBY

선생님의 신문 스크랩을 본 적이 있다. 소중하게 보관하고 있는 선생님이 투고한 글이 젊은 날의 선생님의 모습과 참 잘 어울렸다. 시국에 대한 입바른 소리와 우수에 젖어 있으면서 깡마른, 반골 기질을 지니고 있을 것 같은 선생님의 모습이 참 잘 어울렸다. 효성여중 시절 '전교조' 해직 교사들을 위해 교장 선생님에게 한소리 질렀다고 오랫동안 담임을 맡지 못했다는 당신의 후일담은 선생님의 욕 같은 묘한 즐거움과 시원함이 있었다.

4. 그의 개혁은 성공했을까?

한 때 그를 불편해하던 시절이 있었다. 정확하게 말한다면 '나 같으면 저 길을 가지 않을 텐데.' 라는 안타까움이 들었다. 대한민국 교직 사회에서 교감이 되고 교장이 된다는 것이 어떤 의미인지 잘 모르는 사람들은 교감 교장을 존경의 눈빛으로 보겠지만, 교직에 몸담은 사람들이 교감 교장을 바라보는 시선은 곱지가 않다. 그만큼 교감이 되기 위해서 지불해야할 대가가 혹독하다는 말이다. 때로는 굴종을 때로는 침묵을 강요당하고, 심지어는 아이들을 팽개쳐야 하는 경우도 있다.

모두가 꺼려하는 공개 수업인 연구 수업을 선생님께서 자청해서 한다고 했을 때, 모든 국어과 동료 교사들이 환호했지만, 나는 그것도 마음에 들지 않았다. 수업을 공개한다는 것이 자신의 민낯을 보이는 것이라, 저 연세에 자신의 치부를 보인다고 생각하며 부끄러움을 느꼈다. 선생님이 학생 부장이 되어 아이들에게 호통을 치는 것도 마음이 짠했다. 그냥 멋진 평교사로, 사랑하는 아이들의 담임으로 은퇴하시면 안 될까하는 생각을 했다. 내 생각으로는 종건당 선생님은 아이들과 함께 할 때 제일 멋있고 행복해 보였기에 그가 가는 길이 옳은 길이 아니라고 생각했었다. 나는 나의 아름다운 말년의 교직 선배님을 잃어버린 것 같아 두고두고 마음이 좋지 않았다.

결국 선생님은 교감이 되었다. 분명 그는 교감이 되어서 이루고 싶은 꿈이 있었을 것이다. 평교사의 신분으로는 도저히 바꿀 수 없는 이놈의 학교 현장을 한 번 바꿔 보고 싶은 호기와 선의가 그에게는 있었을 것이다. 그러나 나는 그의 교감 시절을 알지 못한다. 어떤 영광이 있었고, 어떤 좌절이 있었는지 나는 모른다. 그러나 추측컨데 다른 교감들과는 달랐을 것이다. 뭔가 해 보려고 발버둥 쳤을 것이다. 내가 아는 종건당 선생님은 그런 사람이었으니까.

5. 마치며

지난 봄 내가 근무하는 학교에서 종건당 선생님을 우연히 뵈었다. 여전히 청년 같은 모습이 그의 서글서글한 웃음과 함께 변함이 없었다. 그러나 무언가 모를 빈 곳이 느껴졌다. 나는 그것이 은퇴가 얼마 남지 않은 노 교사의 회한은 아니었을 것이라고 생각했다. 동료 없이 홀로 고군분투하고 있는 돈키호테의 처연함을 나는 읽었다. 김종건 선생님은 지금도 어딘가에서 청년처럼 일하고 청년처럼 부딪히며 살고 있을 것이다. 그래서 나는 은퇴 뒤에 찾아오는 대한민국 남성들이면 누구나 겪는 허탈함을 종건당 선생님은 느끼지 않을 것이라 감히 단언한다. 그는 어디에서든 지금의 모습처럼 살고 있을 것이기에.

끝으로 종건당 선생님의 동료로 같이 할 수 있었다는 것에 대해 자랑스럽다는 말씀을 전하며 두서없는 글을 마치려 한다. 부디 행복하시고 내내 건강하시기를 기원합니다.

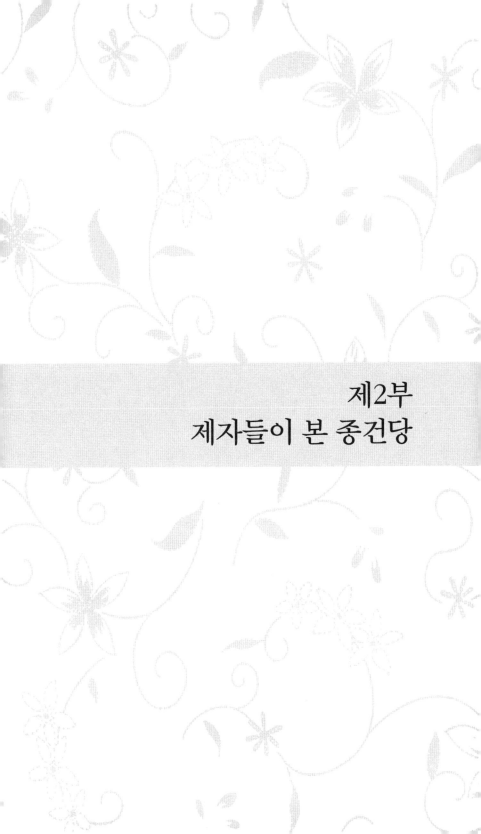

제2부
제자들이 본 종건당

교실에서 온 편지

설레임 반
두려움 반

진정선
양포초 3학년 제자, 종건당 3기

종건당 그는 누구인가? 참 많은 생각을 하게하는 물음이다. 진지하게 선생님에 대해 생각해 본 적이 없는 나로서는 처음 이 질문을 받고서 당황스러웠던 게 사실이다. 나의 부모님처럼 선생님을 항상 마음속에 담고 있지만 그 분께 가지고 있는 감사와 존경과 애정을 표현해 본적이 없는 그러면서 난 아직도 많은 사랑과 보살핌을 받고 있는 관계라는 사실을 깨닫게 되었다. 그저 죄송스러운 마음에 고개를 숙일 뿐이다. 지금부터 내 기억 속에 계신 선생님을 하나하나씩 꺼내보려 한다.

나의 소중한 선생님! 난 그분께 추억이란 잊지 못 할 큰 선물을 받았다. 어린 시절 선생님과의 강렬했던 첫 만남을 잊을 수 없다. 바닷가의 조그마한 시골학교 양포국민학교 3학년 1반은 지금은 상상도 할 수 없는 정원이 81명이었다. 두 반으로 편성해야 할 학급을 한 반으로 합쳐진 만큼 많은 아이들과 좁은 교실로 인하여 발 디딜 틈도 없이 책상이 비좁게 옹기종기 모여 있는 교실에서 난 새로 시작하는 학년, 새로 부임해 오시는 선생님을 설레임 반 두려움 반으로 만났다. 그런데 김종건 선생님께서 교실로 처음 들어서신 순간 그냥 두려움으로 바뀌었다. 우리에게 고래고래 소리부터 지르기 시작하셨다. 다정함이나 따스함이라고는 찾아 볼 수 없는 상황이었다. 그 때는 진짜 무서웠다. 뭐 때문에 혼이 났는지 정확히 기억이 나지도 않는다. 그냥 선생님께서 막대기 들고 소리 지르시던 모습만 생각나니까…

지금 생각해 보면 웃음이 나는데 그 때는 어린 나이라 무서운 선생님이란 선입견부터 가진 것 같다. 난 내성적이고 말이 없는 아이였다. 그래서 선생님께 마음의 문을 열기가 쉽지 않았다. 그래서 선생님 앞에만 서면 더욱더 안으로 꼭꼭 숨었던 것 같다. 이런 나를 밖으로 이끌어 내 주신 분이 선생님이시다. 툭툭 '밥 먹었냐?', '몸은 괜찮냐?', '오늘 기분은 어떠냐?', '좋아하는 취미는 뭐냐?', '고민은 없냐?' 한 마디씩 던지시며 관심을 가져주셨고 눈을 피하는 나에게 어떡하든지 눈을 마주보게 하시려고 내 눈높이에 맞추시며 말씀하시던 선생님을 잊을 수 가 없다.

그리고 나에겐 선생님을 결정적으로 좋아하게 된 계기가 있다. 운동을 좋아하지 않았던 나는 체육을 진짜 싫어했다. 덕분에 좋아하는 운동도 없었지만 달리기는 특히나 싫어했다. 그런 나에게 특훈을 해 주신다며 우리 집에 친구들을 몇 명 데리고 오셔서 나를 불러내셨다. 그리고는 바닷가로 가셔서 달리기를 시키기 시작하셨다. 잡기 놀이도 시키시고 단거리 달리기, 장거리 달리기를 선생님과 함께하면서 혼자서 운동하는 법도 알게 되었다. 그리고 참 열심히 재미있게 달리기를 하면서 놀았다. 가을 운동회 때는 꼴찌만 하던 내가 2등을 했다. 신발이 벗겨져서 1등을 놓쳤지만 선생님께서 잘했다며 안타까워해주셨다. 그때부터였다 선생님이 너무 좋았다. 그냥 좋았다. 다정다감한 성격의 선생님은 아니셨지만 선생님의 진심을 느꼈던 것 같다. 그리고 생각지 못했었는데 선생님께서 다른 학교로 전근가시며 자연스럽게 이별을 했다. 참 많이 슬펐다. 눈물까지 흘렸으니까 그것도 잠시 대구로 전학을 가고 거기 생활에 익숙해지며 선생님을 자연스럽게 잊고 살았다 그런데 중학생이 된 나를 잊지 않고 선생님께서 찾아주셨고 덕분에 꿈에도 생각지 못했던 선생님 결혼식도 참석을 했다. 고등학교, 대학교, 성인이 되어 직장을 다니고 40이 훌쩍 넘은 이 나이에도 선생님은 잊지 않으시고 안부 전화를 주신다. 난 너무 행복한 사람이다. 참 스승을 가진 난 정말 복 많은 사람이다.

어떻게 보면 선생님은 성장하는 나를 쭉 지켜보신 산 역사의 증인이시다. 그렇게 무섭고 어려웠던 선생님이 건방진 말이지만 이제는 선생님과 같이 늙어가는 나이가 되었다는 게 너무 좋다. 그리고 나는 내 아이들에게 가끔씩 얘기한다. 엄마에게는 이런 선생님이 있었다고 말이다. 선생님은 모르시겠지만 지금의 밝고 긍정적이고 봉사하는 삶을 살게 된 가장 큰 이유가 선생님이시다. 앞으로도 난 지금처럼 선생님을 추억하며 그 추억으로 행복하게 살 수 있을 것이다. 김종건 선생님은 나에게 삶의 의미와 이유를 그리고 어떻게 살아야하는지 방법을 깨우쳐 주신 분이시다. 선생님 존경합니다. 감사합니다. 그리고 사랑합니다.

참 아버지, 어머니께서 선생님께 안부전하시라고 통화할 때마다 말씀하세요. 세상에 김종건 선생님 같은 분은 안 계신다고…

'빵'으로
연상되는 기억

김현영
양포초 3학년 제자, 종건당 3기

"여기 부채가 하나 있습니다."

이 문장은 영구 저장된 문장이다. 어떤 문장이 어떤 이유로 잊혀지지 않는지는 모르겠지만 이 문장은 그 시절의 내 목소리와 함께 또렷이 기억난다.

선생님께서 반 아이들 중 몇 명을 뽑아 웅변대회에 나가기로 하셨고 그 중 하나가 나였는데 웅변 원고 첫 문장이 저 문장이었다. 웅변이 뭔지 그 때 처음 알았고 사람들 앞에서 큰 소리로 무언가를 외치는 것이 굉장히 낯선 일이었지만 당시 나는 선생님 말씀은 무조건 듣는 아이여서 열심히 연습했던 기억이 난다.

아마 반에서 최종으로 뽑힌 건 내가 아니었던 것 같은데 그래도 대회 구경은 같이 갔다. 작은 어촌인 양포를 벗어나 좀 큰 동네(어디였을까? 장기? 오천?)에서 열린 대회라 선생님의 인솔 하에 여러 명의 친구들이 함께 갔고 나는 여기저기 둘러보느라 정신없었다.

뿐만 아니라, 좀처럼 선생님의 말씀을 어기지 않는 내가 돌아다니지 말고 같이 붙어 있으라는 선생님의 말씀을 어기고 빵집(아마 도너츠 가게)으로 달려가 빵 냄새에 취해 사먹을까 말까 망설이며 선생님께서 찾으시는데도 듣지 못하고 정신 팔려서 선생님을 엄청 곤란하게 했던 일이 있었다. 어디 나가서 말 안 듣고 돌아다니는 아이들만큼 골치 아픈 일은 없을 텐데 그 때 얼마나 힘드셨을까… 그래서인지 그 때의 기억이 유독 머릿속에 남아 있다. '웅변' 하면 바로 '빵' 으로 연상되는 기억…

"구름은 왜 움직이는 거지?"

날씨가 몹시 쾌청하던 오후, 친구들과 선생님과 산에 올랐다. 높은 산은 아니었던 것 같고 낮은 언덕배기 같은 곳이었는데 하늘이 너무도 파랗고 구름이 몽실몽실 하얗게 예쁜 그런 날이어서 모두들 누워 하늘을 바라보며 두런두런 이야기를 나누었다.

파란 하늘에 조금씩 움직이는 구름… 누가 물었을까? "구름은 왜 움직이지?"

다들 바람이 불어서 그럴 거라고 했는데 그 당시 과학 지식을 막 알아가던 나는 그 물음에 구름이 움직이는 것은 지구가 돌기 때문이라는 이야기를 했다. 왠지 바람보다는 지구의 자전이 더 중요하고 큰 이유일 것 같았기 때문에 당연히 내 말이 맞을 줄 알았다. 옥신각신 하는 우리 이야기를 들으시던 선생님은 바람

도 불고 지구도 도니까 그런 거라는 중재안을 우리에게 내놓으
셨다. 선생님께선 당연히 내 생각이 어처구니없다는 걸 아셨을
텐데… 아마 막 과학 지식에 재미를 알아가는 제자가 움츠러들
지 않게 하려는 배려였을 거라고 지금에야 짐작해 본다.

이게 다 36년 전 일이다. 세상에나…

36년 전의 일이 기억으로 남아 있는 것, 그리고 그 때의 기분
이 고스란히 느껴지는 것은 참 행운이다.

이 행운이 가능하게 공간을 만드신 분, 김종건 선생님. 존경
합니다.

나를 기억해주는 선생님이 계시다는 것은 저에게 큰 힘이었
습니다.

늘 빛나는 삶으로 우릴 비춰주시리라 기대합니다.

2014년 12월 27일

비밀번호
김종건

효성여중 2학년, 종건당 9기, 미용학원 원장

인터넷 사이트 가입을 하게 되면, 으레 비밀번호 찾기라는 힌트와 질문을 선택해야한다.

누구도 모를 비밀 힌트의 정답… 또한, 스스로 헷갈려하지 않을 질문과 정답…. 그 때마다 내가 거침없이 선택했던 질문은, "가장 기억에 남는 선생님은?" 이었다.

물론, 예상대로 "김 종 건" 선생님이다.

그렇게 그는 내 학창시절 가장 기억에 남는 선생님이었다.

중학교 어느 시절이었다.

당시, 전교조 가입했던 선생님 한 분이 해임을 당하시고, 그런 일련의 역사적 사건을 겪으면서 나는 내 인생에서 잊지 못할 기억을 가지게 된다.

그저 존경하고 사랑하던 선생님이 원치 않는 해임을 당하시는 걸 지켜보는 어린 제자였던 나는 학급회의를 소집해서 선생님을 지켜야 한다는 선동을 했다.

정확히 기억나지 않지만, 동기들의 목격담이 그렇다.

그리고 그날 나는 수업 중에 당시, 담임이었던 박 모모 교사한테 불려가 그렇게 정치적인 충고와 3시간이 넘는 감금, 그리고 평생 처음으로 모욕감을 느낄 만큼 맞았었다.

그날 저녁 나는 결의에 찬 일기를 썼다.

'내 반드시 성공한 어른이 돼서, 당신을 찾아가 복수를 할 거야!'

중학교, 어쩌면 그렇게… 온전히 그 기억만 남을 뻔 했었다.

그러던 어느 햇살 쨍한 나른한 오후, 새로 부임한 젊은 국어교사가 뒷문을 열어 제치며 들어왔다. 그렇게 우린 숨죽이며 그의 일거수일투족을 지켜보았고, 그는 눈부시게 환한 햇살 사이로 윗도리를 휘날리며 벗으시더니.

"외우고 있고 있는 시가 있으면 낭송 해 볼 사람?"

그렇게 이건 뭐지? 하며 학급 동기들이 정신 줄을 놓고 있는 사이, 뒷자리에 앉아있던 내가 먼저 손을 번쩍 들고 일어섰다.

흐음… 시라니… 당시 시 좀 외우고 다니던 시절 아니었겠나.

그렇게 나는 윤동주의 서시를 낭송했고, 그렇게 멋지게 자리에 앉을 찰라, 마지막 구절이 틀렸다는 지적이 뒤따라 왔다. 흐음, 당신은 이 장면을 기억하고 계실라나…

나의 기억은 대체로 장면 장면 그렇게 낱개로 떠다닌다.

당최 연결을 할 수가 없다.

기억연결장애를 앓고 있는 게 아닌가, 스스로 의심스러울 만큼. 그렇게 내가 기억하는 그와의 첫 만남은, 그와 우리의 첫 수업. 그리고 어느 별다를 것 없던 나른하고 심심했던 점심시간, 운동장 계단에 나란히 앉은 그와 나의 뒷모습이 보인다.

어렴풋이, 교우관계에 대해 이야기를 나누었으리라.

그가 그러셨다.

"물건은 새 물건이 좋아도 사람은 헌 사람이 좋다"는 옛말이 있다고…

말인 즉슨, 지금의 친구들 관리를 잘하라는 얘기였던 걸로…. 아마 그랬던 것 같다. 사실 돌이켜 생각해보면 뭐 특별한 이야기도 아닌데, 그때는 어찌나 멋있어보이셨는지…

가장 잊지 못할, 밀양 얼음골 비밀여행.

마치 독립운동이라도 하는 냥, 그와 은밀하게 만나오던 명희와 민영, 우리 비밀결사조직의 삼총사는 그렇게 그와 어느 여름날 밀양 얼음골로 비밀 여행을 떠났다.

왜 갔는지, 어떻게 가게 됐는지 기억이 나질 않는다.

그저 얼음골 계곡물이 엄청스레 차가웠다는 기억과

계곡 어디쯤 평평하고 커다란 바위 위에 돗자리를 깔고 앉아 그가 무언가를 쓰라고 하셨고, 그래서 우린 매우 열심히, 진지하게 썼다는 기억만 있을 뿐이다.

그 여름 한낮이, 평생의 소중한 기억이 될 거라, 그때는 미처 몰랐다.

그렇게 여름이 갔고,

그해 겨울 평평 첫눈이 왔다.

우리 삼총사와 또 다른 아이들이 있었는지 기억나진 않지만,

그렇게 눈이 잘 오지 않던 그 시절 대구에 정신없이 함박눈이 왔고 오랜만에 끈 풀린 동네 개들처럼 그렇게 우린 미친 듯이 놀았었다.

왼쪽 가슴팍에 손수건을 달고 학교라는 곳을 처음으로 가고, 고3 수능을 보고 졸업을 할 때까지 그렇게 특별한 기억을 내게 만들어주신 교사는 김종건 선생님, 그 분 밖에 없다.

정치적이지 않은 순수한 제자의 마음을 선동이라 단정 짓고,

그렇게 학교란 폭력적이고, 불공정한 곳이라 마음을 닫을 뻔했던 그 사건 이후, 하필 그 시간 뒤에 혜성처럼 나타나서 그렇게 따뜻하고 아름다운 추억을 만들어주신 분도 김종건, 그 분 밖에 안 계신다.

김종건, 그는 누구인가?

글쎄다. 지금의 나보다도 젊으셨던 그때, 어린 나는 그를 만났고, 지금. 그 때의 그보다 훌쩍 나이를 먹고 생각해봐도 모를 일이다.

그는 누구인가?

한 가지 분명한 사실은 그는 아무런 힘도 없고, 철도 없고, 그야말로 아무것도 아니었던 그 때,

그 어린 나를 대하실 때나, 스물 서른 그리고 마흔이 되는 동안 드문드문 그와 만남이 있었을 때도, 그는 항상 같은 모습, 같

은 방식으로 나를 대해주고 계신다는 것이다.

놀랍지 아니한가, 참으로 존경스럽지 아니한가.

그렇게 내 학창시절 유일하게, 단 한 분뿐이었던 선생님.

그렇게 특별했던 선생님이 알고 보니, 나와 같은 제자가 수백 명도 더 된다는 사실.

그럼에도 불구하고, 그렇게 그를 특별하게 여기는 제자들이 부지기수로 많았어도, 나에 대한 그분의 스승으로서의 사랑과 관심은 단 한 순간도, 조금도 부족함이 없었으니, 이리 큰 사랑을 가진 사람이었구나하는 마음에 새삼 다시 한 번 존경과 사랑을 보내게 된다.

"선생님 고맙습니다."

이승환에
버금가는 우상

박민영

효성여중 2학년, 종건당 9기, 약사

퇴임기념 문집에 들어갈 원고 마감시한이 얼마 남지 않았다
는 독촉전화를 받고서야 정신이 퍼뜩 들었습니다. "저는 삶이
너무 바쁜데 좀 봐 주시면 안 될까요?" 샘이 아무리 편하기로서
니 전화를 끊고 나니 너무 죄송스러웠습니다. 선생님께 가르침
을 받은 시간은 1년도 되지 않고, 같은 학교에서 뵌 시간 또한 2
년이 되지 않지만 제 인생에 끼친 영향은 이루 말로 다 할 수 없
을 정도로 행운이었는데 기억나지 않는다는 이유로 한번 정리
해보지도 않고 지나가버리려 했던 저의 무심함이 죄송합니다.

1989년. 몇 월이었던가요? 제 기억엔 2학기가 시작되고 얼마
안 된 9월쯤이 아닌가 싶은데 선생님은 아시겠지요? 효성의 옛
남산동 교정에서의 마지막 해, 중2 국어선생님이 중간에 새로
오셨습니다. 아줌마 선생님에서 총각인 듯 총각 같은 샤프한 남
자 선생님의 등장만으로도 소녀들은 들떠있었는데 수업 시작
과 함께 무심하게 내뱉으시는 걸죽한 욕설들에 더욱 열광하기

시작했지요. 종내기들, 그 단어를 처음 들었는데 왜 그리 재밌는지… 욕이란 게 잘 쓰면 사람을 힐링 할 수 있고 유머가 된다는 것을 처음 알았지요.

질풍노도의 시기라는 중2, 그 해엔 제가 존경해마지 않던 우리 학교의 선생님께서 전교조가입을 이유로 해직되셔서 엄청난 눈물을 쏟아내던 시기였으며 세상의 정의란 무엇인가 치열하게 고민하고 가슴이 끓던, 시대를 잘 만난 탓에 나이보다 일찍 철이 들었던 그 해에 선생님을 만났다는 것도 우연은 아닌 것 같습니다.

권위적이고 관습대로 살려는 선생님들이 더 많았던, 희망이 보이지 않고 답답한 중학교 시절에 찰진 유머가 가득한 수업은 눈을 초롱초롱하게 만들었고 학교에 가고 싶은 원동력이 되었으며 어리다고 무시하지 않고, 하나의 인격체로 존중받는다는 느낌을 받았습니다.

소풍을 가서도 점잖 빼지 않고 우리의 눈높이대로 신나게 함께 놀아주셔서 선생님의 인기는 늘 하늘을 찔렀던 것으로 기억합니다. 3학년이 되자 학교는 월성동 벌판으로 이전을 했고 선생님의 수업도 들을 수 없게 되어 마음은 더 황량하였지만 간간히 편지를 쓰고, 짧은 엽서라도 답장을 받았을 때의 기쁨으로 힘든 일상을 견뎌낸 기억이 있는 걸 보면 제겐 거의 이승환에 버금가는 우상이셨던 것 같습니다.

그 때, 선생님이 저희를 처음 만났던 그 나이, 지금은 저희가 그 나이보다 더 먹어버렸어요. 지금 제가 아들 셋을 키우면서 인격체로 존중하며 부모의 의견만 강요하지 않는 교육방침, 약국 운영에 있어서도 쉽고 돈 벌기 쉬운 길만 찾아다니기 보다는 환자와 사회에 도움이 되려는 큰 마음을 잊지 않고 일상에서 재미와 보람을 찾으려는 노력들, 나름 제가 봐도 괜찮은, 이런 면들은 예민한 중학교 시절에 만난 선생님의 직간접적인 가르침에 많은 영향을 받았기에 가슴 깊이 감사드립니다.

선생님의 정년이 3년 더 남았다면, 이번에 중학교에 가는 아들 녀석 황금중학교에 보내고 싶었을 것입니다. ^^ 학부형으로서도 선생님의 퇴임은 너무 아쉽습니다. 우리 아이들도 제가 선생님을 만나 새로운 세상에 눈을 뜨고 학교생활의 기쁨을 찾았듯이 같은 행운을 누릴 수 있기를, 갈수록 험난해지고 앞이 안보이는 교육현실에 한 줄기 빛과 같은 선생님 만날 수 있기를, 선생님께서 선생님 같은 후배교사들을 대구에 많이 양성해 놓으셨기만을 바랄뿐입니다.

지금처럼 늘 건강지키시고, 퇴임 후 교단은 아니더라도 이 사회에 밝은 에너지와 희망을 전파하며 즐겁게 지내시는 선생님의 모습을 기대하며 기도하겠습니다.

감사합니다. 선생님!

교사로서
나의 롤 모델

김정희
효성여중, 종건당 10기, 국어교사

1990년, 내가 중학교 2학년 때 처음 김종건 선생님을 만났다. 나는 선생님 하면 '포니'가 먼저 떠오른다. 그 때 선생님이 타고 다니셨던 오래된 '포니'를 스스로 '똥차'라고 표현하시면서도 애지중지하시던 소박한 모습은 아직도 훈훈한 기억으로 남아 있다. 수업하실 때 농담도 많이 하고, 늘 웃으셨던 선생님은 내가 국어라는 과목을 좋아하게 만든 분이며, 국어 선생님이라는 꿈을 갖게 해주신 분이기도 하다. 지금 중학생들을 보며 나도 선생님께 저렇게 철없이 까불며 가끔은 막무가내인 중학생이었을 것을 생각하니 웃음이 난다. 효성여중에서의 3년은 선생님들 덕분에 울고 웃었던 시절이었다. 그리고 김종건 선생님처럼 평생 잊을 수 없는 선생님을 만나는 일은 인생에서 무척 소중한 일이다.

어느 국어 시간, 난 그날 그 시간의 들뜬 마음을 지금까지도 잊을 수가 없다. 숙제로 글짓기를 제출한 나에게 글을 아주 잘 썼다고 칭찬해 주셨던 선생님. 글쓰기 주제가 무엇인지, 내가 어떤 내용을 썼는지 전혀 기억나지 않지만, 선생님의 칭찬으로 마음이 들뜨고 행복했던 느낌은 고스란히 남아 있다. 그저 평범한 여중생 중의 하나일 뿐인 나를 순간 아주 특별한 아이로 느끼게 만들어 주셨던 선생님의 그 칭찬 한 마디에 난 어쩔 줄을 모르며 얼굴 빨개졌던 기억이 난다. 그 때 난 이미 내 평생의 진로를 결정했는지도 모른다. 국어를 공부하고 선생님처럼 국어 교사가 되고 나서 더욱 절실히 느끼지만 사실 나에게 특별한 글 재주란 없다. 그러나, 재주는 부족하지만, 글을 쓰는 것을 좋아하게 되었고, 아이들에게 글쓰기를 지도하며 큰 보람을 느끼게 되었다. 그리고 무엇보다 나는 제자들에게 칭찬을 아끼지 않는 선생님이 되려고 노력한다. 내가 칭찬의 힘을 선생님으로부터 경험한 까닭이다. 아이들의 작은 발전에도 격려를 보내 주시고, 예쁜 행동들에 진심으로 칭찬하셨던 김종건 선생님은 그렇게 교사로서 나의 롤 모델이시다.

또 하나, 나를 미소 짓게 하는 중학교 시절의 추억이 몇 장의 사진으로 남아 있다. 그 사진 속에는 발그레한 얼굴을 한 말괄량이 여중생들에 둘러싸인 젊은 김종건 선생님이 계신다. 수학여행 마지막 밤이었을 것이다. 우리 방 룸메이트 누가 했는지는 기억이 나지 않는 데, 우리 학교 학생들이 머무는 여관 숙소에 인솔교사들이 모여 계시는 방으로 가서 우리 반 선생님도 아닌 다른 반 담임 선생님이신 김종건샘을 몰래 꼬셔서 우리들이 있는 방으로 납치 아닌 납치를 해서 모시고 왔다. 선생님을 모시고 오시기 전에 우리들은 이미 선생님들 몰래 병뚜껑에 홀짝홀짝 돌려 마신 술 때문에 약간은 제 정신이 아닌 아이들도 있었다. 술 때문에 이미 기분이 좋아진 우리들은 선생님과 같이 정말 취한 것처럼 같이 춤추고 노래를 부르며 즐거운 밤을 보냈다. 지금 와서 생각해 보니 여중 2학년생인 우리가 어떻게 그렇게 간 큰 행동을 했을까하는 생각마저 든다. 다른 선생님 같으면 크게 꾸짖고 야단을 치셨을 텐데 야단치지 않고 함께 어울려 주신 선생님 덕분에 우린 다른 반 혹은 다른 방 학생들이 경험해 보지 못한 특별한 체험, 우리 방 룸메이트만 평생 잊을 수 없는 소중한 추억을 만들 수 있었다. 술 취한 척 더 까불고 심한 장난쳐도 우리들을 어여쁘게 봐주시고 함께 어깨 걸고 친구처럼 오빠처럼 이야기 나눠주신 선생님이 계셨기에 그 날 우리들은 행복했다. 20여 년이 지났지만, 다시 한번 감사하다는 말씀을 드리고 싶어요.

그렇게 세월이 흘러 나도 어느덧 결혼할 나이가 되어 있었다. 나의 결혼식에 용감하게(?) 선생님을 초대하고는 만감이 교차했다. 졸업하고 처음 뵙는데 그 동안 찾아뵙지도 않고 달랑 전화 한 통 드린 것이 너무 죄송했다. 뵙고 싶은 마음, 죄송한 마음, 참 많은 생각이 들던 가운데 결혼식 날이 되었고, 웨딩드레스를 입은, 나조차도 낯선 모습으로 선생님께 졸업 후 첫 인사를 드렸다. 그런데 선생님은 제자의 결혼 소식이 너무 반가워 달려오시다가 그만 넘어지셨단다. 아! 선생님… 선생님. 그렇게 선생님은 따뜻하고 순수한 분이셨다. 결혼한 지 만 7년, 두 딸의 엄마가 된 지금, 결혼식 날 선생님께서 손에 쥐어주셨던 편지 속 말씀 따라 서로 존중하는 부부로, 행복한 가정 꾸리며 살아가고 있다고 선생님께 고마운 마음을 전하고 싶다.

겨우 한 단 높은 곳에 올라설 뿐인데 교단은 많은 교사들에게 아이들 앞에서 권위와 권력을 내세우게 만든다. 하지만, 김종건 선생님처럼 학생들과 눈을 맞추고, 이야기를 들어주며 존중해주는 선생님, 권위보다 사랑과 관심이 더 큰 교육임을 몸소 실천하신 선생님들은 제자들의 가슴 속에 오래도록 깊이 자리를 잡는다. 나도 선생님처럼 아이들에게 웃음을 찾아주고 아이들의 웃음에서 행복과 보람을 찾는 교사가 되고 싶다. 김종건 선생님이 교단에 발 딛고 걸어오신 40년의 길은 여기저기 그 뜻을 따라 배우려는 제자들로 인해 영원히 이어지고 더 곧게 뻗어나갈 것이다. 나도 그 길 따라 걸으며 아름다운 사제동행의 삶을 살고 싶다. 김종건 선생님, 정말 고맙습니다. 사랑합니다.

친구 같은
선생님

이영신
효성여중 2학년, 경찰

그가 누구인가를 말하려 한다면 내가 누구인가를 먼저 써내려 갈 수밖에 없다.

나는 솔직하게 말하자면 공부에는 취미 없고 책이라곤 교과서 몇 장 넘겨보는 것이 고작이었던, 그렇다고 외모가 썩 눈에 띄는 학생도 아니었다. 차라리 비행 청소년의 첫 단추를 어설프게 끼운, 시시껄렁한 학생이라는 설명이 더 들어맞을 것 같다.

국어시간에 눈에 띄게 발표를 해 본 적도 없었고, 국어 숙제를 착실하게 해온 적도 없었고, 중학교 3년 내내 국어 점수가 60점을 넘은 적도 없었던 나! 그는 이런 사실을 기억하고 있을까? ^^

누구나 머릿속이 복잡하고 힘든 청소년기… 그 시절 나 역시 누구에게도 시원하게 풀어 설명할 수 없는 힘겨운 시간을 견뎌내고 있었다.

어느 날 학교 문예창작대회가 열렸는데 학생들에게 A4용지가 주어졌다. 쓸거리가 없어 고민하던 나는 사계절을 빗대어 '친구' 라는 시를 끼적거려 보았던 기억이 난다.

당시 대학생이었던 언니의 시집을 자주 훔쳐본 덕에 나름 최대한 멋을 부리며 진지하게 써내려갔던 기억이 난다. 아마 선생님은 복잡한 수식어를 줄줄 이어붙인 내 글을 보시고 요절복통했을 것이다.

이후 그는 수업시간에 흥미 있는 표정을 지으시며 나의 이름을 불러주고, 한 달에 한 권씩 책을 선물하며 감상문을 써오라는 특별한 숙제를 냈다. 이 특별한 숙제 덕에 시시껄렁한 학생은 책 읽는 즐거움을 처음 알았고, 방황하던 청소년기를 버틸 해답을 조금씩 찾을 수 있었다.

나를 '시인' 이라 불러 주며 작고 사소한 일에도 칭찬을 아끼지 않으셨던 기억이 난다. 혹시 내게 남들이 알지 못하는 무한한 가능성이 있어서 선생님이 나를 알아봐 주시는 건 아닐까 하는 착각을 한 적도 있었는데 그게 오늘의 나를 있게 한 긍정적인 착각이었던 것 같다. 누군가의 작은 관심이 절실했던 청소년기에 선생님의 따뜻한 시선과 진심이 담긴 말 한마디는 현재 당당한 사회인이 된 밑거름이 되었으니 말이다

당시에 그를 따라 난생 처음으로 장애인 봉사활동을 다녀 온 적이 있었는데 그 경험은 내게 적잖은 충격을 주었었다. 평범하지 않은 사람들이 존재한다는 사실과 그럼에도 불구하고 희망을 가지고 살아가는 사람들을 보며 나 스스로를 돌아보는 큰 계

기가 되었으니까 말이다. 지금에야 길이 보이지 않아서 쓰러져 멈추고 싶었던 어설픈 10대의 나를 책으로, 경험으로 스스로 깨우치도록 부단히 애쓰셨던 선생님의 마음이 절절히 느껴진다.

고등학교 진학 후에도 잊을 만하면 기적처럼 선생님과 연락이 닿아 갈대처럼 흔들리는 내 청소년기를 바로잡아 주셨다. 무심한 듯 툭툭 던져주신 말 한마디 한마디가 당시 내게는 큰 힘이 되었고 버팀목이 되어 주었다. 내게는 늘 젊고 생기 넘쳐 보이던 청년 그대로의 스승님이 어느덧 교직을 떠나야 하는 때가 왔다고 한다.

수업시간 종이 울리면 잿빛 재킷을 한쪽 어깨에 무심한 듯 걸치고 성큼성큼 교단에 오르던 그 분. 학생들의 환호성에 영화배우처럼 한 바퀴 돌아서선 씨~익 여유로운 미소로 화답하던 그분. 빼곡히 책들이 꽂힌 도서관의 서가를 배경으로 서면 한 폭의 그림처럼 잘 어울리던 정갈한 선생님. 나에게는 20년 전 젊은 교사로 교단에 선 그 모습 그대로 기억되는 종근당. 조금 더 그를 교단에 남겨 두고 싶은 마음은 나만의 과욕인 걸까? 그는 나에게 진정한 사랑을 주셨는데 정작 나는 그가 무엇을 좋아했는지, 그가 어떤 사람들과 울고 웃으며 교직을 지켰는지, 아는 것이 거의 없는 것 같아 죄송할 따름이다.

'김종건' 그는 누구인가? 그는 내게 '스승' 이란 단어 그대로의 의미이다. 바른 길로 나를 가르쳐 이끌어주신 분. 선생님. 이젠 스승과 제자이기보다는 조용한 카페에 앉아 인생을 나누며

웃을 수 있는 오랜 벗이 될 수 있기를 기대해 본다

혹시 선생님께는 내가 기억 할 수도 기억해 낼 수도 없을 수 없이 많은 제자들 중의 하나라고 해도, 나에겐 유일한 스승님은 김종건 선생님이다.

감사합니다, 그리고 사랑합니다. 늘 가까운 곳에 있을 것을 약속드립니다

국민의 생명과 재산을 지키는
민주경찰 이영신 드림

영원한 나의 멘토
종건당

조지은
효성여중 3학년, 종건당 12기, 영어교사

노란 개나리가 피는 1991년 3월. 중학교 신입생으로서 초롱초롱한 눈망울이 온 교정에 또르르 또르르 굴러다니던 시간들이 엊그제 같은데, 활기찬 여름이 지나고 알록달록한 가을이 지나 헐벗은 나무의 겨울에 이르렀습니다. 2015년 겨울, 지금 내가 근무하는 학교의 1월의 교정에는 하얀 눈이 덮였습니다. 여느 학교라면 겨울방학이라 아이들의 흔적이 보이지 않을 법도 한데, 고등학교의 겨울방학은 종업식날 썰물처럼 빠져 나갔던 아이들이 아침마다 터벅터벅 밀물처럼 또다시 학교로 밀려옵니다. 학교 마당에서 들여다보는 교실에는 졸린 눈의 아이들이 앉아 있습니다. 그 아이들 앞에서 영어 나부랭이를 쓰고 읽고 설명하는 저도 보입니다. 그렇게 남들이 바라보는 제 모습은 어떨지 오늘도 반성하게 됩니다. 교사가 되기를 꿈꾸던 사춘기 시절부터 사범대를 진학하고 그리고 학교에 첫발을 내딛고… 지난 시간들이 영화 필름처럼 지나갑니다.

제가 교단에 서기까지는 많은 동기들이 있었습니다. 우선, 적성에 맞았고. 또 학교계통에서 일을 하시던 아버지께서 제가 교사가 되기를 강하게 원하셨습니다. 그리고 중학교 다닐 때 국어를 가르치던 김종건 선생님의 한마디 권유가 제게는 큰 영향을 주었습니다. 중학교 3학년 때였어요. 선생님의 수업은 뭔가 모르게 다른 선생님들과는 달랐습니다. 일단 1시간 동안 참 재미있고 즐거운 수업이라는 점이 가장 컸죠. 선생님의 유머감각은 예나 지금이나 녹슬지도 촌스러워 시대에 뒤떨어지지도 않으셨습니다. 그냥 그렇게 유쾌했습니다. 아침에 등교를 해서 시간표에 국어가 들어있으면 하루 종일 기분이 좋았지요. 같은 문학 작품을 하나 설명하시더라도 재미있는 이야기와 해석, 가끔은 19금 이야기를 섞어가며 설명을 해주셨죠. 그림도 잘 그리십니다. 그렇게 눈앞에서 펼쳐진 그림들과 나의 상상이 결합되면 소설은 온전히 생생하고 특별한 하나의 작품이 되어 머릿속에 남았습니다. 그렇게 재미있는 설명과 함께 선생님은 학생들에게 1일 교사의 기회를 주셨습니다. 물론 희망자에 한해서였고, 저는 희망자 중의 한 사람이었습니다. 한 단원의 한 차시를 온전히 제가 선생님이 되어서 친구들을 가르쳐야 합니다. 글씨 잘 쓰시는 아버지와 괘도도 만들고 식구들을 앉혀놓고 선생님이 되어 연습도 하고 그렇게 떨리는 마음으로 일일교사가 되었죠. 그 후 선생님은 제게 말씀을 하시게 됩니다. "내가 수업 들어가는 모든 반에 네다섯 명씩 수업을 시켰는데, 그중에 지은이네 가 제일 잘했다!" 중학교 3학년 여학생의 마음에는 제가 받았던 그 어떤 칭찬보다도 가슴 뿌듯하게 하는 칭찬이었죠. 그 때부터 저는 마음을 먹게 됩니다. '그래! 난 교사가 되어야겠어! 김종건 선생님처럼 좋은 선생님.'

그것이 동기가 되어 사범대학에 들어가고 교사가 되어 학생들을 가르치는 일을 시작한지도 어언 10년이 넘은 저는 그냥 그런 선생이 되었습니다. 20대의 저는 물론 지금과는 달랐지요. 열정이 넘쳤고 사랑한다는 말도 많이 해주었죠. 한편으로는 감정의 기복도 심해 가끔은 아주 따끔하게 아이들을 다그치거나 매몰찬 훈계도 했지요. 그러나 지금은 조금 다릅니다. 아이들의 행동 하나하나에 일희일비 하지 않는 내공이 생겼고요. 엄마의 마음으로 진정으로 아이들을 위한 지도란 무엇인가 생각하고 행동하게 되었지요. 내공이 쌓인 그만큼 20대 젊은 교사로서의 열정은 사라진 것 같습니다. 사실 가끔 내 감정까지 다쳐가며 아이들을 다그치기가 귀찮기도 하거든요. 그냥 그런 선생이 되어버렸습니다. 지금 생각해보니 김종건 선생님은 학생들에게는 늘 너그러우면서도 수업시간에는 늘 청년의 열정이 식지 않는 분이셨는데 말이죠. 몇 년 전부터 우리 사회의 시대적 화두가 된 '소통' 이라는 단어. 이 단어가 바로 김종건 선생님을 가장 함축적으로 표현할 수 있는 단어가 아닌가 합니다. '학생들과 늘 소통하는 선생님' 바로 김종건 선생님입니다.

김종건 선생님과 얽힌 이야기를 말 해보라고 하면 전 위에서 말씀 드린 중3 때 이야기 말고도 재수 시절과 제 결혼식이 생각 납니다. 고3 때 수능시험을 망친 저는 재수생이 됩니다. 그렇게 힘든 하루하루를 보내고 있을 때, 밤 11시에 집에 돌아온 저는 종종 김종건 선생님의 전화를 받습니다. 휴대폰도 없던 시절 밤 11시에 울리는 집 전화. "여보세요?" 전화를 받으면 김종건 선 생님은 마치 친구처럼 장난스러운(?) 목소리로 전화를 하곤 하 셨죠. "니 오늘 하루 종일 공부도 안하고 놀았다며?" 그렇습니 다. 지금 생각하면 아무 것도 아닌 재수 시절이지만, 그 때는 인 생의 실패자가 된 듯한 우울함이 온 몸을 감싸고 있던 시절 선 생님의 유쾌한 장난과 끊기 전에 꼭 저에게 난 너를 믿는다는 말씀이 제게는 큰 힘이 되었지요. 밤늦은 시각까지 안주무시고 기다리셨다가 재수생 제자에게 전화를 하셔서 장난도 치시고 힘도 불어넣어주시던 인간적인 선생님. 지금도 선생님은 많이 부족한 저를 그 누구보다 믿어주십니다. 늘 제게 '너는 특별하 니까, 넌 잘하니까.' 라고 말씀해주시죠. 평범한, 아니 평범 이 하의 저로써는 늘 선생님의 믿음이 제 인생의 푯대가 됩니다. 소통과 믿음이 바로 김종건 선생님이 저 같은 제자들과 맺고 있 는 빛나는 관계를 잘 표현하는 단어들이 아닌가 싶습니다.

　스물여덟. 저는 결혼을 하게 됩니다. 지금의 남편에게 "주례 만큼은 꼭 내가 존경하는 분께 맡기고 싶다."고 했습니다. 그리 고 둘이서 선생님을 찾아뵈었죠. 선생님의 주례 숙제인 이메일 을 보내드리고 선생님의 진정성 있고 재미있고 또, 감동적인 주례사를 들을 수 있었죠. 주례사의 일부가 생각이 납니다. '젊은 이들이 선호하는 음료수 중에 2%라는 것이 있습니다. 아내와 남편으로서 상대방에게 많은 것을 요구하면 안 됩니다. 오직 나에게 부족한 2%만 요구하고 내가 가지고 있는 98%를 상대방에게 아낌없이 주세요. 그렇게 하면 언제나 가정이 원만하고 행복할 것입니다.' 내용은 어찌보면 어떤 주례사에서도 들을 수 있을 법한 것입니다. 그러나 선생님은 그 표현도 젊은이들의 눈높이에 맞추셨습니다. 그렇게 초등학교, 중학교, 고등학교를 아우르면서 어떤 학생들에게도 인생에 가장 기억에 남은 선생님이 되실 수 있으셨던 비결도 바로 그 눈높이에 맞춰 소통을 하셨던 것이 바로 그 이유일 것입니다.

제가 지금 근무하는 학교에서 선생님과 관련된 또 하나의 특별한 인연을 만났습니다. 바로 종건당 24기 제자인 남순후 선생님입니다. 국어교사인 남순후 선생님은 대학을 갓 졸업하고 교단에 첫 발을 내디딘 초임 교사였습니다. 여러 가지 이야기를 나누다가 남순후 교사가 김종건 선생님의 동문고등학교 시절 제자였고, 가장 존경하는 선생님이 나와 같이 김종건 선생님이고, 김종건 선생님 덕분에 국어교사까지 되었다고 했습니다. 가장 존경하는 선생님이 김종건 선생님이라는 공통점을 가진 동료 교사를 가지는 특별한 경험을 하게 된 것입니다.

이렇게 김종건 선생님은 저의 자아가 완성되어가던 사춘기 시절부터 끊임없이 긍정적인 영향을 미쳐왔던 분입니다. 세월은 참 빠른가 봅니다. 선생님께서 벌써 퇴임이시라니 믿어지지가 않네요. 저 같은 제자들을 아직 더 오래오래 배출하셔야 하는데 말이죠. 그렇다면 이제 제가 그 역할을 더욱 잘 본받아야 겠다는 의무감이 듭니다. 한참 많이 부족하지만 그래도 한번 노력해보겠습니다. 초임교사의 열정과 경력교사의 너그러움을 동시에 갖추고 학생들을 믿어주고 늘 소통하려고 노력하는 우리들의 켑틴 김종건의 수제자가 한번 되어보렵니다. 선생님 늘 건강하셔서 오랫동안 선생님을 닮아가는 저를 지켜보아 주십시오.

종건당
입당기

정지원
효성여중, 종건당 15기, 국어교사

종건당, 그는 누구인가?

라고 글을 써 보라고 선생님이 말씀하셨다. 음, 우리 선생님께서 어떤 수업을 하셨고 학생들을 어떻게 대하셨던 분이신지는 이걸 읽는 사람이라면 누구나 다 알고 있을 거라고 생각해서 뭘 어떻게 써야 할지 사실 조금 난감했었다. 그러다 알고 있는 이야기를 각자 자기 입장에서 이야기하는 게 제일 재미있을 거라고 생각했다.

1995년 3월이었다. 거기부터 시작하는 게 맞겠다. 본인이 스물아홉 살이라 주장하시는 특이한 선생님이 한 분 들어오셨다. 그분은 맨 처음부터 칠판에 시를 한가득 쓰셨다. 시도 참, 중2 학생들이 이해하기 어려운 '바람 불고 춥고 돈 없는 날' 이라는 구절이 등장하는 작품이었다. 제목이 송신이었던 게 기억난다. 교과서 목차를 죽 읽으며 설명하신 다음, 이제 한 학기 공부는 다했다. 다음 시간부터는 복습을 하겠노라 선언하셨다. 짝이랑 진짜 특이한 선생님이라고 얘기했었다.

그리고 그분은 그 다음부터 수업을 도서관에서 진행하셨고, 한 달에 한 번씩은 독서토론 수업을 한다고 하셨다. 우리 학교 도서관은 별관 2층에 있었고, 애들이 도서관에 가는 일은 별로 없었다. 요즘은 도서관 활용 수업이라는 형태의 수업도 있지만 도서관에서 수업을 하는 일 자체가 없었던 1995년에는 그게 또 나름 신선했다. 책과 거리가 먼 우리 반이었지만 어떻게든 도서관에 한 번이라도 더 가 볼 수 있었고, 오래되었지만 책도 볼 수 있었다. 책이랑 조금이라도 가까워질 수 있는 기회가 될 수 있었던 것 같다. 다만 부작용도 있었는데, 책과 지나치게 가까워진 나 같은 애들은 수업 시간 중에 도서관 책을 몰래 읽곤 했다. 그렇게 책이 많은데 앉아있으면서 책 한 권 안 읽고 지나가기가 너무나 아까웠다. 그러다 선생님이 보셔서 굉장히 혼나기도 했다.

제일 기억에 남는 건 독서토론 수업이었다. 발표자 한 명이 써 온 독후감을 읽으면 아이들이 질문을 하고 토론하는 형태의 수업이었다. 애들은 처음 해 보는 형태의 수업을 좋아했던 것 같다. 엉성하나마 질문도 하고, 질문에 대해 대답도 하면서 뭔가 뿌듯해하기도 했다. 그러다 11월이었나, 마지막 독서토론 즈음에는 선생님이 나한테도 독후감을 한 편 써 보라고 하셨다. 그 때 내가 독후감을 쓴 작품이 김정한의 '추산당과 곁 사람들'이었다. 생전 처음 들어보는 소설이었다. 그런 소설이 있다는 것도 그 때 처음 알았다. 다른 애들도 마찬가지였는지 별로 책을 읽어온 사람도 없었고, 심지어 평소에는 질문을 하던 애들도 별로 질문을 하지 않았다. 독후감도 잘 써지지 않았고, 애들이 내 발표를 그다지 잘 듣는 것 같지도 않았다. 사실 그 때 선생님께 왜 저한테 발표를 시키셨냐고 여쭤본다는 게 말을 못 했던 것 같다. 아무도 질문하지 않는데 질문을 받아야 되는 입장도, 처음 보는 어려운 책으로 독후감을 쓰는 것도 참 힘들었는데, 시간이 지나고 나니 그게 왜 기억에 남는지 알 것 같다. 자신이 쓴 글을 많은 사람들 앞에서 발표하고, 피드백을 어떤 방향으로든 받아본다는 것 자체가 공부가 된다는 걸 그 때는 몰랐다. 나도 저런 형태의 수업을 해 봐야겠다는 생각을 했다. 독서토론이 생각보다 어렵고, 학생 수가 많으면 더 어려웠을 텐데도 선생님은 우리가 뭔가 기억에 남길 수 있는 수업을 하려고 하셨던 거다.

그렇다고 아주 빡빡한 수업이었냐면 그것도 아닌 게, 학생들을 별명으로 부르시며 농담을 자주 하시곤 했다. 내 별명은, 이름을 보면 알겠지만, 그냥 정지였다. 가끔은 STOP이었다. 게다가 육두문자도 아주 잘 구사하셨다. 순진한 여중생들이라서 상처받았냐면 그건 절대 아니고, 적응 못 하는 애들도 있었지만 대개는 우리 선생님은 참 독특하신 분이라고 생각하며 잘 어울렸던 것 같다. 당시 우리 반 애들은 참 특이한 애들이 많아서, 선생님이 농담하시면 실장부터 시작해서 아이들이 잘 받아쳐

가며 즐겁게 수업을 했었다. 그 분위기에 묻혀 가서 아마 반 애들은 잘 몰랐겠지만 그 때나 지금이나 좀 내성적이었던 나는, 사실은 처음에는 뜬금없는 별명을 만들어주신 선생님 때문에 당황했다. 그런데 생각해 보니, 누가 학교에서 한 반 50명이 넘는 애들 중 나 하나를 별명으로 불러 가며 기억해 주겠나 싶은 거다. 그래서 나중에는 별명 자체를 조금 즐겼던 것도 같다.

그 특이한 선생님은 학기말에 종이를 나눠주면서 종건당 입당 원서라고 하셨다. 연말에 거기 전화번호를 적은 건 아마 앞의 기억이 강렬해서일 것이다. 그렇게 나는 종건당에 입당하여 당원이 되었다. 그 후로 좋은 당원은 못 되었지만 선생님께 가끔 연락도 드리면서 가늘고 길게 인연을 이어가고 있다. 선생님은 언제나 내가 연락을 하면 반갑게 맞아주셨다. 내가 첫 발령을 받아 선생님을 찾아뵈었을 때는 본인의 수업을 공개해 주기도 하셨다. 다른 선배, 후배, 동기들도 마찬가지겠지만 특히나 교사가 되면서 선생님께 중요한 걸 배웠다. 내 수업에 배운 걸 잘 활용해야할 텐데, 아직 갈 길이 멀다.

그리고 시간이 흘러서, 선생님이 교감이 되셨다는 얘기를 듣고 좀 놀랐다. 제자들이 선생님이 교감이라니, 괜찮으시겠냐고 걱정을 해 준다는 이야기를 하셨는데 사실은 나도 같은 생각이었다. 수업하는 걸 더 좋아하시는데 행정가에 가까운 교감 일이 적성에 맞으실까 싶기도 했다. 올해 초에 선생님 계신 학교에서 전근 온 분을 만났다. 그 학교 교감선생님 어떠시더냐 하니, 누군가 결근해서 보강을 할 일이 있으면 직접 수업에 들어가신다고 하였다. 애들이 깜짝 놀라도 즐거워하신다고 들었다. 우리 선생님다우시다 싶었다.

이제 선생님이 퇴직을 앞두고 계신다고 한다. 학교와 학생들을 참 좋아하는 선생님이 학교에서 학생들과 같이 생활하지 않는 모습이 상상이 되지 않는다. 선생님께 이 문집과 글이 작은 즐거움이 되었으면 좋겠다.

전화 한 통으로

- 기억 그리고 추억 -

홍연경

효성여중, 종건당 14기, 교사

기억이라는 것은 무엇일까? '지난 일을 잊지 아니함' 이란다. 추억이라는 것은? '지난 일을 돌이켜 생각함' 이란다. 사전적 의미를 볼 때 추억을 하려면 기억이라는 것을 해야 가능한 일인 것 같다. 하지만 내 머리 속에 기억되어 있던 추억들을 다시 떠올리기 위해서는 무언가가 필요하다. 참 좋았고 참 많은 것을 배우고 깨달았던 시절, 그 시절을 그렇게 채워주신 감사한 분, 함께 했던 사람들, 그 모든 것을 까맣게 잊고 지냈음을 깨닫게 하는 전화 한통이었다. 15개월 된 딸을 재우다가 함께 살짝 잠이 들던 차에 걸려온 전화 한 통. "나 김종건 선생님이다." '김종건 선생님' '종건당', 종건당 당원이면서도 어느덧 흘러 간 세월에 종건당 자체를 잊고 살았음을 깨닫게 되는 순간이다.

그 전화 한 통으로 그 시절을 떠올려보게 된다. 중학교 2학년 단발머리 꿈 많던 소녀. 그 때 만난 국어 선생님. 깡마르시고 조용히 말씀하시지만 비속어로 깜짝 놀라게 하셨던 선생님. 도서관에서 '죽은 시인의 사회', '우리들의 일그러진 영웅' 등. 독서토론 수업을 많이 하셨던 선생님. 사회적으로도 학교 내부적으로도 잘못된 건 잘못되었다고 말씀하셨던 선생님. 학생들의 입장에서 학생을 위한 교육을 하셨던 선생님, 추억과 떨어질 수 없는 단어가 바로 '시간' 인 듯하다.

시간이 얼마나 흘렀기에 이 모든 것이 추억이 되고 머릿속에서 서서히 희미해지고 잊혀졌는지 모르겠다. 어느 새 퇴임을 하신다는 선생님. 그 동안 수많은 제자들과 함께 하시고 같이 추억을 만드신 선생님. 이제는 그 제자들과 함께 추억을 기억하고 떠올리며 함께 웃고 그리워하는 선생님.

선생님. 이렇게 소중한 추억들을 기억나게 해 주셔서 감사합니다. 사실 어떤 사건들, 들은 말 등은 정확하게 잘 기억나지 않는데 그 시절 선생님과 함께 수업할 때 느꼈던 감정들, 분위기, 선생님의 말투, 목소리, 도서관에서 나던 서적들의 냄새. 이런 것들이 생각나면서 자연스럽게 그 시절 추억에 빠져들게 하는 것 같습니다.

선생님은 참 교사셨고 제게 무엇을 생각하며 살아가야하는지, 어떻게 생각해야 하는지 등을 가르쳐 주셨던 인생의 안내자셨습니다. 퇴임하셔도 종건당은 한국 최고의 당으로 만드시고 굳건히 서 있는 거겠죠? 종건당 당원임을 기억하며 앞으로의 시간들도 함께 하고 싶습니다.

종건당 당수이신 김종건 선생님 사랑하고 존경합니다.

'이상'한 선생님의
'이상'한 이야기

김혜영
효성여중, 종건당 16기, 국어교사

"선생님, 그런데 질문이 있어요. 화장한 여학생에 대해서 어떻게 생각하세요?

"어? 어, 어, 어……"

96년 4월 1일이었나. 그 날도 콕콕 찌르는 듯한 특유의 목소리로 장난이 반인 45분간의 수업을 마칠 때쯤 어느 한 여학생의 질문이었다. 빨간 립스틱의 그녀는 다름 아닌 수학과 이희정 선생님이었다. 선생님께서 그토록 새빨간 홍당무 같은 얼굴이 되어 당황하는 모습. 장난으로 누군가를 골려먹은 적은 있을지언정, 1시간 수업 동안 동료 교사가 교실 창가 쪽에 숨어서 당신을 당황케 했으리라고는 상상도 못했을 것이다. 잊을 수 없는 만우절의 기억이다. 그런 동료 교사의 장난이 가능했던 것 역시나 장난기 가득한, 재미 빼고는 시체였던 평소 모습 때문이 아니었을까.

선생님은 그랬다. 본인은 종건당 대표이고 가시나들을 가르치는 입이 거친 조금 특별한 선생님. 수업도 그랬다. 분명 교과서도 있고 책장은 넘어가는데 정신을 차리지 않으면 무얼 배웠는지 모른다. 한 시간 그냥 배꼽잡고 웃다가 끝나버리기 일쑤인 수업. 그래서 가끔 어떤 때엔 학부모 민원에 시달려 씩씩거리던 날도 있었다. 돌이켜보건대 지금 생각해보면 수업 시간에 제대로 수업을 하지 않는다고 항의가 들어온 것 같다. 그런 항의가 들어온 후로 며칠간은 엄숙하기 그지없는 선생님이다. 농담 한 마디 하지 않고 책만 바라보던 모습. 그러나 어찌 본성을 숨길 수 있으랴. 며칠이 지나면 또 장난 가득한 웃음이 넘치는 교실로 돌아왔고, 교과서에 적힌 한낱 지문보다는 삶을 이야기 했고 세상을 이야기 했다.

도서관 한구석에 앉아서 '이상' 을 연구하던 그 모습이 기억이 난다.(선생님은 '이상' 문학을 가지고 박사 학위를 받으셨던 것으로 기억한다.) 그 오래된 기억 속에서도 선생님이 이상을 좋아하고 이상을 연구하는 것은 너무나 잘 어울린다고 생각했었다. 밝은 교무실이 아닌 책 먼지 가득한 선생님의 아지트 도서관 그 곳이, 그리고 거기서 혼자 책을 보고 연구하는 그 모습이 중학교 2학년인 내 눈에는 이상의 '날개' 에 나오는 골방 속 '나' 와 동일하게 느껴졌다. '하나, 둘, 셋…' 마음에 들지 않는 숫자가 나오면 다시 계단을 내려가 땅바닥부터를 첫째로 하고 다시 계단의 순서를 센다는 이상의 일화처럼 무언가 마음에 들지 않으면 막무가내 엎어버릴 것 같은 신념도 선생님에게는 있을 것 같았다. 그래서 달랐다. 눈치 보지 않았고 그래서 당시에는 파격이었던 수업도 가능했지 싶다.

지금이야 국어 교과서 지문은 단순히 학습 목표 달성을 위한 단순히 소재일 뿐이고, 얼마든지 교사 주도의 변형이 가능하다 하지만 그때는 어디 그랬었나. 교과서가 배울 것의 전부였고 그러기에 교과서 지문을 낱낱이 익혀야했다. 그런 상황에서 감히 교과서를 뛰어넘는 수업이라니! 말도 안 되는 소리였다. 그래서 선생님은 '교과서'를 제대로 가르치지 않는다고 한 번씩 항의를 받으셨던 것 같다. 교사 주도의 전달식 수업이 아니라, 쓸데없이 자꾸 생각을 묻고 발표를 시키는 사람. 그래서 성적이 뛰어난 아이가 수업을 주도하는 것이 아니라, 교실 끝에서 날라리 복장을 한 아이도 손을 번쩍 들고 발표하도록 하는 사람. 그게 바로 '교과서'를 제대로 가르치지 않는 선생님 수업 방식이었다. 아마 지금이라면 구성주의니 뭐니 하면서 환영을 받을지도 모르겠지만 말이다.

뛰어나지 않은 나 같은 평범한 학생도 이렇게 선생님과의 인연을 계속하는 것 역시 사제 간의 벽을 허물고 친구같이 늘 옆에 두는 선생님의 '파격' 때문일 것이다.

"여보세요. 혜영이 집이에요? 혜영이 친군데요." "네, 누군데?"

"어, 혜영이가? 내다. 김종건 쌤."

사춘기 소녀에게 남학생인 냥 집으로 장난 전화를 걸어 팬스레 설레게 한 선생님이 벌써 10년도 지났건만 떠오른다. 아마 지금도 저 장난스러움이 계속되고 있기 때문이리라. 그 시절 선생님들은 친구의 모습이기 보다는 교무실 저 먼 곳에서 쭈뼛 쭈뼛하게 만드는 어려움이 있었다. 하지만 선생님은 교사로서의 권위를 내 세우기는 커녕 친구 같은 모습이었다. 그래서 '선생님' 이라는 호칭보다는 선생님의 '가씨나' 발음처럼 '쌤' 이었다.

김종건, 그는 누구인가. 10년 전 그 생각이 옳았다. 그는 '이상' 이다. '이상' 한 선생님이고, '이상' 한 이야기를 하는, '이상' 한 사람이다. 선생님이 좋아하는 문학가 '이상' 처럼 시대를 앞서간 사람(감히 천재라고는 말하지 않겠다). 교과서보다는 삶을 가르치는 그의 교육관이 그러했고, 학생 주도의 참여식 토론수업인 그의 수업관이 그러했고, 탈권위적이고 항상 학생들에게 친근했던 그의 학생관이 그러했다. 그리고 지금도 알 수 없는 이. 상. 한 그의 삶이 그러하다. 그래서 나는 감히 그를 '이상' 한 선생님이라고 부르겠다. 앞으로 시작될 이 이상한 선생님의 인생 2부에 힘차게 박수를 보내며 선생님께 한 마디만 하련다.

"날개야, 다시 돋아라. 날자, 날자, 날자, 한 번만 더 날자꾸나. 한 번만 더 날아 보자꾸나."

그 때
그 모습으로

안혜미
효성여중, 종건당 19기

이제 저에게는 아주 오래된 기억입니다. 초등학교를 졸업하고 겨우 중학생이 된 저에게 국어시간은 지금 생각해도 참 즐거웠던 것으로 기억됩니다. 그 이유에는 아마 종건당 선생님이 계셨던 덕분이겠지요. 지금도 기억나는 나긋나긋한 선생님의 목소리는 모두를 끌어당기는 중독성 같은 매력이 있으셨지요. 참 볼품없는 글 솜씨로 이렇게 몇 자 끄적거리려니 그저 부끄럽기 그지없습니다. 하지만 이 계기로 추억 속 그 때 그 시절을 그래도 조금이나마 떠올려보려 합니다. 제가 선생님이 어떤 분이다 평가 내릴 수는 없는 것이고…, 그저 편지 쓰듯이 차근차근 써 내려가 볼까 합니다.

벌써 15년이나 흘렀네요. 중학교 1학년 시절 선생님을 처음 뵈었습니다. 사실 시간이 너무 흘러 기억은 많이 희미해져버렸습니다. 뭐하나 잘하는 것도 없고 뭐하나 특별한 것도 없었던 저를 선생님은 많이 알아봐주셨지요. 저뿐만이 아니었고. 모든 아이들에게 그러셨었어요. 항상 많은 관심을 가져주시고 친절하셨죠. 그리고 빠질 수 없는 선생님의 유머, 조금이지만 언뜻 기억나는 장면들이 아직도 웃음 짓게 만드네요. 문득 선생님이 보셨을 그 때의 제 모습은 어땠을지 궁금해집니다.

저는 많이 변했습니다. 그 때만큼 순수하지도 그 때만큼 착하지도 않은 모습으로요. 참 소극적이고 내성적인 아이였습니다. 그래서 모든 것에 적극적이지 못했고, 움츠러들어있었지요. 그런 제게 국어 시간은 유일한 낙이였던 것 같습니다. 선생님과 함께 보낸 국어 시간 덕분으로 편지도 많이 쓰게 되고, 책도 많이 읽게 되었지요. 지금 생각하면 우습지만 글 쓰는 사람이 되고 싶다는 생각까지 했었으니 그 땐 나름 진지했었나 봅니다. 그렇게 좋은 꿈을 꾸게 해주신 분이 선생님이셨습니다. 지금 생각하면 참 순수하고 예쁜 꿈이었습니다.

그저 그 때를 되돌아보며 아쉬운 것은 선생님과 함께한 시간들이 너무 짧았다는 겁니다. 고작 한 학기 밖에 선생님을 못 뵈었다는 것이 너무 아쉽고 슬펐습니다.

그러면서 시간이 흐르고 중학교, 고등학교, 대학교. 사회생활 시작한 지도 벌써 몇 년이나 흘러버렸네요. 그 동안 못난 제자는 안부 인사 한번 제대로 못 드렸었는데… 이번에도 또 먼저 찾아주신 선생님께 죄송스럽기만 합니다.

제 어린 시절을 이렇게 좋게 기억해 주시는 분이 선생님 말고 계실까요? 그저 감사하고 또 감사할 뿐입니다.

선생님이 맞이하시는 뜻 깊은 퇴임식에 참석할 수 있어, 기쁘고 영광스럽습니다.

그로인해 예전 기억도 꺼내볼 수 있어 좋은 추억이 될 것 같습니다. 이번을 계기로 자주 안부 인사 여쭙고 찾아뵐 수 있겠지요? 항상 밝은 미소 변치 않으시는 종건당! 선생님이 되어주세요.

그리고 제 기억 속의 그 때 그 모습으로 영원히 남아주세요.

지옥에서
천당까지

이고은
효성여중, 종건당 19기

초등학생 티를 완전히 벗어나지 못한 어린 소녀가 애틋한 꿈을 가지고 효성여중에 입학한 해가 1999년이다. 이제 겨우 열네 살이 되던 나에게 새로운 출발을 알려주는 선생님 한 분이 계셨다. 그 분의 성함은 김종건이시고, 별명은 많았는데 가장 많이 불려 지는 것이 '종건당' 이다.

중학교에 막 입학해서 새로운 환경에 적응을 하기 위해 고군분투 하고 있었던 그 때, 어디선가 지금까지 한 번도 보지 못한 괴짜 선생님이 나타났다. 둘리에 나오는 고길동과 흡사하게 생긴 그는 첫 수업에서 자신의 이름을 소개하며 '종건당' 을 알리기 시작했다. 그의 목소리와 말투를 봤을 때 난 웬 사이비 교주가 국어 수업을 하는 거지? 라는 생각에 충격을 받았었다.

그 다음 국어 시간부터 졸지 않은 것을 보면 난 아마도 그의 수업 방식이 꽤나 마음에 들었던 것 같다. 졸리지 않도록 적당한 농담과 (가끔 수업 끝나고 우는 친구들도 있었고, 선생님이

가신 다음 국어 시간에 많이 졸았던 기억 남.)독특한 매력으로 지루하지 않은 국어 시간을 만들어주었던 그는 그렇게 한 학기를 함께 하고서는 9월 어느 날 우리의 곁에서 홀쩍 떠나버렸다.

시간이 흘러 내가 다시 그를 만난 곳은 대구고등학교였다. 지하철을 타고 씩씩하게 학교로 찾아 갔는데 이게 웬걸, 아직 수업 중이었다. 밖에서 기다리겠다고 하니 새삼스럽게 부끄러운 척 한다며 내숭떨지 말고 들어오라고 하시더니 고등학교 국어 수업에 참여 시켰다. 시꺼먼 오빠들(종건당 21기)과 함께.

앞으로 불러내 인사를 시키고 왜 찾아왔냐며 (오라할 땐 언제고. TT) 쟤가 그렇게 날 좋아해서 쫓아다닌다고 무안을 주더니 수업 중에 생전 보도 듣도 못한 내용인데 질문을 하고 대답하면 역시 넌 종건 당원의 자격이 있다며 치켜세워주다가 대답을 못하면 도대체 국어를 누구한테 배웠냐고 그것도 모르냐고 구박하기 일쑤였다. 정말 길고도 긴 수업이었다.

사춘기 마음 여린 나에게 그런 상처를 남겨준 그였지만 왜 난 그를 잊지 못하는 것일까? 아직도 미스터리로 남아있다.

그와의 마지막 만남은 스물두 살 대학교 입학홍보대사로 활동을 하며 대구경북 지역에 있는 고등학교를 방문하고 있던 그때, 화원고등학교에서였다. 교무실 칠판에서 익숙한 그의 이름을 발견하고 홀린 듯 찾아간 그 곳에는 여전히 아이들을 구박하고 놀리며 웃고 있는 그가 서있었다. 변함없는 모습으로 .

많은 시간이 흘러 난 곧 서른이 된다. 처음 그를 만났을 때는 아무 것도 모르는 여중생이었고 이제는 한 아이의 엄마이고 한 남자의 아내가 되었다. (그는 인정할 수 없다는 나의 결혼이지만…)

그와 다시 연락이 되었기에 행복했고 그의 정년퇴임 소식과 마지막 수업을 들을 수 있게 되었다는 이야기에 나와 같은 기억과 추억을 공유할 수 있는 사람이 더 이상 생기지 않을 거라는 생각에 서운한 마음이 한 가득이다.

괴짜였고 조금은 이상한 사람이라는 첫 인상을 가지고 다가온 그였지만 이전에도, 그리고 앞으로도 나에게는 영원한 고길동이자, 종건당으로 남아 있을 것이다. 뭐 글을 왜 이따위로 썼냐고 구박 할 그의 잔소리가 벌써부터 귓가에 맴돌지만 어쩌겠는가. 이미 엎질러진 물인 것을 .

구박과 핍박 속에서도 꿋꿋하게 살아남은 난 그에게 마지막으로 말하고 싶다.

선생님, 정말 사랑합니다.

선생님의
축하와 포옹

김혜윰
동문고, 종건당 25기, 극작가

어느 덧 선생님을 알고 지낸 지 10년째.

단발머리에 예쁘게 다린 교복을 입고 쫄래쫄래 학교 가던 나.

지금은 어느 새 26살의 숙녀가 되어 어엿한 연극의 길을 걷고
있다.

어린 시절 방황하던 길목에서 돌부리에 걸려

넘어지고 주저앉아 있으면 늘 말없이 와주신 선생님.

그 시절 그리운 선생님. 김 종 건

비록 선생님과 떨어져 지낸 세월이 한 없이 길지만

마음만은 항상 같은 곳에 있다는 것을 안다.

자주 찾아뵙지 못하고 늘 곁에 있지 않지만

가끔씩 그 시절을 오랜 시간 더듬어본다.

욕 같지 않은 욕으로 나에게 힘을 주시고

문학작품에 눈을 뜨게 해주신 선생님.

선생님의 응원에 힘입어 시를 적었었던 때.
'운명'이라는 시를 달구벌 백일장에 제출했을 때.
선생님의 축하의 말과 포옹 그리고 당선 소식을 전해주셨을 때.
다 선생님 덕분이란 생각이 든 순간.
매 순간 순간 선생님은 내 곁에 계셨다.
자주 찾아뵙지 못하고 늘 곁에 있지 않지만
가끔씩 그 시절을 오랜 시간 더듬어본다.

선생님과의 기억을 더듬어 보며 한 자 한 자 쓰는 이 시간.
나에게 있어 잊을 수 없는 추억으로 가슴에 남는다.
선생님과 나의 사제지간.
그건 필시 운명이 아니었을까 한다.
그 운명적인 순간들을 기억하며
선생님께 감사하다는 말을 전한다.
앞으로 얼마나 긴 시간을 홀로 보낼지 모르겠다.
허나 분명한 사실은 또 다른 폭우와 파도가 몰아쳐도
선생님을 생각하며 좌절을 딛고 일어설 것이다.

김종건 선생님께.
선생님. 그간 연락드리지 못한 점 죄송합니다. 나이 먹어 연극쟁이로 산다고 하면 선생님께서 걱정하실까봐 연락 한 번 드리지 못했네요. 지금은 어엿한 극작가가 되었습니다. 이제라도 연락드리게 되어 다행이라 생각합니다. 앞으로 늘 건강하시고 많은 이들에게 행복전도를 해주셨으면 합니다. 선생님 보고 싶습니다.

　선생님! 김종건 선생님! 감사합니다!

김혜윰 드림

학생들의 눈높이와
함께한 선생님

이영은
동문고, 종건당 25기, 영어교사

가장 좋은 교사란 아이들과 함께 웃는 교사다. 가장 좋지 않은 교사란 아이들을 우습게 보는 교사다. -닐-

부푼 마음을 안고 대구 동문고등학교에 입학하던 날, 브라운색 재킷을 입고 들어오시던 선생님의 모습이 아직도 생생합니다. 평소 국어과목이 취약했던 저는 고등학교 국어수업 만큼은 열심히 들어 좋은 성적을 거두겠다고 다짐했습니다. 선생님의 첫 이미지는 굉장히 인자하시고 꼭 우리 아버지 같이 푸근한 느낌이었습니다. 하지만 선생님의 첫 수업을 듣고서는 생각이 180도 바뀌었습니다. 선생님께서 즐겨 쓰시는 비속어들은 처음에는 충격이었지만 점점 재미있고 정겨웠으며, 센스 있는 입담과 어우러진 문학작품 설명은 아직도 잊을 수가 없습니다. 그리고 종이 치면 수업을 바로 종료하시고 교실 문을 나가시던 모습을 보고 처음에 정말 많이 웃었던 기억이 납니다.

선생님과 친해지고 싶어 교무실을 기웃거리고 스승의 날에는 작은 선물을 들고 선생님자리에 놓아두고서 활짝 웃으며 교실로 돌아가던 그 때를 생각하니 지금도 마음이 벅차오릅니다. 선생님께서 "내가 근무하는 학교마다 종건당 당원을 모집할 것이다."라고 하시면서 저를 포함한 몇몇 학생들을 특히 귀여워 하셨습니다. 그리고 2006년 1월에는 친필 서명을 한 선생님의 저서 '한국현대소설연구'라는 책을 주셨습니다. 저도 선생님 같이 학생들에게 정답고 유쾌한 교사가 되고자 영어교육을 전공하게 되었고 대학 시절에도 책꽂이에 꽂힌 선생님께서 쓰신 책을 보며 종종 선생님을 생각하고 그리워하며 지낸 것 같습니다.

그 후 선생님께서 달성군 쪽의 학교로 가셨다는 소식을 전해 들었고 저 또한 중등학교 교사의 꿈을 키우던 중 2013년 황금중학교에서 교감선생님으로 계신 선생님을 다시 뵈었을 때는 '정말 내가 존경하고 마음속에 항상 생각하는 분들은 언젠가는 만나는 구나.'라는 생각을 했습니다. 교감선생님으로서 김종건 선생님은 또 다른 이미지였습니다. 책임자로서 근엄하고 묵직한 느낌이 느껴졌습니다. 하지만 유쾌한 입담은 여전하셨으며 '나에게 정말 즐거웠던 고등학교 시절을 선물해주셨구나.'라는 생각을 해보았습니다.

현재 저도 고등학교에서 교편을 잡고 있기 때문에 학생들에게 기억에 남는 교사가 되려고 항상 노력하고 있습니다만 쉬운 일이 아니라고 생각합니다. 그들의 마음을 이해하고 보듬어 주는 것이 왜 이렇게 어려울까요? 가끔씩 아이들과 트러블이 생기거나 스스로 좌절을 경험할 때마다 선생님을 떠올립니다. 학생들에게 항상 친구같이 다가가려 하셨던 선생님의 모습, 너그러이 이해해 주시는 모습들, 모두가 저에겐 보석같이 소중한 기억이자 저도 학생들에게 그런 교사가 되겠다고 다시 한 번 무너진 제 마음을 다잡는 계기가 됩니다. 선생님의 앞날에 항상 건강과 행복이 함께 하기를 소망하며 저도 선생님처럼 학생들에게 좋은 교사가 되도록 노력하겠습니다.

　선생님! 존경하고 사랑합니다.

임용고사까지
도와주신 국어 샘

정솔비

화원고, 종건당 26기, 과학교사

김종건 선생님은 저의 고등학교 시절 국어 선생님이셨습니다. 국어 선생님이시면서 사투리도 심하시고, 욕설과 은어를 일삼으시는 선생님이셨지요. 지금 생각해보면 언어의 다양성과 시대성을 항상 생각하시며 그 또한 국어의 한 부분으로써 사랑하셨던 것 같아요.

고등학교 시절 아이들이 수능을 위한 언어가 아닌 문학과 언어 자체를 사랑할 수 있도록 도와주셨던 기억이 많습니다. 화원고에 재직하시면서 논술 특강도 열어주시고, 책을 읽고 토론하는 시간을 많이 가지게 해주셨어요. 항상 열정을 가지고 저희가 앞으로 나아갈 수 있게 도와주셨죠. 여러 학교가 모여 대곡고에서 논술에 관한 수업을 하였는데 그 때 참여할 수 있는 기회를 가지게 해주셔서 너무 감사했습니다. 다른 학교 학생들과 폭 넓은 생각을 교류하며 글을 쓰고 읽는 시간이 참으로 즐거웠습니다. 그리고 다양한 문학 대회에 참여할 수 있는 기회를 많이 만들어주셨어요. 수능공부에 바쁜 고등학생들에게 성적만을 강요하고, 언어 점수를 위한 수업, 대학진학을 위한 수업을 생각하셨다면 상상 할 수 없는 시간들이었지요.

선생님께서는 여러 대회를 저희에게 알려주셨고, 그리하여 저는 고등학교 기간 동안 여러 번의 문학 글짓기 수상을 할 수 있었습니다. 국채보상운동기념글짓기, 청소년 문학대회 등 여러 대회에 참여할 수 있게 해주셨습니다. 저는 글을 쓸 때 두서 없이 쓰며 어법도 잘 맞지 않고, 아름답고 체계적인 글을 쓰는 능력이 없습니다. 성격이 급하고 차분하지 못한 것 때문인 것 같아요. 그렇지만 글 쓰는 능력이 아닌 글의 진실성을 봐주시며 항상 좋아해주신 선생님 덕분에 저는 항상 자신감을 가지고 여러 가지 도전을 할 수 있었습니다. 글을 쓸 때 순수하고 진실성이 묻어나야 사람들이 좋아하는 글이라며 여러 가지 대회에 나가보라 항상 권유해 주셨어요. 그리고 1등이 아닌 2등상 3등상을 타 올 때면 글은 잘 못쓰지만 솔직함이 매력이라며 항상 이야기 해주셨죠. 그 한 마디에 저는 제 글의 장점을 찾았고, 기분 좋게 매일 매일 일기를 쓰며 글쓰기를 해 나갈 수 있었습니다.

사람을 대할 때 그냥 지나치는 인연이 아닌, 사람은 항상 이어진 삶 속에서 산다는 것을 몸소 추수지도를 통해 일깨워 주신 분도 김종건 선생님이셨습니다. 고등학교를 졸업 한 이후 먼저 전화를 하셔서 잘 지내나 물어봐 주시는 선생님 덕분에 저는 교육은 학교에서 뿐만이 아닌 평생에 걸쳐 할 수 있는 것이 구나

라는 것을 깨달았습니다. 교육자가 되고자 하는 저에게 선생님이 먼저 해주신 전화 한통이 많은 것을 느끼게 해주셨습니다. 고등학교를 졸업한지 6년이 지난 지금, 이제는 제가 먼저 선생님께 연락을 드리고 있습니다.

잠시 고등학교 시절 시와 문학을 가르쳐준 선생님이 아닌, 글을 쓰는 방법과 책을 읽고 누군가와 느낀 점과 감정을 공유하는 법을 가르쳐주신 분이 바로 김종건 선생님이셨습니다.

수능에서 고득점을 얻는 법이 아닌, 학생의 삶을 궁금해 하시며 어떤 진로를 가지고 어떻게 나아가는지를 곁에서 지켜봐 주시는 분이 바로 김종건 선생님이셨습니다. 교육자의 길을 걷고자 몇 일 전 임용고사를 치룰 때도 관심을 가져주시고 직접 시연하는 것을 봐주시며 걱정해주신 분이 바로 김종건 선생님이셨습니다.

종건당 선생님은 항상 학생들 곁에서 학생들을 바라봐주시는 그런 선생님이시다.

좋은 선생님이란 어떤 사람을 말하는가?
- '김종건 선생님' 과 함께 한 시간을 떠올리며 -

전가람
화원고, 종건당 27기,
서울대 국어교육과

"좋은 선생님이란 어떤 사람을 말하는가?"

매년 여름방학에 사범대나 교대를 지원하는 학생들과 만나 모의면접을 하며 던지는 질문이다. 실상 나조차도 잘 대답하기 어려운 질문을 하면서도 아이들이 머릿속으로 힘겹게 끄집어 내는 '이론' 을 받아 들으며 나는 안타까움을 느낀다. 그리고는 다시금 아이들에게 질문을 한다. 너희에게 가장 좋은 선생님은 어떤 분이었냐고, 그 분을 통해 무엇을 보고 무엇을 생각하며 무엇을 느꼈느냐고 말이다. 잠시 후 이 질문에 대한 아이들의 답변이 이어지고 나면 나는 아이들에게 내 삶에 가장 기억에 남는 몇 분의 선생님을 소개한다. 가장 기억에 남는 선생님, 그리고 동시에 나에게 가장 소중한 선생님들, 그 중에 김종건 선생님이 계신다. 김종건 선생님은 내가 가장 좋아했던 선생님이면서 또 나에게 좋은 선생님이 어떤 사람이어야 하는지에 대해서 많은 생각을 하게 해 주셨고, 두루 모범을 보여주셨던 선생님이

시기도 하다.

그 김종건 선생님께 배운 지 어느덧 6년의 시간이 지났다. 얼마 되지 않은 시간이라 생각했는데 정말로 믿기지 않는, 선생님의 퇴임을 앞두고서 나는 선생님께 이 글을 부탁받았다. 선생님과 같은 길을 걷기에는 너무나도 부족한 제자가 마음을 따라가지 못하는 부끄러운 글을 쓰는 것이 마음에 걸리지만, 그럼에도 불구하고 그 기억이 너무나도 소중해서 감히 그 기억을 투박한 말로 담아보려 한다.

학생에 대한 믿음

선생님에 대한 나의 첫 번째 기억은 '향찰鄉札'에 대한 것이었다. 대학교에 와서도 향찰은 참 여전히 어려우면서도 재미있게 공부하게 되는 내용이다. 고등학교 때는 재미보다는 어려움이 더 컸다. 갑작스레 생전 처음 보는 내용을 접하게 되었으니, 적지 않게 당황했던 것이다. 해석조차 안 되는, 그야말로 이상하기가 짝이 없는 한자들을 어떻게 읽어나가야 하는지, 그게 우리말과 무슨 상관이 있는지 도무지 알 수 없었다. 그것이 바로 김종건 선생님과 함께했던 첫 단원에 대한 나의 인상이었다.

너무나도 어려웠던 향찰, 하지만 한편으로는 그 내용이 너무나도 신기했다. 그래서 나는 미리 야간자율학습 시간에 그 내용을 예습을 해 와 선생님이 배운 내용이 무엇인지에 대해 질문하실 때 답을 했다. 선생님께서 내가 교과서에 나오는 향찰이 활용된 예가 어떻게 이해될 수 있는지 답을 하는 것을 보시고 몇 시간에 걸쳐 반 친구들에게 그 내용을 설명하도록 하셨던 것이 기억에 남는다. 김종건 선생님 하면 떠오르는, 나의 첫 기억이다.

특히나 이 기억은 나에게 요즘 들어 더욱 소중하고 무게감 있는 기억으로 다가온다. 그것은 얼마 전 교생실습을 다녀오면서부터 그러한 것이다. 수업에 자신감은 있지만 매번 나에게 어려운 일은 학생들을 믿고 학생들 스스로에게 무언가를 해볼 수 있도록 맡기는 것이다. 그래서 교사가 너무나도 학생들의 활동을 많이 하게 하려고 한다는 지적을 받기도 했다. 학생에 대한 믿음이 적다면 당연히 그렇게 될 수밖에 없는 일인데, 이제 생각해보니 선생님께서 학생들을 많이 믿어주시고, 학생들에게 많은 기회를 주셨다는 생각이 든다. 이렇게 선생님께서 보여주신 학생에 대한 믿음은 나에게 있어 참 인상 깊은 모습이다.

학생과 눈을 맞추는 자세

김종건 선생님에 대해 기억하게 되는 두 번째 모습은 바로 학생과 눈을 맞추려고 노력하시는 모습이다. 한창 크라운제이라는 연예인이 인기 있었던 고등학교 2학년 때, 무게감과 무서움의 아이콘인 학생부장을 맡아 하시면서도 교문 앞에서 학생들에게 그의 유행어 "에이(A)!"를 내던지시며 인사하고 웃으시던 그 모습이 참 많이 기억에 남는다.

수업 중에도 학생들이 쓰는 말이나 표현을 바로바로 익히셔서 수업 중에 활용하시거나 학생들이 좋아하는 간식을 같이 드시기도 하고, 수업이 조금 지루해질 무렵에는 학생들에게 셀카를 찍어달라고 포즈를 잡아주시기도 하는 그 모습이 여전히 눈에 선하다. 특히나 종건당 당원으로 가입하라고 수시로 권유 아닌 권유를 하시던 모습은 정말 잊히지 않는다. 나는 교사가 권위를 갖추기는 쉬워도 스스로 낮아져서 학생들과 '함께 호흡하기'는 정말 어려운 일이 아닌가 하는 생각을 자주 한다. 특히나 교생실습을 다녀오면서 내 스스로도 수업 중에는 어느 정도의 권위를 갖추려는 모습이 있다는 걸 알고 나서 선생님께서 보여주셨던 그런 모습들이 참 놀랍고 대단하게 느껴졌다.

이렇게 선생님에 대한 기억들을 떠올리다 보면 문득 나는 종건당이란 화원고등학교의 유일한 정당이면서, 선생님과 같은 길을 걸으려는 나에게는 가장 지지하고 싶은 정당이라는 생각을 하게 된다. 그것은 바로 종건당 이라는 당의 구호가 아마도 '학생들과의 눈 맞추기'가 아니었을까 하는 생각을 들게 하는 점에 있다.

학생의 강점을 발견하는 시선

지금까지의 이야기는 고등학교 시절에 발견한, 김종건 선생님의 매력에 대한 이야기였다. 그것은 동시에 대학에 와서도 여전히 느끼는, 선생님의 매력이기도 하다. 하지만 대학에 와서 김종건 선생님의 매력을 새롭게 발견하게 되는 부분도 있다. 그것은 아마도 선생님이 가셨던 길을 나도 같이 걸으려 하기 때문에 보게 되는 것일 것이다. 하지만 그렇기 때문에 내가 주목하는 이 기억은 너무나도 소중하고, 그것은 동시에 '선생님'으로서 그 분을 추억하는 데 있어 너무나도 가치 있고 매력적인 것으로 다가온다.

　대학에 와서 새롭게 발견한, 선생님의 첫 번째 매력은 바로 학생들의 강점을 발견하시는 시선, 그리고 능력이다. 고등학교 1학년 여름방학에 〈우리들의 일그러진 영웅〉에 대해 토론을 했던 기억이 난다. 그 후텁지근한 교실에서 모두가 늘어져 있는데도 불구하고 선생님께서 토론을 이어나가셨던 모습은 아직도 인상적이다. 그 비결은 바로 학생들에게 타이틀을 붙여주면서 수업을 진행하는 것이었다. 그 타이틀이라는 것은 학생들의 강점을 담고 있다. 예를 들어 나의 경우에는 성격이 제법 예민하고 비판적인 면이 있었는데, '이 시대 최고의 논객 전가람'이라는, 굉장히 과분한 타이틀을 받았다. 다른 친구들도 각자 자기의 특성에 맞게 하나씩 자기만의 타이틀을 받았는데, 그 수많은 학생들을 보고 관찰하지 않고서는 결코 그렇게 수업을 진행할 수 없다는 것을 얼마 전에 알게 되었다. 동시에 이는 그만큼 선생님께서 학생들에 대해 애정을 가지고 계셨다는 증거가 아니었을까 하는 생각도 하게 되었다.

그 외에 또 학생들의 강점을 발견하는 모습을 보여주신 것은 바로 '글쓰기'였다. 나는 고등학교 시절에 정말 '지겹다'라는 말을 입에 달고 살 정도로 글쓰기를 했던 기억이 있다. 이는 담임선생님도 아니셨고, 2학년 때부터는 보충수업 시간 외에는 국어 시간에 뵐 일조차 없었지만 김종건 선생님께서 나에게 주신 일이었다. 끊임없이 백일장에 나가는 건 물론이요, 가입조차 하지 않았던 신문부 동아리에서 '교지'를 펴내기 위해서 차출 아닌 차출을 당해 몇 달 내내 일을 해야 했다. - 물론 그 결과물은 내 글이 너무나도 많아서 '전가람 특집호가 아니냐'라는 소리를 들을 정도의 문집으로 나오고 말았다. 웃지 못 할 이야기이면서 지나고 생각해보니 참 행복한 이야기이다. - 방학 때 담임선생님보다 김종건 선생님과 함께 있었던 시간이 더 많았고, 점심시간마다 얼마나 많은 자장면과 볶음밥을 학교 옆 중국음식점에서 먹었는지 기억이 나지도 않는다. 그 일은 고등학교 3학년 때까지 이어졌다. 조금 한가로워질까 하면 글 쓰는 일이 계속 나에게 주어졌다.

그 시절에는 참 괴로운 일이었다. 하지만 이제 와 생각해보니 그 때 그렇게 글을 쓰면서 나는 내가 너무나도 어려워했던 시詩를 읽고 쓰기를 참 많이 하게 되었다. 시가 나에게 낯설지 않고, 조금 더 대하기 편안한 것은 아마도 그 때의 경험 덕분이었던 것 같다. 특히나 겉멋을 들이거나 무조건 비판적인 내용을 담은 시를 써서 보여드릴 때마다 한 편 한 편 부족한 글에 대한 피드백을 아끼지 않으셨던 선생님의 말씀(예 : 아주 작은 것으로부터 구체적으로 느끼고 시를 쓰도록 해라)은 여전히 시를 쓸 때 중요한 원칙이 되고는 한다. 또 동시에 내가 글쓰기를 지루해하고 힘들어할 때마다 옆에서 선생님이 늘 구체적으로 칭찬해주시고 격려해주신 덕(예 : 고등학생 수준에서 각주와 인용까지 해가면서 글을 썼다니 대단하다)에 글쓰기에 조금 더 의욕을 가지고 글을 쓰게 되었던 것 같다. 이제 와 대학 생활의 끝에서 생각해보면 글쓰기에 어려움을 적게 가지고, 계속 긴 글을 써도 어려움을 느끼지 않게 되었으니 선생님께 참으로 감사할 따름이다.

제자와 함께 걸어가는 마음

마지막으로 선생님에 대한 기억을 되짚어보니 어쩌면 가장 선생님으로부터 본받고 싶으면서도 선생님이 가장 존경스러워지는 모습은 이것이 아닌가 싶다. 그것은 바로 제자와 함께 걸어가는 마음이다. 이것은 '기억'이라는 과거의 것인 동시에 지금까지도 내가 선생님을 뵐 때마다 경험하는 '현재', 그 자체이기도 하다.

고등학교 1학년 때에 나는 왕따였다. 왕따를 당하던 내 친구가 전학을 가고, 그 다음 타자로 왕따가 된 사람이 바로 나였던 것이다. 친구들과 마음이나 생각이 잘 맞지 않아 외로움을 많이 타기도 했고, 친구보다는 항상 나보다 나이가 많은 사람들(예 : 선배나 선생님, 부모님)이 편했던 나에게 김종건 선생님은 좋은 조언자가 되어주시기도 하고, 때로는 친구처럼 나를 대해주시기도 했다. 대학과 진로에 대한 이야기, 문학에 대한 이야기, 살면서 도움이 될 만한 이야기들까지…… 교생실습을 가서 겨우 8년 차이가 나는 아이들과 함께 이야기를 나누어도 이해가 되지 않는 것이 많고, 세대 차이(?)를 느끼기도 하는데 그보다도 훨씬 더 긴 시간 차이를 두고 있는 것이 선생님과 나의 삶이었다. 그럼에도 불구하고 선생님이 가까이 해주시고 많이 들어주시고 많이 이야기해주셨던 것은 나에게 참 많은 힘이 되었고, 대학때 와서는 이런 교사가 되어야 하겠다는 생각을 안겨주기도 했다. 물론 그 시절만이 아니라 고등학교 2학년, 3학년 때에도 여전히 선생님은 나에게 같은 모습으로 함께 해주셨다.

대학에 와서도 선생님과 함께 할 수 있는 시간이 생겼다. 매번 방학에 집에 내려올 때, 선생님 댁 근처에 있는 연구실로 불러주셔서 같이 대화해주시고, 국어교육에 대해 이런저런 이야기를 나누는 경험을 하고 있다. 내가 가지고 있는, 국어교육에 대한 생각을 진지하게 들어주시고 공감해주시고 더 좋은 방향으로 생각할 수 있도록 갈피를 잡아주실 때마다 참 존경스럽고 감사하기 그지없다. 교육 외에도 내가 평소에 하는 생각들, 고민들, 내가 겪은 일들에 대해 같이 선생님과 말씀을 나누고, 선생님도 선생님만의 생각, 고민, 일상 이야기를 들려주신다. 그 시간이 참 행복하고 즐겁다. 이미 고등학교 국어 수업은 6년 전에 끝이 났지만, 나에게는 여전히 선생님과 함께 배우는 시간이 즐겁게 이어지고 있는 현재진행형이란 사실에 더 행복하다.

김종건 선생님에 대한 나의 기억. 좋은 선생님이 대체 무엇인가에 대한 질문에 나는 아이들에게 이런 식으로 답을 한다. 이것은 나의 기억인 동시에 내가 가지고 있는, 좋은 교사의 상인 것이다. 그 기억, 그 상의 이면 그 어느 곳에도 '제자에 대한 사랑과 고민'이 담기지 않은 것이 없다는 것을 생각해보니 선생님과 함께했던 그 시간이 너무나도 아름답고 감사하게 느껴질 따름이다. 그리고 더욱 더 존경스럽고, 그 모습을 배워나갈 것이 많다는 생각이 가득해진다.

부족한 제자에게, 마음을 미처 따라가지 못하는 이 글을 부탁하시는 선생님의 말씀에 그 날 내가 전화로 한 마디 드렸던 말씀이 있었다.

"선생님은 아직 너무나도 젊으신데 벌써 퇴임을 하시는 게 말이 되나요?"

이 글을 맺으며 다시금 생각해보아도 그 말씀은 내가 몇 번을 더 드릴 수 있는 말이라는 생각이 든다. 아직 나에게는 선생님께 배울 것이 너무나도 많고, 선생님과 함께 했던 시간이 너무 소중하다. 늘 믿어주시고, 가까이 해주시며 늘 눈을 맞추어주시고 같이 고민하고 함께해주시는 선생님이 너무나도 감사하고, 동시에 너무나도 친밀하게 느껴진다. 그 점에서 우리 선생님은 너무나도 젊으시다는 생각이 든다. 시간이 지나며 나이 어린 제자와 멀어지시는 것이 아니라, 오히려 늘 함께 해주시는 까닭에서인 것이다.

조금 더 시간이 많이 지나간 뒤에 내가 조금 더 선생님과 같은 이 길을 공부하고 고민할 때에도 여전히 선생님은 젊으셨으면 좋겠다. 아니, 정말로 젊으실 것이라고 확신한다. 늘 나에게 감사한 분이고 존경스러운 분이셨던 선생님과 더 깊은 사이가 되어 있을 것을 바라고 그것을 믿는다. 이제는 교단을 떠나시지만, 그럼에도 불구하고 나는 여전히 선생님께 배움을 받는 가운데에 있기에……

2014년 12월 5일 저녁에

선생님, 언제나 감사드리고 존경합니다
그리고 사랑합니다
- 종건당 쓰러졌다 -

황주원
화원고 제자
동국대 광고홍보학과

김종건 선생님은 내 기억 속에서는 언제나 조금 특이하신 분이다. 선생님인 듯 선생님 아닌 선생님 같은 분이라고 하면 표현이 되려나? (웃음) 특히 고등학교를 졸업한 지 3년이 다 되어가는 지금도 잊지 못할 에피소드가 하나 있다. 지금부터 그 이야기를 써내려 가볼까 한다.

때는 내가 고등학교 1학년이었던 4월 1일, 만우절. 그 날 사건은 발생했다. 우리는 언제나 그랬던 것처럼 만우절을 기회 삼아 다음 수업 시간 선생님이 들어오시면 어떻게 골려 줄 수 있을지(?) 고민을 하고 있었다. 그 순간 앞문을 벌컥 열고 들어오셨다. 예상한 것처럼 선생님은 김종건 선생님이었다. 그리고 일은 순식간에 일어났다. 우리가 선생님께 짓궂은 장난을 시도하기도 전에 선생님께서 갑자기 바닥에 쓰러지셨다. 그리고는 마치 발작을 일으키듯이 몸을 부르르 떠셨다. 항상 말로만 들어왔지, 진짜 사람이 쓰러져서 발작을 일으키는 건 처음 보는 나였기에 몹시 당황하였다. 당황하기는 다른 아이들도 모두 마찬가지였다.

몸을 떠시던 선생님은 갑자기 떠는 걸 멈추시더니 바닥에 쓰러진 그대로 가만히 누워 계셨다. 처음에는 정말 너무 당황스러웠다. 아이들도 다들 어떻게 반응해야 할 지 모르는 눈치였다. 신고라도 해야 하나 살짝 두려운 마음도 들었었다. 그러나 선생님이 그렇게 누워 계신 지 5분 정도가 지나자 아이들은 슬슬 눈치를 채기 시작했다. 이 모든 것이 오늘이 만우절인 것을 알고, 우리에게 오히려 먼저 역공을 하신 선생님의 연기였다는 것을. 그 때부터 아이들은 하나 둘 웃음이 터지기 시작했다. 그리고 쓰러져 계신, 아니 정확히 말하면 연기를 하며 누워 계신 선생님의 주변을 에워싸기 시작했다. 아이들의 웃음소리와 함께 찰칵거리는 휴대폰 카메라 음도 마구 뒤섞였다. 한 순간에 동물원 원숭이 신세가 되어버리신 선생님. 그러고 나서도 선생님은 한참 동안이나 일어나지 않으셨다. 아이들이 서로 찍은 사진을 한창 공유하고 웃고 떠들고 있을 때 선생님은 자기가 간질이 있으시다면서 몸을 툭툭 털고 일어나셨다. '간질' 이라는 단어에 아이들은 또 한 번 까르르 웃음을 터뜨렸다. 그러자 선생님은 진짜 간질이 있다면서, 왜 자기를 믿지 않냐고 오히려 섭섭하다고 말씀하셨다. 자기가 쓰러졌는데 아무도 신고하거나 도와줄 생각은 하지 않고 사진만 찍고 있는 우릴 보고 '나쁜 년들' 이라고 말씀하셨다. 그렇게 욕을 먹고도 한참을 웃어댔었던 기억이 난다.

　아마 제자들에게 자연스럽게 욕설을 내뱉으시고도 당당하신 분은 세상에 김종건 선생님밖에 없을 것이다. 또 당당하게 욕을 하고서도 오히려 아이들이 웃음보가 터지게 만들 수 있으신 선생님은 우리나라에서 김종건 선생님 한 분뿐이실 거다. 언제나 약간은 혼자 다른 차원에 살고 계신 분 같으면서도, 사실은 아이들과 눈높이를 맞춰주기 위해 노력해 주셔서 아직까지도 내 기억 속에 생생하게 남아 계신 김종건 선생님. 서울에 올라와서 선생님께 첫 전화를 받았을 때도 굉장히 반가운 마음을 감출 수 없었는데, 이렇게 좋은 자리에 불러주신 것에도 정말 마음 속 깊이 감사하다는 말씀 전해드리고 싶다.

　감사합니다, 선생님.

드디어
책을 찢었다

김맑아
화원고, 종건당 27기

"내 수업에 책은 필요 없다. 책 다 찢어버려!"

제 나이 방년 17세, 국어 첫 시간에 앞문을 박차고 들어와서는 들고 온 책을 바닥에 집어던지며 지근지근 밟아대던 그 분과의 첫 만남을 이렇게 글로 쓸 일이 있을 것이라곤 그 땐 전혀 생각지 못했습니다. 앞뒤 설명 다 생략하고 표정변화 하나 없이 책을 밟아대는 그 분을 처음 마주했을 때, 제 머리 속엔 '선생님' 보다는 '시간강사' 라는 느낌이 '전문가' 보다는 '야매' 라는 생각이 가득 찼습니다.

첫 수업부터 '종건당' 이라는, 마치 사이비종교와 같은 느낌을 풍기는 이름을 내세우며 자신을 소개한 김종건 선생님의 강렬했던 인상은 시간이 지나면서 흐릿해지기는커녕 더 선명해졌습니다. 늘 수업 시간이 되면 아무렇지 않게 욕을 툭툭 내 뱉으면서 'SBN' 이라는 특별한 애칭까지 붙여주셨던 선생님의 수업은 제가 가장 기다리던 시간이 되었습니다.

글을 쓰는 것에 관심이 있었던 저는 김종건 선생님과 가까워지게 되면서 진정한 종건당의 일원이 되었고 일주일에 한 번 독서토론도 하면서 덕분에 많은 것을 듣고 배웠습니다. 사실 이상의 〈날개〉에 대한 토론 중 선생님께서 해주셨던 '이상의 숫자 집착증'에 대한 이야기는 아직도 기억이 나기에 대학에 와서 종종 써먹기도 했습니다. 어쩌면 제가 '국어국문과'로 진학하게 된 데에도 선생님의 영향이 컸다고 할 수 있습니다.

비록 저희에게 선생님과 함께 할 수 있는 시간은 그리 길게 주어지진 않았지만 종건당과 아이들이 함께했던 시간은 그 어느 때보다 즐거웠고 잊지 못할 추억으로 남았습니다. 제 책장 한켠에는 지금도 선생님이 주셨던 책인 차인표의 〈잘가요 언덕〉이 자리잡고 있습니다. 가끔 그 책을 볼 때면 문득 그 때의 기억이 나곤 하지만 5년이라는 시간은 추억이 흐릿해지기에는 충분한 시간이었습니다.

잊혀 지지는 않았지만 흐려진 기억 때문에 제가 과연 선생님에 대한 글을 쓸 수 있을지 정말 많이 걱정했습니다. 허나, 오랜 시간을 가지고 그 때를 떠올려보니 선생님과의 첫 만남부터 기억이 났고 이렇게 글을 시작할 수 있었습니다. 5년이라는 시간이 지났기에 저희 또한 그 때의 파릇파릇했던 17살 여고생들의 모습이 아닐 테고 선생님의 얼굴에도 많은 세월의 흔적이 남아있을 것이라 생각됩니다. 그러나 그 때 그 종건당과 아이들이 다시 모인다면 저희는 다시금 17살의 감성을 가진 수다쟁이들이 될 테고 선생님은 한결 같은 모습으로 'SBN'을 외치며 반겨 주시리라 생각됩니다.

새벽 3시, 문득 드는 선생님 생각에 써내려간 글이라 두서가 없지만 덕분에 묻어두었던 고등학교 시절의 추억을 떠올릴 수 있어 좋았습니다. 더 많은 것들이 생각나지만 그 이야기들은 꼭 기억해뒀다가 선생님과 다시 만나게 된다면 그 때 함께 기억을 되짚어 보며 이야기하고 싶습니다.

내 인생의
소중한 자산

조나경
화원고, 종건당 27기
중앙대 심리학과

2012년 눈 내리던 겨울, 대학교 1학년이 된 나와 선생님과의 만남이 가장 기억에 남습니다. 당시에 제가 수강하고 있던 한국사 과목의 인터뷰 과제 때문에 선생님을 만나 뵈러 달성고등학교에 갔습니다. 고등학교 졸업 후 오랜만에 연락드리고 뵙는 거라 내리는 눈처럼 설렘이 가득했습니다. 오랜만에 뵙는 선생님의 모습은 제가 고등학생 일 때와 변함이 없었습니다. 조금 바뀐 점이라면 예전에는 노란색 형광 조끼를 입고 환경미화 지도를 하시던 모습이었지만, 이제는 교감 선생님으로서의 근엄함이 느껴졌다는 점.

하지만 선생님의 다정다감하고 유쾌한 특유의 분위기는 바뀌지 않았습니다. 그래서인지 선생님을 다시 뵙고 나니 처음 만났던 고등학교 1학년 시절로 돌아가는 듯 했습니다. 선생님과 본격적으로 인터뷰를 하기 전에 학교 옆에 있는 선생님의 단골집에 가서 태어나서 처음으로 고디탕을 먹었습니다, 선생님과 이런저런 추억거리들을 나누느라 어떤 맛이었는지 잘 기억이 나지 않지만, 어렴풋이 떠오르는 느낌은 뭐랄까 포근함, 따뜻함, 김종건 선생님과 잘 어울리는 맛? 선생님과 내가 공유하고 있는 옛 추억이 녹아있는 맛? 이런 느낌이 아닐까 싶습니다.

본격적으로 인터뷰를 하면서 선생님의 어린 시절, 학창시절, 가족 이야기, 결혼생활 이야기를 들으며 마치 만화영화 '검정 고무신'을 감상하는 듯 흥미를 느꼈습니다. 인터뷰를 끝내고 대학생이 된 저를 위한 이야기도 나눴는데, 1년 동안 대학생활을 하고 얻은 즐거움과 새로움, 그리고 고민과 걱정들을 선생님께 말하고 진심이 담긴 좋은 말씀을 가슴에 가득 안고 돌아왔습니다.

오랜 시간 교직에 계시면서 수없이 많은 제자들을 두었고 저는 그 많은 제자들 중 한 명일 뿐인 데, 아직까지도 가끔 전화로 안부를 물어주고 걱정해주시는 선생님께 정말 감사드리고 받은 만큼 돌려드리지 못하고 있는 것 같아 항상 죄송한 마음을 가지고 있습니다. 고등학교 3년 내내 담임 선생님만큼 저를 아껴주셨고, 응원해주고 지지해주셨던 김종건 선생님과의 인연은 저에게 무엇보다 든든한 자산입니다. 저에게 있어서 선생님은 무엇과도 비교할 수 없는 큰 자산이고 좋은 스승이듯, 선생님께 저도 소중한 제자이길 바라고, 앞으로도 선생님과 함께 나누는 에피소드가 계속 쌓여가길 진심으로 바랍니다.

Ladies and
gentlemen 선생님

전민경
포산중, 종건당 29기

올해 스승의 날도 어느 해와 같이 생각나는 선생님께 편지를 보내는 행사가 있었습니다. 그런데 어쩐지 올해는 김종건 선생님이 가장 많이 생각났습니다. 아무래도 제 마음속에는 종건당 선생님은 언젠가는 꼭 한번 찾아뵈어야 할 선생님으로 기억되고 있었나봅니다. 그 편지가 선생님께 전해지지 않았다니 아쉽지만 나중에라도 도착한다면 천천히 읽어주세요.

선생님, 사실 제가 선생님이 가장 그리울 때는 글을 쓸 때도, 국어 공부를 할 때도 아닌, 바로 각 시간마다 선생님이 들어오시는 바로 그 찰나의 시간입니다. 고등학교에 올라오니 중학교 시절과는 비교도 할 수 없는 피곤함에 가끔 그렇게 선생님의 첫 인사를 회상하고는 합니다. 포산중학교 동창들은 모두 알고 있을 "Ladies and gentlemen!"라는 선생님만의 첫 인사말입니다. 그 때는 몰랐지만 지금에서야 그 말이 지친 우리를 일으켜 세우던 말이라는 사실이 느껴집니다. 아무 반응도 없었던 제 모습이 죄송스러워 질만큼이요.

그런 저는 선생님이 가시고 난 이후부터 가끔 친구들과 선생님의 이야기를 할 때가 있습니다. 그 중에 하나가 바로 선생님의 '안경' 이야기인데요. 저희가 떠들 때 선생님께서는 고개를 숙이시고 안경테 너머로 저희를 보셨죠. 바로 그때, 저희는 뒤에서 선생님 모르게 많이 웃었답니다. 선생님이 우리를 보시는 것을 다 알고 있는데, 선생님께서는 책을 보는 척 하시면서 우리를 살펴보고 계신다면서요. 지금 생각하면 선생님은 당신의 눈이 보일 줄 알고 계시면서도 그랬던 것 같기도 합니다.

하루는 이런 날도 있었습니다. 선생님의 수업 시간이었던 것 같기도 하고, 어쩌면 다른 선생님의 수업 시간이었던 것 같기도 합니다. 그 날은 다른 선생님들의 흉내를 내는 시간이었습니다. 저는 기술 선생님의 흉내를 냈고, 민정이가 선생님의 흉내를 냈었는데, 기억나세요? 너무 똑같아서 웃음을 참으려야 참을 수가 없었습니다. "페이지 쓰리 식스 포!"는 선생님 성대모사의 하이라이트였죠. 선생님이 생각하던 것 이상으로 저희는 그만큼 선생님에 대한 관심이 많았답니다. 비록 그 당시의 저희 자신은 깨닫지 못하고 있었지만요.

이렇게 선생님을 회상하는 날이 잦았던 어느 가을 날, 승언이가 선생님께서 소식이 왔다는 것을 제게 전해줬습니다. 사실 선생님께 전화하려고 수화기를 들 때까지만 해도 긴장되었는데 막상 선생님 목소리를 들으니까 너무 익숙하고 편안해서 저도 놀랐습니다. 그리고 그렇게 연락이 닿아서 만난 선생님은 제 기억 속의 선생님보다 많이 작아지셔서 놀랐습니다. 그 짓궂으신 특유의 농담은 반가웠지만요. 뭐랄까, 그 2년의 세월이 선생님을 흔들어놓고 간 것 같았습니다.

은퇴를 하신 후에는 더 이상 칠판 앞에서 저희에게 장난을 치시던 선생님의 모습을 더 이상 볼 수 없겠죠? 정말 아쉽지만 선생님은 어떤 모습으로, 어떤 곳에 계시던 상관없이 영원한 저희의 종건당이시니까 기쁜 마음으로 그 자리를 축하해 드릴 계획입니다.

앞으로도 건강한 모습으로 저희를 맞아주세요. 건강하게 오래오래 사셔야 해요!

조용한 남자
종건당

김승언

포산중, 종건당 29기

안녕하세요. 선생님을 뵌 지가 벌써 3년이 지났다는 게 믿기지 않을 정도로 시간이 빨리 지나가 버렸다는 게 허무하기도 하고 먼저 연락드리지 못해 죄송하기도 합니다. 저는 그 3년 안에 중학교를 졸업하여 고등학교에 입학했고 기숙사 생활을 하며 새로운 환경에 적응해 나가며 많이 성장해가고 있습니다. 선생님은 어떻게 지내고 계시나요? 여전히 특유의 말투와 표정으로 학생들을 즐겁게 해주고 계시겠죠?

"쾅"하고 문을 세게 여시고 들어와 조용한 남자. 라는 말을 쓰시고 목소리를 낮춰 수업하시던 선생님의 모습이 아직도 기억납니다. 시험문제를 알려주신다고 정말 개미 같은 목소리로 들릴 듯 말 듯 말씀하시던 모습을 떠올리니 아직도 웃음이 납니다. 갑자기 집 사람에게 불러줄 노래가 있다고 컴퓨터로 노래를 트시고 따라 부르시던 모습이 아직도 생생합니다. 만우절 날 학생들의 장난에 당황하시던 선생님의 모습이 아직도 떠오릅니다. 고등학교에서나 할 독서토론 프로그램을 중학교 학생인 우리들을 데리고 진행하기 위해 애쓰시던 선생님의 노력을 그 때는 몰랐는데 이제야 알 것만 같아 뒤 늦게 감사를 드립니다. 며칠 전 제가 중학교 때 쓴 독후 감상문을 읽어보았는데 제가 쓴 글들이 너무나도 서툴게 느껴져 선생님의 노고를 새삼 느끼게 되었습니다.

처음 선생님의 수업을 들었을 때 정말 신선한 충격이었습니다. 수업 시간에 노래를 부르고 갑자기 이상한 소리를 내시는 등 사실 그 때는 몰랐지만 그런 수업을 어디에서 또 들어보나 하는 생각에 아쉽기도 하고 한편으론 그 때 좀 열심히 들을 걸 하는 후회도 됩니다. 선생님이 학교를 떠나시고 교감이 되신다는 소리를 들었을 때 학생들을 그렇게 좋아하시는 분이 학생들을 더 가르치셨으면 좋았을 텐데 하는 생각도 했습니다.

선생님께서 은퇴하면 찾아올 생각이나 있느냐고 물었을 때 "제가 그 때가 고3이라 못 가요" 하고 칼같이 이야기했던 제 모습이 떠오릅니다. 그 때는 제가 철이 없고 참 이기적이었나 봅니다. 선생님이 은퇴를 하신다고 하셨을 때 그 생각이나 제 자신이 부끄럽더군요. 며칠 전 담임 선생님께서 선생님께 전화 한번 드리라는 말씀을 하셨을 때 뭔가 어색할 것 같기도 하고 지금까지 전화 한번 드리지 못했다는 생각에 마음 한 편이 좀 무거웠습니다. 제 걱정과 달리 제가 선생님께 전화를 드렸을 때 아무렇지도 않게 마치 어제 만난 친구처럼 장난치시고 농담을 하서서 감사하고 죄송했습니다. 하지만 한 편으론 그 덕분에 선생님과 전화 통화를 하고 있으면 제가 마치 중학교 2학년 때로 돌아간 기분이 듭니다.

그런데 이젠 정말 은퇴를 하신다고 하니 이젠 더 이상 교직에 계시는 선생님의 모습을 볼 수 없다는 생각이 들어 아쉬운 마음이 듭니다. 하지만 은퇴 후에도 계속 선생님을 뵐 수 있다는 생각을 하니 다행이라는 생각도 들고 '종건당'이라는 모임을 만들어서 이렇게 선생님과 제자들이 만나 인연을 이어갈 수 있게 해주신 선생님이 존경스럽고 멋지십니다. 또 그 제자들 중에 한 명이 저 라는 것이 정말 기쁘고 감사합니다. 나중에 친구들이랑 한번 찾아뵙겠습니다.

추운데 감기 조심하시고 항상 건강하세요.

정말 유쾌하고 친근한 국어 샘
- 헬로 에브리원(hello everyone) -

김예지
신당중, 종건당 30기

지금까지 만난 선생님들 중 첫 인상이 가장 독특하셨던 선생님을 꼽으라면 나는 주저하지 않고 김종건 선생님이라고 할 수 있다. 그만큼 선생님은 나에게 '신선한 충격'이었다. 선생님을 만나기 전까지 내가 상상해왔던 국어 선생님은 무게 있고 딱딱한 모습뿐이었다. 하지만 김종건 선생님은 문을 열고 들어오면서 엉터리 영어로 인사하고 자신을 '종건당'이라 칭하는 등 유쾌하고 친근한 선생님이었다. 이 모습은 수업 시간까지 이어져 국어 수업은 항상 즐거웠고 손꼽아 기다리는 시간이 되었다. 시간은 빠르게 흘러 중학교 첫 중간고사를 보게 되었다. 국어 점수는 그리 높지 않은 82점. 국어 수업을 열심히 들었음에도 높지 않은 점수에 실망도 많이 했고 어린 마음에 문제가 어려웠다며 선생님을 원망도 했었던 것 같다. 또 혹시나 선생님의 기대에 못미쳐 꾸중을 듣지는 않을까 지레 겁부터 먹었다. 하지만 선생님은 그 흔한 오답노트도 하지 않고 점수로 야단을 치지도 않았다. 오히려 시험이 어렵다는 우리의 하소연을 묵묵히 다 들어주셨다. 그래서 우리에게는 점수가 낮아도 벌벌 떨지 않아도 되는 국어 시험만은 부담감 없이 칠 수 있는 시험이었다.

방학에는 '종건당 문학교실'이 운영되었다. 선생님은 항상 토론이 잘 진행되도록 우리의 반대 의견에서 열심히 주장하셨다. 여러 명의 아이들이 득달같이 달려들면 선생님은 은근슬쩍 져주시기도 했다. 그리고 마지막 문학교실 수업 때 냉면집에서 비싸다고 투덜거리시던 선생님은 귀여움까지도 겸비하고 있는 깜찍한 선생님이었다.

선생님을 만난 지도 반년이 지나고 선생님은 교감으로 다른 학교에 가셨다. 나는 선생님과의 인연은 여기서 끝이라고 생각했지만 그게 아니었다. 선생님은 나에게 항상 먼저 전화를 해주셨고 그 인연은 지금까지 이어져 곧 중학교를 졸업하는 지금 다시 '종건당 문학교실'에 참여하게 되었다. 2년하고도 반년이 지나 다시 만난 선생님은 달라진 것이 없는 예전 모습 그대로였다. 예전과 다르게 고등학교에서 필요한 시 수업도 하는데 1학년 때 했던 선생님의 수업이 새록새록 떠올라 즐겁기만 하다. 욕쟁이 선생님의 모습도 사라지지 않았고 엉터리 영어도 변함없었다. 선생님은 예전에 '헬로 에브리 원' 하며 수업을 시작하셨던 것을 부인하시지만 지금 모습도 예전과 달라진 게 없어 친근하기만하다. 또 매 시간 해주시는 내가 쓴 발제문에 대한 칭찬과 조언이 자신감을 주고 내가 더 열심히 책을 읽고 글을 쓰게 하는 원동력이 되는 것 같아 항상 감사하다.

  걱정뿐이던 내 중학교 첫 생활에 큰 도움을 주시고 쉽지 않은 일인데 아무런 보상도 없이 다시 한 번 우리를 가르쳐 주시는 선생님이 감사하기만 하다. 그리고 이미 우리 학교를 떠났음에도 우리와 인연을 이어가던 선생님의 모습에서 나는 학생이 아닌 '제자'로 여겨지고 있다는 느낌을 받아 한없이 기쁘다. 반 년 정도밖에 수업을 하지 않은 그냥 지나가는 학생까지도 선생님은 '제자'라는 생각으로 그냥 지나치지 않았다. 자칭 종건당, 김종건 선생님은 나에게 잊어서는 안 될 선생님이며 절대 잊지 못할 선생님이기에 항상 감사하고, 김종건 선생님이 바로 내가 생각했던 진정한 선생님과 닮아있어 선생님과의 인연이 계속 되기를 바랄 뿐이다.

정말
고맙습니다

김우영
신당중, 종건당 30기

선생님 안녕 하세요 저는 김 우영입니다.

재작년에 제가 신당 중학교에 입학 하였을 때 선생님을 처음 뵈었습니다.

그 때 선생님께서는 첫인상부터 남다르셨습니다. 국어 첫 수업 시간에 선생님께서는 들어오시면서 영어를 쓰시며 들어오셨죠. 국어 선생님임에도 불구하고! 되게 특이했습니다.

그렇게 수업하면서도 중간 중간에 우리 반 아이들과 장난도 치시고 정말 학생들과 함께 있는 걸 좋아하신다는 게 느껴졌습니다. 저도 선생님 눈에 들었는지 선생님께서 여름 방학 동안 디베이트 반에 들어오라고 하셔서 디베이트 수업도 듣고, 저를 다른 애들보다도 더 많이 챙겨주신다는 게 느껴졌습니다. 가끔은 선생님께서 저를 밖으로 부르셔서 사탕도 주셨고!

저는 선생님이 너무 잘 챙겨주셔서 더 선생님을 존경하고 따르게 되었습니다. 물론 친해졌기도 하고… 제가 학급 회장이었는데 회장, 부회장들만 가는 수련회에 같이 가시지 않았습니까! 그 때 우리 방에 오셔서 같이 이야기 나누고 놀고 그랬던 기억이 납니다. 그런 선생님께서 1학년 2학기가 시작할 때 달성고등학교 교감으로 발령이 나서 학교를 옮기게 되었다고 저희한테 말씀해주시는데 정말 슬펐습니다. 어떻게 보면 중학교 생활 3년을 선생님과 보낼 수 있었는데 1년도 수업을 듣지 못한 채 가시게 되니. 선생님께 자주 찾아뵙겠다고 했는데 그러지 못해서 정말 죄송합니다. 거의 1년 동안 못뵙다가 2학년 여름쯤에 용산동 학생문화센터에서 우연히 뵙게 되었죠. 정말 반가웠습니다! 그 때 뵙고 3학년 돼서 선생님께서 아이들 모아서 봉사하는 마음으로 저희들에게 문학 디베이트반 해주신다고 했을 때 기뻤습니다. 안 그래도 '이제 고등학교 가기 전에 국어 학원을 다녀야 하나' 라는 생각 했는데 마침 해주신다니 기쁠 따름이었습니다. 그렇게 매 주 뵙게 되고 소설을 읽고 발제문을 쓰면서 소설을 한 번 더 정리하게 되고, 토요일에 가서 토론을 하면서 깊은 뜻을 생각해보게 되는 것 같습니다.

제가 사실 국어 잘 못합니다. 1학년 때 선생님께 배울 때는 국어 시간이 즐거워서 재미있게 공부했는데 가신 이후에는 책도 잘 안 읽고 재미도 없었고 점수도 잘 안 나왔습니다.

그래도 지금이나마 소설 읽으면서 고등학교 대비를 하니 든든한 마음도 있고요!

선생님 정말 감사합니다. 선생님 덕분에 제가 열심히 책을 읽는 계기가 된 것 같습니다. 비록 오래 선생님 국어 수업을 듣지 못했지만 지금이나마 듣는 걸 감사히 여기고 있습니다.

올해 저희가 졸업 하는 것과 같이 선생님께서는 정년퇴임을 하시는데 정말 축하드리고 오래오래 만수무강 하세요!

그럼 안녕히 계십시오. 토요일에 뵙겠습니다!

기다려지는
국어 시간

백종호
신당중, 종건당 30기

나는 중학교 입학식 날 김종건 선생님을 처음 만났다. 선생님
은 단상위에 올라가 있으셨고 학생들에게 U&I 라는 단어로 매
우 친근하시게 너와 나를 말씀하시고 아이유를 좋아하신다고
하시던 선생님, 친구들과 나는 그냥 유쾌하시고 재미있을 선생
님이구나라고 생각하고 국어 선생님인지도 모르고 집중하고
있지도 않았다. 장난기만 가득하던 그 때 입학식이 끝나고 며칠
뒤에 학교 국어 수업시간에 김종건 선생님이 들어오시면서
"Hello everyone~" 이라고 하시며 웃으면서 들어오셨다. 겁먹
고 있던 우리들의 긴장을 풀어주시면서 환하게 웃으시며 인사
를 건네던 모습이 생생하다. 그 모습을 본 나는 이 선생님은 우
리를 재미있고 편안하게 수업을 해주실거다 라고 생각하고 기
분이 좋았다. 꽉꽉 뛰는 수업에 영어까지 구사하면서 친구들의
이름을 영어로 바꾸어 불러주시며 센스 있고 재치 있게 수업을
하셨다. 이제껏 이렇게 수업하시는 선생님은 처음이었다. 항상

수업분위기는 훈훈하고 재미있었다.

그래서 난 국어 시간이 기다려졌고 초등학생 때는 못하던 국어가 중학교 1학년 때 97점이라는 점수를 받게 되었다. 비록 100점을 받지는 못했지만 지금까지도 여전히 국어 점수는 선생님 덕분에 높은 점수를 받고 있다. 그렇게 점점 김종건 선생님과 나는 서로를 알며 수업시간에 농담도 나누면서 열심히 참여하여 많은 친분을 쌓았다. 그런데 이것이 어찌 된 일입니까? 내가 그렇게 좋아하던 김종건 선생님이 교감 선생님으로 승진하셔서 달성고등학교로 가시게 되었죠. 나는 내가 제일 좋아했던 선생님께서 가신다니 정말 슬프고 아쉬웠다. 그렇게 1학년에서 2학년이 되고, 2학년 1학기가 다 끝나 갈 즈음에 김종건 교감선생님과 전화가 되었다. 그 당시 엄청나게 놀라웠다. 생각하지도 못하였는데 선생님과 전화가 되어 안부 인사를 드렸다. 나의 어머니와 전화도 하시고 어머니께서는 엄청 기뻐서 이런 스승님이 계신다는 것에 감사하다고 여기고 나에게 '축복받은 아이다'라고 말씀해 주셨다. 나는 또 한 번 선생님께 감사하다고 생각하고 꼭 한번 뵙고 싶었다. 그렇게 지내다가 3학년 학기말이 되어서 다시 선생님과 전화가 되어서 나는 매주 토요일 마다 지하철을 타고 만촌 역에서 내려 '가든 독서실' 안에 있는 '종건당 문학연구소'로 가서 김종건 선생님을 뵙고 신당 중 친구들과 함께 책을 읽고 문학 디베이트를 한다. 2년 만에 뵌 선생님이신데 여전히 유쾌하시고 나를 반갑게 맞아주셨다. 그래서 그런지 오랜 만에 뵌 선생님에도 불구하고 바로 편안하고 익숙해졌다. 솔직하게 교감 선생님보다는 그냥 국어선생님이 더 잘 어울리시는 것 같아서 조금 아쉬웠다. 선생님을 볼 때 옛 추억이 하나씩 새록새록 기억난다. 반 년 밖에 되지 않았지만 느낌은 몇 년 같이 있었던 제자와 스승님인 것이다. 앞으로 한 달 반 정도 선생님을 꾸준히 토요일마다 볼 수 있다. 갈 때는 별로 가고 싶지 않아도 막상 가서 선생님 얼굴을 보면 매우 반갑고 열심히 토론 수업도 한다. 계속 꾸준히 참여할 것이고 시간이 지나고 몇 년이 지나도 잊지 않고 선생님과 연락을 해서 자주 뵐 것이다. 지금도 만족하지만 가능 하다면, 2년 전으로 돌아가서 꼭 한 번만이라도 신당중 친구들과 같이 김종건 선생님의 그 유쾌하고 재미있는 수업을 할 수 있다면 얼마나 좋을까하는 부질없는 생각을 가끔 해본다.

선생님 사랑합니다. 저를 잊지 말아 주세요.

우리 시대
최고의 국어 선생님

홍태민
신장중, 종건당 30기

제가 김종건 선생님을 만난 건 신당중학교의 입학식 때였습니다. 입학식 때의 선생님은 그냥 다른 선생님과 다를 바가 없었다고 생각했습니다. 그리고 김종건 선생님이 국어 선생님인 줄 알았을 때도 저는 별로 아무 감정이 없었습니다. '그냥 국어 선생님이시구나' 정도로만 생각했습니다. 하지만 수업을 듣고 나서부터 점점 생각이 바뀌기 시작했습니다. 다른 선생님에 비해 김종건 선생님이 더 친근하게 느껴지고 더 다가가기가 쉽다고 느껴졌습니다. 그리고 수업 때마다 지루하지 않게 영어를 구사하시면서 수업을 진행하시니 지금 와서 생각해도 다른 과목에 비해 수업이 더 좋았던 것 같습니다. 선생님께 수업을 받고 나서부터 국어가 많이 어렵지만 괜찮은 과목이라고도 생각했습니다. 지금 생각해보면 중1 때 선생님이 계시지 않았으면 국어를 포기하지 않았을까? 하고 생각하기도 합니다.

여름 방학 때에도 국어 수업에 관한 방과 후 수업을 넣어 주서서 나중에 중요하게 다룰 문학 작품이나 중요하다고 생각되는 영화에 대해 친구들과 토론도 하고 공부도 하니 나 혼자 공부 할 때보다 더 쉬웠고 더 재미있었습니다. 그리고 조금 뒤에 김종건 선생님이 달성고 교감으로 가신다고 하셨을 때 정말로 아쉬웠고 선생님을 중학교 때가 아니라 초등학교 때 만났으면 국어가 제일 좋아하는 과목이 되지 않았을까 하고 생각할 정도로 선생님을 늦게 만나서 1년도 안 되서 헤어지는 게 안타까웠습니다.

선생님이 가시고 나서 다른 국어 선생님이 오셨을 때 뭔가 기대감이 있었습니다. '김종건 선생님처럼 국어를 잘 가르치시겠지?'라고 마음속으로 생각하며 기대했지만 기대와 다르게 수업이 재미가 없었습니다. 김종건 선생님은 우리들의 수준을 생각하시고 같이 소통하는 수업을 해서 기억에 남을 정도로 수업이 좋았지만 다른 선생님들의 수업은 그렇지 않았습니다.

그래서 김종건 선생님이 가셔서 너무 아쉬웠고 선생님을 다시 못 볼 것 같았는데 중3이 다 끝나갈 무렵에 선생님께서 전화하셨을 때 너무 놀랐고 한편으로는 기쁘기도 했습니다. 그리고 선생님께서 교사로서 마지막 제자인 우리 신당중 제자들을 선생님의 연구소에 모아서 문학을 가르쳐준다고 했을 때 너무 좋았습니다. 지금도 여전히 선생님이 좋고, 저에게는 최고의 국어 선생님으로 영원히 남을 것 같습니다.

선생님, 정년퇴임을 축하드립니다.

문학
디베이트의 매력

홍성유
달성고, 종건당 31기

 김종건 선생님은 2012년도 말, 대구 달성고등학교에서 저희와 인연을 맺으셨습니다. 선생님은 학교 일에 관심이 참 많으셨고, '어떻게 하면 학교를 발전시킬 수 있을까? 어떻게 하면 학생들이 더욱 쾌적한 환경에서 공부를 할 수 있을까?' 에 대해 끊임없이 고민하셨습니다. 또, 학생들을 정말 아끼고 사랑하신다고 생각했습니다. 굳이 안하셔도 되는 독서 디베이트를 직접 계획하셔서, 저희와 근 1년 동안 열띤 토론을 벌였습니다. 저희가 제출한 논설문을 일일이 다 확인하시고, 학생의 논리가 적절하면, 칭찬을 아끼지 않으셨고, 조언이 필요할 때는 냉철하게 조언을 해주셨습니다. 뿐만 아니라, 직접 학교 수업시간에 국어 과목을 가르쳐 주심으로써 '교감선생님과는 수업을 하지 않는다.' 라는 틀을 완전히 깨주셨습니다. 선생님은 재밌는 유머와 센스로 수업 시간에 활력을 불어 넣어 주셨습니다.

 저는 사실 국어 과목을 별로 좋아하지 않았습니다. 왜 국어

과목을 해야 하는지도 몰랐고, 그냥 학교에서 수업을 하니까 학생으로서 따라야 한다고 생각하고 공부를 했습니다. 하지만 김종건 선생님을 만나고, 독서 디베이트를 하고, 국어 수업을 들으면서 저는 문학 공부의 참 맛을 알게 되었습니다. 단순히 수능을 위한 공부가 아닌, 삶의 경험을 간접 체험하게 하는 문학 수업. 수능이 끝난 지금 저는, 다양한 분야의 독서를 하고 있습니다.

제 삶에 이러한 변화를 주신 김종건 선생님!

정말 감사하고 존경합니다.

내 인생의
위대한 은사님

한재혁
달성고, 종건당 31기

영국의 시인 '로버트 브라우닝'은 이런 말을 했습니다. "나의 태양은 다시 떠오르기 위해 진다" 제가 개인적으로 가장 좋아하는 명언입니다. 이 명언에서의 가르침처럼 힘든 시련이 다가와 나도 모르게 더욱 낮은 곳으로 내려가야 할 때, 다시 높은 곳을 올려다보며 열심히 오를 수 있는 기회가 분명히 찾아올 것이라고 항상 믿어왔습니다. 청소년 시절 학업의 종착역에 가까워질 때, 학창시절 뚜렷한 성과물 하나 없는 나 자신이 너무 처량해보였습니다. 진로를 찾지 못하고 짙은 안개가 낀 내 마음속의 미로를 헤매고 있을 때, 저에게 반등의 기회를 만들어 주신 분이 바로 '김 종 건' 선생님이십니다.

20년이라는 짧은 인생을 살아 온 저이지만 지금의 저를 만들어 주신 분들에게 받은 은혜가 셀 수 없을 정도로 많습니다. 제생에 있어서 존경하는 은사님이 많이 계십니다. 하지만 그 분들 중 제가 교복을 입고 학창 시절 동안 가장 많은 가르침을 받은 유일한 은사님이 바로 '김 종 건' 선생님이십니다. 남다른 특기가 없다고 생각한 저는 내가 가장 잘할 수 있는 일이 무엇이 있는지 자주 생각해보았습니다. 평소 글쓰기를 좋아했던 저는 필력을 발휘할 수 있는 기회가 많이 없었고, 저 자신은 글 쓰는 재능이 뛰어나다고 생각하지도 않았습니다. 음지에 가려있던 저의 열정을 선생님께서는 뛰어난 안목으로 알아보셨고, 저에게 글 쓰는 재미와 기쁨을 알게 해 주셨습니다. 가슴 깊은 곳에 있었던 꿈에 대한 열정을 숨 쉬게 해준 것입니다. 저는 선생님을 생각할 때 마다 항상 감사함을 느낍니다.

선생님과 친구들이 함께 했던 독서토론은 제가 학창 시절 동안 체험한 활동 중 가장 유익한 경험으로 남았습니다. 선생님 덕분에 문학을 보는 안목이 넓어지고, 많은 사람들 앞에서 조리 있게 말하는 것에 대해 어려움을 많이 겪었던 저에게 용기를 불어넣어 주셨습니다. 개인적으로 토론할 때 선생님을 보면 마치 다른 세계에서 온 사람 같았습니다. 작품에 대한 저희들의 생각과는 다르게 좀 더 논리적이면서 독특하게 다른 시각에서 논제를 제시 할 때면 대단하다고 생각했습니다.

평소 선생님의 친화적인 면에 있어서도 배울 점이 많다고 생각했습니다. 나이 차이가 많이 나는 저희들과도 거리낌 없이 먼저 다가와 주시고 대화할 때도 다소 부담을 덜어주는 표현을 사용하며 센스 있게 말씀하시는 모습이 저는 너무 좋았습니다. 사회생활을 하는 데 있어서는 저의 개인적인 우상이 선생님이셨습니다. 가끔씩 교무실에서 보는 선생님의 모습도 굉장히 인상적이었습니다. 선생님들에게도 가벼운 말장난을 치시며 분위기를 화목하게 만드는 모습은 교내에서 제가 처음 보는 장면이었습니다.

제가 '김 종 건' 선생님 밑에서 배우면서 개인적으로 느낀 점들을 최대한 담백하고 솔직하게 글을 써내려갔습니다. 억지로 지어내지 않고 생각나는 점들을 자연스럽게 써보았는데 선생님이 제 마음속에 얼마나 많은 부분을 차지하고 있었는지를 다시금 느끼게 된 계기가 된 것 같습니다. 종건당의 마지막 식구로서 젊은 청년 6명이 각자 다른 곳에서 서로의 길을 가게 되겠지만 선생님께 얻은 배움은 시간이 지나도 머릿속 가장 깊숙한 공간에 뿌리 깊이 자리 잡을 것 같습니다. 선생님 같으신 분이 교직에서 떠난다는 것이 아쉽기도 하지만 다른 분야에서 더욱 큰 발자국을 남기실 것이라 믿어 의심치 않습니다. 선생님은 정말 자랑스러운 달성고등학교의 교감 선생님이십니다.

퇴임 후에도 선생님께서 평소 하지 못하셨던 꿈꿔온 모든 일들이 잘되길 응원하겠습니다. 다른 곳에서도 저희 보다 더욱 뛰어난 인재들을 양성하시고 멋진 삶을 설계하시길 바랍니다.

마지막으로 선생님 정말 사랑합니다.

잊을 수 없는
문학기행

최수빈
황금중 2학년, 종건당 32기

나에게 김종건 선생님이란

솔직히 말해 너무 고마우신 분이다. 일단 김종건 선생님은 교감 선생님이시지만, 학생들이 거리낌 없이 다가갈 수 있는 선생님이시다. 학생들을 좋아하셔서 항상 열정적으로 수업하시고, 친해지려고 노력하신다. 김종건 선생님께서 나를 정말 많이 변화시키셨다.

우선, 김종건 선생님은 나를 문학의 세계로 이끄셨다

김종건 선생님과의 첫 만남은 올해 초였다. 친구의 소개로 디베이트 반에 들어가게 되었다. 사실 디베이트반에 들어가기 전에는 책도 잘 읽지 않았고 문학에 관심이 없었다. 하지만 김종건 선생님께서는 그런 나를 마다하지 않고 열심히 지도해 주신 덕분에 이제 문학을 조금 맛 본 것 같다. 하지만 김종건 선생님께서 퇴직하신다니, 축하해 드려야 할 일이지만 나에게는 슬픈 일인 것 같다. 김종건 선생님은 내 인생에서 문학의 참 맛을 느끼게 해주신 첫 선생님이다.

　김종건 선생님은 나의 장래희망에 한 발짝 더 다가가게 해주셨다.

　나의 장래희망은 검사가 되는 것이다. 보통 검사가 되겠다고 하면 문과를 가는데, 이전까지만 해도 나는 국어에 관심이 없었고 수학, 과학을 좋아했기 때문에 이과에 갈 예정이었다. 하지만 김종건 선생님과 수업하며 국어가(특히 문학) 쉬워졌고 그리 어려운 과목이 아니라는 것을 알게 된 나는 문과를 택할 것이다. 만약 내가 김종건 선생님과 수업을 하지 않았다면 국어는 나에게 평생 어려운 과목으로서 남았을 것이다. 또, 이과를 택해 검사가 되는 꿈을 이루지 못할 수도 있을 것이다.

　김종건 선생님은 교감 선생님이라는 틀을 깨고 우리에게 많은 것을 가르쳐주셨다. 우리가 보통 '교감 선생님' 이라고 하면 무거운 이미지가 먼저 떠오른다. 하지만 김종건 선생님은 아니다. 공부만 시키는 학원 선생님과 같은 분도 아니셨고, 교감 선생님이라는 무거운 이미지를 지니신 분도 아니셨다. 우리가 다가가기 힘든 이미지임에도 불구하고 우리에게 먼저 다가와 주셨다. 그리고 우리와 함께 수업도 많이 하셨고, 문학 기행도 다니셨다. 우리와 많이 소통하고 공부하며 때론 여행도 다녀 추억

을 남겨주신 분이다. 아마 지금까지 선생님 중 가장 많이 소통
하고 배움을 주신 분이 선생님이 아니었나 생각하게 된다.

저는 이런 김종건 선생님을, 너무나도 존경합니다.

의지의 한국인
종건당

엄재은
황금중 1학년, 종건당 33기

중학교에 처음 입학하고 난 뒤 김종건 선생님을 보면서 놀랐던 점은 자주 교문 근처에 서서 학생들에게 인사를 하시는 모습이었습니다. 그 모습을 보고 학생들을 정말로 좋아하신다는 것을 느꼈습니다. 보통 형식적으로 교문 앞에 서서 학생들 인사를 받아주는데 김종건 선생님은 학생들이 부담스럽다고 느낄 수도 있을 것 같다고 생각될 만큼 친근하게 학생들을 대하셨습니다. 지금도 사실 '선생님'이라고 쓰지 않고 '쌤'이라는 표현을 계속 잘못 썼다 고치고 있는데 그만큼 편하고 친근한 선생님입니다. 선생님도 학생들에게 인사를 하실 때 행복해 하시는 모습이었습니다. 평소에도 학교 복도를 순회하시다가 교실도 가끔 들어오셔서 저희를 웃기고 나가십니다. 또 야영 때 저희 텐트에 찾아 오셔서 친구들과 만담도 하시다 가셨습니다. 진짜 김종건 선생님은 학생들을 사랑하는 마음이 정말 꽉꽉 느껴지도록 티가 납니다.

2학기 때 선생님의 추천으로 디베이트(종건당 문학)를 했었는데 그 때 선생님의 모습은 재밌는 모습보다는 진지한 모습이 더 많았습니다. 선생님 자신의 이야기도 많이 해주셨고 토론도 했었는데 가장 기억에 남는 것이 선생님이 이야기 해주셨던 것 중 '의지의 한국인' 입니다. 그 때 선생님 친구 분이 선생님 보고 "김종건은 의지의 한국인이다."라고 말씀하셨다고 하셨는데 저는 정말 그 말을 듣고 백퍼센트 공감했습니다. 평소 디베이트에서 직접적으로 보이는 모습은 적었지만 그 모습으로 보기에 김종건 선생님은 정말 열정적이시고 일반 사람들보다 생각이 깊으신 모습이었습니다. 글로 표현하기 힘들지만 선생님의 그런 생각들과 사고는 어른이 되어서 내가 닮고 싶은 모습입니다. 정말 '의지의 한국인' 이라는 말이 가장 잘 어울리시는 분입니다.

선생님과 알게 된 시간이 1년 밖에 되지 않았지만 다른 선생님들보다 더 많은 것을 느꼈고 더 많은 시간 얘기하며 즐거웠습니다. 학생들을 사랑하시고 유머감각 있으시며 열정적이시고 생각이 깊으신 저의 멘토 김종건 선생님,

지난 1년 동안 선생님과 함께 한 문학 디베이트 수업 정말 감사했습니다.

교단생활 마지막까지
선생님이신 교감

이자은
황금중, 종건당 33기

처음에는 어떻게 써야 할까 고민했습니다. 진지하게 써야 할까요, 하지만 왠지 어색해서 재미를 드릴 수 있는 편지형식으로 쓰고 싶었어요. 말했듯이 재미도 드리고 싶었고, 딱딱해 보이는 말투보다는 선생님께 직접 이야기 해드리는 듯이 실감나게 쓰고 싶기도 했고요. 편지는 보관해 두었다가 다시 꺼내 읽으면 그 무엇보다 추억이 전해지는 것이기도 하잖아요? 부디 이해해 주시기를 바랄게요.

진정한 선생님, 김종건 선생님께

선생님 안녕하세요? 이렇게 선생님께 편지를 쓰게 되었어요. 저도 선생님을 멋들어지게 표현하고 싶지만, 생각해 보면 저는 종건당 중에 막내인, 이제야 중학교 1학년인 병아리네요. 그래서 이 편지가 선생님의 다른 제자의 글에 비해 많이 부족할 것이고, 보잘 것 없을 지도 모르겠어요. 그렇지만 선생님께 제가 드릴 수 있는 소박하지만 제 마음이 가장 잘 담긴 선물이기에, 선생님께서도 기뻐해주실 것이라 믿어 의심치 않아요. 그렇죠?

선생님을 처음 만난 것이 어디에서인지는 정확히 기억이 나지 않아요. 대부분의 학생들은 선생님을 입학식에서 보았겠죠? 하지만 입학식이 끝나자마자 전학 온 저는 선생님을 그 곳에서 볼 수 없었어요. 선생님을 처음 봤을 때를 예상해 보자면 아마 등교시간 일 것 같아요.

선생님께서는 등교 시간, 학교 입구 쪽에서 자주 학생들을 반겨주셨어요. 그래서 저는 바보같이 선생님이 우리 학교의 학생들의 안전을 도와주시는 도우미일 것이라 생각했어요. 그것이 아니라는 것을 알게 됐을 때는 선생님께서 저희 반 수업에 들어오셨을 때였어요. 지금 생각해도 참 약간 웃음이 나와요. 그 때는 우리 반을 가르쳐 주시던 국어 선생님께서 사정 상 수업을 못 하셨을 때였고, 그 대신 저희 반 수업에 오신 것이 바로 선생님이셨죠. 그 때 춘향전을 소재로 한 '추천사' 라는 시 한 편을 들고 오신 선생님이 학교 안전도우미 선생님이 아니라 교감선생님이셨다는 것은 저에게 꽤나 충격적이었어요. 그 자리에서 선생님께서는 디베이트를 할 학생들을 모집하셨고, 토론을 좋아하던 저는 그 자리에서 저는 종건당 당원이 되었어요.

그리고 그 때 시작한 디베이트를 아직까지 계속 하고 있고, 선생님과 함께 하는 디베이트는 확실히 저에게 도움이 되는 것이 많았어요. 작품 속에서 그냥 지나쳐 버릴 수 있었던 것들을 토론을 통해 깊이 생각해 볼 수 있는 기회는 흔치 않으니까요. 이 점에 대해서 항상 선생님께 감사드리고 있어요.

제가 선생님의 마지막 제자라는 것은 어떻게 보면 굉장히 뜻 깊은 것 같습니다. 선생님도 그렇게 생각하시나요? 하지만 저에게는 2학년, 3학년을 이어서 선생님의 수업을 듣지 못 한다는 것이 조금 아쉽기도 해요. 저는 왜 2년 일찍 태어나지 못했을까요? 저는 억울해요! 하지만 선생님께서 교감 선생님이 되자마자 아이들을 가르치는 것을 끝내셨다면, 저는 아예 선생님과 수업하지 못했겠죠?

그래서 선생님께서는 마지막까지 선생님으로 사셨다고 생각해요. 제가 본 교장, 교감 선생님 중에서는 이렇게 끝까지 아이들을 가르치는 선생님이 한 분도 계시지 않았으니까요. 선생님께서 저희에게 가르쳐주신 것이 얼마나 도움이 됐던 간에, 끝까지 저희를 가르치시고, 선생님으로서의 일을 욕심내시던 모습은 선생님의 또 다른 배울 점이었어요. 저희 부모님도 그 점을 가장 좋아하세요. 마지막까지 자신의 일에 열정을 쏟는다는 것은 참 멋진 일이라고 말이에요. 다른 것은 몰라도 선생님이 진정한 선생님이냐고 질문한다면 저는 주저하지 않고 맞다고 할 수 있어요.

선생님께서는 조금 부담스러울 정도로 제 칭찬을 많이 해 주

섰고, 저도 그런 것이 사실 좋았어요. 말로는 부담스럽다고 하지만 제가 부모님께, 또는 선생님께 욕심냈던 칭찬들을 모두 해주셨기 때문이에요. 또, 학원에 가지 않는 저를 보고 바람직하다고 칭찬해주셨을 때 저는 정말 감사했답니다. 사실 학원에 다녀야 할까 고민한 적이 없는 것도 아니고, 특히 엄마께서 학원에 가야 한다고 생각을 하셨기 때문이에요. 그래서 선생님의 말씀을 들었을 때는 자신감이 붙었고, 엄마께서도 생각을 조금 달리 하셨어요. 선생님은 어쩌면 저를 그 지독한 학원에서 썩지 않게 해주신 은인이시네요.

선생님께서는 여러 모로 제가 좋아하는 선생님이세요. 만약 디베이트 수업이 딱딱하고 정확하게 할 것만 하고 헤어지는 수업이었다면 저는 아마 이 수업에 금방 싫증을 냈을지도 몰라요. 하지만 선생님께서는 수업 중에 오직 토론만을 목적으로 하지 않으셨던 것 같아요. 가끔 삼천포로 빠지는 것 같은 느낌도 있었지만, 저는 오히려 그것이 너무 재미있었어요. 선생님께서는 인생 얘기를 자주해주셨는데, 특히 학생들과 수련회를 가서 있었던 일화가 기억에 남아요. 선생님께서는 그 이야기를 부모님께 해드리지 말라고 하시긴 했었지요. 그래서 저는 그 얘기를 부모님께 말씀드리지 않았으니 안심하세요.

처음에는 그저 학생 안전 도우미인 줄로만 알았던 선생님께 제가 마지막 종건당 당원이 될 줄은 선생님도 모르셨겠죠? 제가 쓴 선물은 어떠세요? 부족하지만 마음에 드셨으면 좋겠어요.

선생님에 관해서 최대한 꾸밈없이 쓰고 싶었어요. 디베이트 수업에 가끔 지각하신 것도 쓰고 싶었지만, 그건 쓰지 않도록 할게요. 저는 선생님에 대해 무언가 과장하거나 화려하게 만드는 것 없이 그저 제가 보고 느낀 선생님의 모습 그대로 쓰고 싶었고, 선생님 또한 제가 보기에 과장되거나 자신을 꾸며서 지어내는 분이 아니기 때문이에요. 맞죠?

선생님은 제게 진정한 선생님의 모습을 보여주셨어요.

교감 샘의
문학 디베이트

김지영
황금중, 종건당 33기

김종건 교감 선생님을 처음 만났던 것은 중학교에 처음 입학할 때이다. 새로운 친구들, 새로운 선생님, 새로운 분위기로 몹시 긴장하고 있던 입학식장에서 교감 선생님께서 말씀하셨다. "우리 황금중학교는(나는 황금중학교에 재학 중이다.) 대구의 3대 명문 중학교에 손꼽히는 학교입니다." 그 때 나는 우리 교감 선생님 뻥이 좀 세다고 생각했다.

1년이 지난 지금, 교감 선생님을 한 단어로 정의한다면, "열정"

김종건 선생님은 교육에 대한 열정이 정말 대단한 분이다. 보통 교감 선생님들은 교무실에서 가만히 학교 업무를 보시거나 약간 엄숙한 표정으로 학교를 돌아보시는 다소 지루하신 분이라 생각했었다. 하지만, 우리 김종건 선생님은 전혀 아니다. 학교 등굣길에 보면 항상 선생님은 교문 앞까지 나와 계신다. 처음에는 지각하는 학생들을 혼내주려고 서 계시는 줄 알았다. 그런데, 선생님은 매일같이 웃고 계셨다. 설마 지각하는 학생들을 혼내주려는데 웃고 계신 것은 아닐 것이고, 하루 이틀 교문에서 계시는 선생님을 뵈면서 우리 교감 선생님은 그저 등교하는 학생들 보는 것만으로도 행복해하신다는 사실을 알게 되었다. 등교하는 학생들에게 말을 건네시는 것뿐만 아니라 장난도 먼저 걸어주는 선생님. 그것만으로도 김종건 선생님의 학생에 대한 사랑을 엿볼 수 있다.

여름 방과 후 수업 안내문에서 교감 선생님은 나를 또 놀래키셨다. '문학 디베이트 토요 방과 후 수업' '- 종건당 디베이트 교실', '종건당?', '김종건 교감 선생님?', 교감 선생님께서 방과 후 수업이라니! 다른 학교에서는 감히 생각지도 못할 것이다. 디베이트 수업을 원하던 터라 방과 후 수업에 참여하였고, 이후 교감 선생님과 많이 친해지는 계기가 되었다.

방과 후 수업 첫날, 디베이트나 토론에 영 소질이 없기 때문에 내심 걱정을 많이 했다. 또 한 가지, 교감 선생님께서 수업하면 많이 긴장될 것 같았다. 그러나 수업 시작과 동시에 나의 걱정을 사라졌다. 교감 선생님께선 정말 말을 잘 하셨다. 친근하면서도 자연스럽게 말씀을 하시면서 학생들의 대화를 이끌어내는 토론 기술에 정말 많이 놀랐다. 곧 정년퇴임을 앞두신 교감 선생님은 문학과 토론에 대단한 열정을 가지고 계셨고 교직에 계시는 동안 제자들에게 그 열정을 나눠주고 싶어 하셨다.

여름 방학이 끝나갈 무렵, 우리는 문학 기행을 떠났다. 새벽에 출발하여 영양을 거쳐 여러 박물관을 찾았다. 특히 이문열 문학관에 들러 이문열의 생애도 살펴보고, '우리들의 일그러진 영웅' 에 대한 디베이트 시간도 가졌다. 아침 일찍부터 저녁까지 힘든 여정이었지만 하루 만에 내 마음의 키는 한 뼘 자란 것 같았다. 이렇게 값진 여행을 갈 수 있는 기회는 별로 없을 텐데, 정말 멋진 경험의 기회를 주신 교감 선생님께 감사드린다.

지금도 나는 김종건 선생님의 문학 수업을 듣고 있다. 선생님의 문학 수업 덕분에 내가 즐겨 읽던 책의 종류가 아닌 고전 문학이나 근대 소설을 많이 읽게 되었고, 생각의 폭도 넓어졌다.

선생님을 통해서 나는 문학의 즐거움을 알게 되었고, 교육에 대한 진정한 열정에 대해서도 알게 되었다.

김종건 교감 선생님 !

감사합니다. 사랑합니다. 건강하세요!

제3부
교실에서 온 편지

교실에서 온 편지

환한 미소를 띤
교생 선생님

최미화
1974년, 청하초, 교생제자

몹시도 세차던 바람과 휘날리던 눈송이도 이제는 비단 폭 같은 포근한 날씨가 된 것 같아요. 그 동안 선생님 안녕하세요. 참 선생님. 발목을 다치셨다니 조금 염려가 되는군요. 더구나 선생님께서 보내주신 서신 너무나 반갑게 받았어요. 정말 선생님 얼굴같이 예쁜 글씨를 보고 감동했어요. 지금의 제 글씨와 비교해 볼 때 엉망으로 낙서처럼 보이는 제 글이 얼마나 서투른가를 느꼈어요.(게다가 붉은 사인펜 이었으니까요.) 그 뒤로부터는 더욱더 정성들여 써야겠다고 다짐을 했지만, 버릇이 되고 보니 고칠 수가 없네요. 그렇지만 선생님께서 이해해 주시고 끝까지 읽어 주시면 정말 고맙겠습니다.

아버지와 어머니께서 펼쳐보시더니 김 선생님은 참 필체가 대단하시구나. 미화도 자라서 김 선생님 같은 교생이 되면 저렇게 훌륭한 글을 쓸 수 있을까? 하시고는 매우 놀라시며 선생님의 필체를 많이 칭찬 하시더군요. 요즈음 저는 무엇보다 먼저 선생님 생각이 간절해서 흐르는 눈물이 큰 바다를 이룰 것만 같아요. 더구나 선생님께서 떠나실 때 오직 하나 굳은 악수를 나눈 그 손엔 흔적조차 찾을 수 없는 슬픔. 그러나 네모 난 얼굴에 항상 환한 미소를 띤 선생님의 그 얼굴만은 눈앞에 선해요. 선생님, 선생님과 함께 공부하던 그 날이 언제 또, 그렇게 즐거운 하루가 있을까요? 세월이 지난 후에 인연이 있다면 다시 만날 수 있기를 바라면서 현실에 충실하려고 해요. 지금은 중학교에 입학하기 전에 중학교의 밑바탕을 쌓고 있어요.

선생님!

긴긴 겨울방학도 이제는 9일 밖에 남지 않았어요. 정말 세월도 무심히 흘러 먹기 싫은 나이를 자꾸만 먹으니 저도 인생의 사는 보람을 새삼스레 느꼈어요. 선생님! 선생님께서는 알뜰히 배우고 닦은 덕분에 훌륭한 사람이 되었잖아요.. 저는 무엇이 될까요? 선생님께서 저희 학교에서 교생 실습을 하실 때 도시락을 드시는 것을 본 적이 있었어요. 그것은, 다른 교생 선생님들께서는 자장면을 잡수셨지만 선생님께서는 도시락밥을 잡수셨으니까요. 전 보통 사람 같으면 도시락밥을 그냥 먹지 않았을 것이라고 생각했어요. 벌써 그런 일 하나에서 저는 선생님의 모든 것을 알 수가 있었어요. 그 날 집에 돌아와 아버지와 어머니께 말씀드렸더니 정말 보통 사람이 아니라고 말씀 하시며 매우 놀라시고는 선생님에 대한 칭찬이 자자해지더군요.

선생님, 저희가 바라보는 선생님께서는 어떻게 그런 훌륭한 교사가 되셨나요? 정말 감탄하지 않을 수 없는 선생님. 저도 자라면 선생님 같은 훌륭한 사람이 될 수 있을까요? 저는 항상 그 생각에 선생님을 우러러보며 착한 사람, 올바른 사람, 배우고 익히는데 정성을 다하는 사람, 남을 도울 줄 아는 사람이 되겠다고 단단히 결심을 한답니다.

선생님 제가 배우고 익혀 훌륭한 사람 즉 국가가 바라는 사람이 되어 선생님의 은혜를 잊지 않겠어요.

선생님 오늘 이만 펜을 놓겠습니다.

선생님의 행운과 만복 몸 건강을 빌며 이만 줄이겠어요.

1974년 1월 23일
청하에서 최미화 올림

하숙생
선생님

김진구
구룡포 남부초, 종건당 1기

보고 싶은 선생님!

그 동안 안녕하셨습니까.

요즘 건강은 어떠하신지?

저희 집에서 하숙을 하실 때 늘 속이 좋지 않으셔서 고생을 하셨잖아요.

그저께 고향에 갔다가 홍수를 잠시 만나서 이야기하다가 선생님 주소를

알려 주어서 이렇게 편지를 띄웁니다.

선생님 결혼은 하셨습니까? 저도 세월이 흘러 벌써 고등학생이 되었습니다.

선생님께서 오천초등학교를 그만 두셨다고 하던데요.

왜 그렇게 하셨는지 궁금하군요.

언젠가 포항에 내려오면 저의 집을 찾아 주십시오.

뒷면에 저의 집 약도를 상세하게 그려 놓았습니다.

어머님 아버님도 선생님을 많이 보고 싶어 합니다.

그리고 우리 가족 모두 누나, 형, 동생 모두들 잘 지냅니다.

진훈이도 벌써 중학생이 되었고요.

정말 세월은 빨리 지나 갑니다.

제가 초등학교 3학년 때 선생님을 만난 것이 엊그제 같은데 말입니더.

요즘 초여름 날씨가 몹시 무덥지요.

궁금한 점은 많지만 우선 인사 편지부터 올립니다.

그럼 몸 건강히 계십시오.

1982년 5월 10일
구룡포읍 구평 2리에서 김진구 올림

학급 학예회까지
열어주신 선생님

황인순
구룡포 남부초, 종건당 2기

겨울 날씨 답지 않은 포근한 오후입니다.

선생님 그간 안녕하셨습니까?

저도 선생님 염려 덕분으로 잘 지내고 있습니다. 선생님께서 보내 주신 카드 잘 받아 보았습니다. 제자로서 제가 먼저 소식을 올려야 하는데 선생님께서 먼저 필을 드셨군요. 죄송합니다. 제가 선생님께 소식 올린지도 까마득하군요. 선생님 아직까지 저희들을 기억해 주신 것 감사합니다. 세월은 너무 빨리 흘렀어요.

선생님께서 저희를 가르쳐 주실 때는 철부지라 선생님 속도 많이 태웠을 거예요. 그 철부지가 지금은 의젓한 중2가 되어 선생님께 글을 올립니다. 선생님 철부지 초등학교 3학년 때 일이 새삼 떠오르는군요. 오랫동안 머릿속에서 잊혀졌던 어린 시절의 추억들 그 추억들을 선생님께서 깨우셨어요. 선생님께서 동화대회 때의 제 모습이 생각난다고 하셨죠? 그 말씀이 오랫동안 머릿속에서 잠들었던 추억을 깨우셨어요. 동화대회 때만이 아니라 학예회 일도 생각이 나는군요. 전 행사 날 '섬집 아기' 라는 노래를 불렀지요. 이 곡은 본래 제 친구 성숙이가 부르기로 된 것인데 선생님께서 제게 부르라고 하셨죠. 선생님 그 때가 그립습니다. 제가 중학교 들어와 가끔 어릴 때 일이 생각납니다. 그럴 땐 다시 그 시절로 돌아가고 싶은 충동도 느낍니다. 그러나 그런 세계는 제 생애에 딱 한 번 밖에는 없지요. 두 번 가질 수 없는 아름다운 추억이지요. 두 번 가진다는 것은 허망한 꿈이지요. 선생님 3학년 때 선생님과 함께 생활하던 일이 생생하게 생각나는군요. 그 땐 참 좋았어요. 그러나 지금은 그것이 한낱 아름다운 추억이지요. 선생님 여기서 이런 말 올리는 것은 좀 이상하다고 생각하지만 슬픈 소식 하나 전해드리겠어요. 3학년 때 부반장이던 정화 알지요. 선생님과 아주 친하였죠. 그런데 선생님 정화 어머님이 돌아가셨어요. 병환으로 말입니다. 병명은 고혈압입니다. 그래서 한 열흘 전에 돌아가셨어요. 선생님 정화의 어머님을 위해서 기도를 올려 주시지 않으시겠습니까? 정화의 친구로서, 선생님께 부탁드립니다. 저는 선생님께서 들어주시리라 믿습니다. 선생님, 사람의 삶이 허무하다는 것을 새삼스레 깨달았습니다.

몸 건강히 안녕히 계십시오.

1982년 12월 30일
장길리에서 제자 황인순 올림

왜 안 간다고
하셨어요

이민주
구룡포 남부초, 종건당 2기

선생님 안녕하셔요?

건강은 좋으신지요? 선생님 떠난 후 저희들은 많이 섭섭해 하였습니다. 선생님이 보고 싶어서 저희들은 밤마다 정화네 집에 모여 의논 한 끝에 이철우 선생님께서 선생님 주소를 알려 주셔서 이렇게 편지를 보냅니다.

우리 담임은 김동하 선생님이십니다. 저는 선생님이 보고 싶어도 이미 떠난 선생님인데 어떻게 할 수 없어 마음으로만 그려 봅니다.

세월이 흘러가도 오시지 않는 선생님! 벌써 제가 4학년이 되었어요. 그리고 내 동생이 초등학교 1학년이어요. 선생님, 선생님 떠나시기 전에 정화가 정말 가십니까? 라고 물었을 때 왜 안 간다고 하셨지요.

전 압니다. 선생님이 우리를 슬프게 하지 않으려고 그랬지요. 나는 백 년이 지나든 천 년이 지나든 선생님을 잊지 않겠습니다. 너무나도 슬픈 일이지만 선생님께서 그 자리에서 떠난다고 말하셨다면 우리도 그 자리에서 아쉬운 작별의 인사라도 하지 않았겠습니까.

아무 말 없이 떠나버린 선생님은 다시 돌아오지 않겠지요. 서상대 선생님은 두 번째 이 학교에 오셨다는군요. 혹시 선생님도 서상대 선생님처럼 다시 돌아 올 수는 없나요.

저는 3학년 때가 제일 추억에 남습니다.

4학년에 되어서 정화는 부반장을 안 하였습니다.

선생님 그럼 안녕히 계십시오.

1978년 4월 20일
이민주 씀

부평여중으로
오세요

최은희
양포초, 종건당 3기

선생님 푹푹 찌는 무더위에 몸 건강히 안녕히 계셨는지요.

제가 pen을 들게 된 동기는 언니가 양포에 갔다 와서 선생님 주소를 알아 와서 지금 편지를 띄우는 거예요.

선생님 저는 5학년 1학기 때 강원도로 전학 갔다가 중 1학년 1학기 때 다시 인천으로 또 전학 왔어요. 선생님께서 또 다른 곳으로 가실 때에는 주소는 꼭 가르쳐 주세요.

양포에 갔을 때 순영이도 보았겠지요.

정미도 많이 컸지요.

3학년 때 선생님과 함께한 시간들이 너무 너무 좋았는데……

지금 초등학교 선생님들 중에서 기억이 생생하게 나는 분은 바로 선생님이어요.

그만큼 선생님은 인자하셨고 미남이셨던 거예요.

저도 벌써 중학교 2학년 2학기가 다가오네요.

선생님께서 다시 국문학을 공부하신다고 대학교 4년생이시니 졸업하시면 중학교 교사를 하시겠네요.

만약 그렇게 된다면 저희 부평 여중으로 오시면 안 되나요.

그렇게만 된다면 많은 아이들이 행복해 할 것 같습니다.

그럼 할 말은 많은데 이만 pen을 놓아야겠어요.

몸 건강히 안녕히 계셔요.

1983년 8월 17일
인천에서 최은희 올림

아직도
총각이십니까?

정제민
양포초, 종건당 3기

선생님, 이제 기나긴 겨울도 저 멀리 사라지고 화사한 봄이
한창입니다.

5년이 지난 지금까지 저를 잊지 않고 해마다 엽서를 보내주심
에도 불구하고 저는 아직 한 번도 답장을 못해드려 죄송합니다.
앞으로는 꼭 답장을 하겠습니다. 선생님께서는 이제 대학 3학
년 아니면 졸업을 했겠지요? 저는 부산 송도 중학교 2학년 학생
입니다. 5학년 때 양포초등학교에서 부산으로 전학 와서 낯선
부산에서 적응이 쉽지 않았으며 어려운 점도 많았지만 양포에
서 배우지 못한 것을 배우기도 했습니다.

그러나 아직도 부산의 생활이 익숙하지 않은 것 같습니다. 말
을 할 때 간혹 포항 사투리가 튀어나오기도 합니다. 선생님은
잘 지내고 있겠지요? 아직까지 총각인지 궁금하군요. 그리고 제
가 3학년 때 일이 몇 가지 생각나는군요.

선생님이 웅변 연습을 해오라고 했는데 '딴 아이가 하겠지'

206 교실에서 온 편지

하고 다음날 학교에 갔는데 선생님께서 벌을 서라고 해서 벌 받고 있는데 의자에 앉아서 싱긋 웃던 얼굴이 생각나는군요. 또 태규, 나, 선생님과 같이 이른 아침에 방파제까지 뛰어 갔다 와서 다음 날 다리가 아파서 울상이 되었던 일이 생각납니다.

그리고 또 하나는 태규, 나, 선생님, 어떤 누나랑 같이 바닷가에 놀러 갔던 때가 생각나는군요. 선생님도 생각이 조금은 나겠지요. 우리 반에도 나와 같은 처지에 있는 아이들이 몇 명 있습니다.

선생님께서도 다시 국문학을 공부한다고 하셨으니! 열심히 노력해서서 우리를 가르칠 때보다 더 훌륭한 선생님이 되십시오! 저도 공부 열심히 하겠습니다.

앞으로 선생님 기대에 어긋나지 않도록 노력하겠습니다.

그럼 이만 줄이겠습니다.

1982년 5월 4일
부산에서 정제민 올림

보고 싶은
선생님

안성용
오천초, 종건당 5기

산에서 울던 새도 이 계절은 싫은 듯 자취를 감추고, 쌀쌀한 밤바람만이 거리를 쏘다니며, 흐르지 않는 냇물에는 얼음이 꽁꽁 언 이 추운 계절, 선생님께서는 몸 건강히 계신지요. 자주 문안드리지 못하여 송구스런 말씀 어떻게 여쭈어야 될지 모르겠습니다.

늘 잊은 채 살았어도 다시 만나면 남녘의 흰 새로 고향에 돌아가는 느낌의 정情으로 사시는 분. 며칠 전 아침에 집에 있는데 혜정이에게서 전화가 왔더군요. 오랫동안 잊었던 선생님의 소식을 전해 주더군요. 반가웠어요. 한편으로 마음이 찌릿 했어요. 소식도 전하지 않고……. 잊었던 선생님의 얼굴이 떠올랐어요. 선생님, 이제 소식 자주 전하겠어요. 저는 올해 중학교를 졸업합니다. 그리고 고등학교에 입학하게 되겠지요.

세월은 참으로 빠른 것 같군요. 시간의 흐름을 거역 할 수 없기에 인간은 시간과 더불어 흘러가야 하는 가 봅니다. 하지만,

시간이 흐르고 해가 바뀐다는 것, 그 자체가 중요하지는 않을 것입니다. 선생님 밑에서 배울 때가 엊그제 같은데 벌써 고등학생입니다.

선생님을 마지막으로 뵌 것이 재작년 여름방학 때이니까 선생님을 뵌 지도 1년이 지났군요. 선생님, 저 보고 싶지 않으십니까. 저는 선생님이 보고 싶습니다. 선생님 이번 졸업식 날에 오시는 것이 어떻겠습니까? 아니 시간이 나시면 그 안에 오셔도 괜찮습니다. 졸업식을 언제 할지 확실히는 모르지만 2월 6일에 한다고 예정하고 있사오니 바쁘지 않으시다면 그 때 오시는 것이 좋겠습니다. 졸업식 날짜가 확실히 정해지면 그 때 알려드리겠습니다.

참, 선생님께 여쭈어 볼 말이 있습니다. 재작년에 만나 뵈었을 때 다시 국문학을 공부한다고 하셨는데 대학교는 졸업 하셨는지요. 대학교를 졸업하셨다면 지금은 무엇을 하고 계신지요? 그리고 선생님 결혼은 하셨습니까? 안하셨습니까? 제 생각엔 안했을 것 같은데 빨리 하시지요. 만약 하셨다면 저에게 소개라도 시켜 주십시오. 그러면 제가 인물평이라도 해드릴 테니까요. 여쭈어 볼 말은 많지만 생략 하겠습니다.

앞으로 연락을 자주 할 테니까요. 제가 여쭈어 본 것은 답해 주리라 믿겠습니다. 답장을 해주시지 않을 경우 저도 편지 하지 않겠습니다. 선생님, 요런 것이 바로 배짱 퉁긴다고 하는 것입니다. (우습죠) 좋은 말씀 있으시면 들려주십시오. 교훈 삼아 새

기고 있겠습니다. 선생님께서 만약 졸업식 날 오시지 않을 경우
친구들과 같이 선생님께서 사시는 곳으로 찾아 갈까 합니다.(겁
나죠)

그러니까 오시는 것이 좋을 것입니다. 이만 펜을 놓겠습니다.

선생님의 앞날에 행운이 깃들기를 원하오며 선생님 댁내에
평화와 영광이 함께하길 빕니다.

1986년 1월 24일
오천에서 제자 안성용 올림

창백한 모습의
선생님

박재형
오천초, 종건당 5기

몹시 무더운 여름입니다.

대구나 포항이나 덥기로 유명하지만 요즘은 아무래도 포항이 한 수 위인 것 같습니다. 이 무더위에 어떻게 지내시는지요. 오늘 선생님으로부터 전화가 왔더라는 얘기를 듣고 이렇게 편지 드립니다. 보내 주시는 관심에 비해 너무 못 미치는 것 같아 늘 죄송스럽습니다. 하지만 선생님을 담임으로 처음 뵈었을 때의 기억은 아직 또렷합니다. 새로 부임해서 열의에 차 계셨지만 조금은 창백한 모습이셨죠. 그리고 새로운 방식의 수업 몇 장면, 맑은 날 선생님과 함께 했던 화단 정리, 체육 시간 전 교실 뒤쪽에서 옷 갈아입으시는 모습을 훔쳐보다가 선생님께서 흰색 핫팬츠(죄송합니다)를 입고 계신 걸 보고 놀란 일, 마지막으로 한 학년을 다 채우지 못한 아쉬움. 학사 장교로 경기도에서 근무하고 있는 임종방, 경북대 토목공학과 졸업반인 김종율, 그 때 한 반이었던 친구들 중 지금도 친하게 지내는 아이들입니다.

간간이 풍문이 들리는 친구들도 있지만 전혀 알 길 없는 친구들이 더 많습니다. 특히 여학생들이 그렇지요. 지금 스물여섯이니 반쯤은 결혼했겠죠. 규탁이는 말썽도 좀 부렸는데 아마 고등학생 때부터 일겁니다. 지금은 서울에 있다고 들었습니다. 방학이라 저는 지금 집에서 생활합니다. 부산에서 자취를 하면서 학교에 다니고요. 졸업까지는 2년 넘게 남았으니 현역 군인 생활했던 걸 감안해도 또래에 비해 꽤 늦은 편이죠.

학교 동창들 중에 빠른 친구는 차를 몰고 가다가 세우곤 명함을 건네주기도 합니다. 그 때마다 옆구리에 책을 끼고 있는 제 자신이 황당합니다만 기가 죽지는 않습니다. 누구나 갈 길이 있고 좀 늦게 시작 할 수도 있으니까요. 요즘 저는 중학생 두 명을 가르치고 있습니다. 뻔한 것을 몇 번이나 얘기해도 이해하지 못할 때는 더운 날 열이 날 때도 좀 있습니다. 하지만 "나한테야 쉬운 문제지만 이 애들한테는 아직 아니다"라며 가라앉히곤 합니다. 그래도 어렵게 가르쳐 준 공식으로 문제를 풀 때는 기특하기도 합니다.

몇 번의 과외 경험으로 감히 선생님들의 보람이나 고충을 이해한다고 할 수는 없지만 '요즘 선생님께서 학생들하고 어떻게 지내실까' 하는 생각이 들기도 합니다. 아까 말씀 드렸듯이 학교 근처에 방을 구해 밥을 해먹으면서 학교에 다닙니다. 왠만한 건 다 제 혼자 해결해야 하니까 처음엔 좀 힘들더군요. 이제 방학도 거의 끝나가니 개학을 준비할 때가 온 것 같습니다. 아시겠지만 부산대에는 포항 사람들이 많지 않습니다. 그래서 향우회 활동 같은 것이 더 활발하죠. 방학 시작 전에 계획했던 것이 많은데 언제나처럼 아쉬움이 남습니다. 그래도 마지막 남은 기간은 확실히 하겠습니다.

다른 동창생들 소식을 많이 전해드리지 못해서 죄송합니다. 우연히 만나는 경우도, 연락처를 알게 될 수도 있으니 그 때 그 때 연락드리겠습니다. 날씨가 더워 생활 리듬이 왔다 갔다 합니다. 밤에 푹 자는 것이 건강수칙 일번인 계절입니다.

늘 건강하십시오 선생님. 사모님께 안부 전해주십시오.

자제분들도요. 이만 줄이겠습니다.

안녕히 계십시오.

1998년 8월 12일
포항에서 제자 박재형 올림

아버지가 되신
선생님

황보령미
오천초, 종건당 5기

선생님께서 보내주신 카드는 잘 받았습니다. 아주 기쁜 소식이 있더군요. 드디어 선생님께서 아버지가 되셨다는 소식 말입니다.

선생님, 축하합니다. 제 생각으로는 선생님께서는 아주 훌륭하고 좋으신 아버지가 되리라고 믿습니다.(우리들에게 해주시는 걸로 보면)

그리고, 4학년 때 우리 반 아이들은 선생님의 소식이 궁금하면 나에게 와서 소식을 묻습니다. 아이들은 날 보고 오천의 소식통이라고 한답니다. 그래서 선생님께서 결혼하신 것과 아버지가 되셨다는 소식은 모르는 이가 없습니다. 그리고 선생님 저는 며칠이 있으면 중학생이라는 딱지를 떼고 어엿한 여고생이 됩니다. 축하해주세요. 저는 방학동안 수학, 영어 공부를 했습니다. 저는 수학은 기초가 없어서인지 공부하기에 매우 어려웠지만, 한 문제 한 문제 풀어 갈 때마다 느끼는 기분은 정말 말로 표현 못할 정도로 기쁜 심정입니다. 더욱더 열심히 공부를 하고 있습니다. 선생님께서 늘 말씀하시던 정직한 사람 성실한 사람이 되겠습니다. 선생님께서는 곧 대학원을 졸업하신다구요. 좋은 성적으로 졸업하시길 빌겠어요.

저의 사촌 오빠는 작년에 졸업하고 지금은 회사에 다닌답니다. 또 재수하던 오빠가 요번에 대학에 합격했네요. 저도 대학을 들어가야겠지만 재수는 하지 않겠어요. 왜냐 구요. 고3(1년) 동안 지옥에 사는 것과 같은 전쟁을 겪고 있는 오빠들의 생활을 보니 저는 못할 것 같습니다. 말만 들어도 괴로워요. 나는 오빠가 공부하는 걸 옆에서 보고 있노라니 괜히 오빠가 불쌍해져서 오빠가 시키는 심부름은 다 해주었답니다. 그래서인지 그 오빠는 나를 늘 '착한 아이' 라 하여 저를 기쁘게 한답니다.

오빠 이야기는 그만하고 이제는 언니 이야길 하겠어요. 언니는 결혼한 지 얼마 안 되어서인지 언니 집에 가보면 깨가 쏟아지는 행복한 생활을 하고 있는 것 같아요. 선생님도 지금 아주 행복하시죠. 아드님이 생기셨으니 말이에요. 우리 반 아이들도 모두들 기뻐하고 있답니다. 참 그리고 최혜정이가 선생님께 안부전해 달라고 하더군요. 선생님 그럼 안녕히 계세요. 앞으로는 자주 자주 편지 보내드릴게요.

1986년 1월 28일
오천에서 황보령미 드림

너무나도
그리운 선생님

정미자
오천초, 종건당 5기

안녕 하세요 선생님.

입춘도 지났는데 겨울 날씨는 계속 기세를 부리고 있군요. 몸 건강하시리라 믿어요. 그림책이나 동화책을 읽던 제가 조용히 음악을 들으며 시를 읊는 중3이 아닌, 이제 곧 중학교를 졸업하고 여고생이 된다고 생각하니 그 동안 꽤 많은(긴) 시간이 흘렀다고 느껴져요. 제가 여고생이 된다고 생각하니 가슴 설렘보다는 두려움이 더 앞서요. 하지만 무슨 일이든지 열심히 할 거에요. 오늘보다 더 밝은 내일이 있으니까요. 아 참 어제는 저의 졸업식이 있었어요.

그래서 언니와 점심 사먹고 집에 들어오니 엄마께서 황보영미네 집에 선생님께서 오셨다고 하시더군요. 그 땐 이미 오후 4시 5분 전이었지만 영미 집에 전화를 해봤어요. 그랬더니 모두 오천국민학교에 사진 찍으러 가셨다고 하시더군요. 부랴부랴 오천국민학교엘 달려갔더니 선생님께선 이미 안 계셨어요. 그 때 전 눈물이 핑 돌았어요. "가셨 구나" 하고 돌아오려다 영미 집엘 갔어요. 영미도 없고 해서 다시 혜정이 집엘 가니 혜정이가 있었어요. 혜정이가 선생님 주소를 가르켜 주더군요.

그리고 어제 알았지만 혜정이도 저와 같이 '세명고등학교' 입학하게 되었어요. 혜정이와 제가 같은 반이 되길 바래요. 선생님께선 곧 대학원을 졸업하신다구요. "졸업 축하해요." 선생님께서도 아마 제 졸업을 축하해 주시리라 믿어요. 계속 저희들 기억 해주서서 감사해요. 저도 영원히 선생님을 잊지 못할 거에요. 선생님 가정에서도 구정을 지내신다면 새해 복 많이 받으세요. 1986년 병인년은 해를 쫓는 해바라기처럼 늘 노력하는 여고생이 될래요.

선생님 안녕히 계세요.

금방이라도 쏟아 질듯 한 무수한 별들을 바라보며,
오천에서 정미자 드림

문학
소년의 꿈

김대돈
영주대영중, 종건당 6기

선생님 그간 안녕하셨는지요?

선생님께서 영주를 떠나가신 지도 벌써 1년이 넘어가버렸군요. 그 긴 시간 동안 선생님께 편지 한 통도 드리지 못한 제가 죄송스럽기 그지없군요. 전 역시 은혜에 보답을 잘하지 못하는 제자인 것 같군요

먼저 다가오는 15일 스승의 날을 맞이하여 감사와 축하를 드립니다.

그리고 지금은 그 때 그 시절로 돌아가고 싶어지는군요. 특히 연극을 했을 때가 가장 그리워지는군요. 사실 그 때 저는 저의 역할이 좀 불만스럽고, 또 여자 역이라 부끄러워했습니다. 그래서 제 공연을 반대했던 것 같습니다. 그러나 시간이 점차 흐르고 난 지금은 후회를 하고 있습니다. 저뿐 아니라 다른 아이들도 그런 것 같았습니다.

선생님, 그 때 그 일들은 모두 저의 '기억'이라는 책의 한 페

이지를 아름답고 멋진 추억으로 장식하고 있습니다.

또, 선생님께선 토론 수업을 자주 하셨지요. 저는 그 시간이 무척이나 즐거웠습니다. 나의 의견들이 남의 의견들과 부딪치고 혹은 조화를 이루어내는 가운데 활발한 토론 수업을 했던 기억을 저는 잊을 수 없습니다.

그러나 지금은 입시라는 현실 앞에 서서 위의 말들은 꿈같이 되어 버린 것 같습니다. 선생님, 좋은 경험을 하게 해주신 선생님께 깊은 감사를 드립니다. 선생님, 저는 가끔 시인이 되고픈 생각을 합니다. 이것이 일시적인 문학 소년의 꿈일런지는 모르겠지만…. 가끔 시를 써 보기도 합니다. 선생님 그럼 이만 줄이겠습니다.

건강하십시오.

1990년 5월 10일
영주 대영중학교 제자, 김대돈 올림

우리들의 super star 국어 선생님
- 쓰레기통 선생님 -

박석형
대영중, 종건당 7기, KBS PD

안녕하세요? 국어 선생님.

며칠 남지 않은 방학 기간 밀린 숙제하느라 정신없는 지금 글 피쯤이면 뵙게 될 선생님의 모습을 생각하며 이렇게 글을 띄웁니다.

'선생님은 지금 무엇을 하고 계실까?'

이따금 책상 앞에 우두커니 앉아 생각하는 문제입니다. 숨을 들이쉬고 눈을 가볍게 감으면 지금 땀을 뻘뻘 흘리시며 원고를 쓰시는 선생님이 보이는 듯합니다. 선생님께서도 숨을 크게 들이 쉬고는 눈을 살포시 감아 보셔요. 편지 올리는 저의 모습이 보이실 거예요. 잘 보이시죠?

선생님!

개학날 뵙게 될 선생님의 모습이 기대됩니다. 어떤 차림이실까? 궁금합니다. 나만이 아니라 내 친구, 우리 학교 학생이라면 다 그럴 거예요. 왜냐 구요? 선생님께서 더 잘 아실 텐데요. 맨

윗줄에 보셔요. 선생님은 우리의 '슈퍼스타' 이시니까요. 영어로 잘 쓰죠? 사실 제가 쓴 게 아니라 우리 누나가 써준 거여요. 국어 선생님께 드리는 글에 영어를 써서 좀 뭣하지만 괜찮죠? 참, 편지가 옆으로 가지를 쳤군요. 모쪼록 선생님의 건강한 모습을(혈색 좋은 얼굴에 밝은 웃음) 뵙기를 바랍니다.

선생님!

선생님께서 방학 동안 하신다던 일은 잘 진행되고 있는지요? 저의 계획은 잘 지켜지지 않았어요. 올 여름방학은 한마디로 삭막하게 보냈어요. 이번 방학엔 강원도 동해시에 있는 외갓집에 가려고 했거든요. 그런데, 아버지께서 매년 가니 너무 부담스럽겠다고 아버지의 고향에(아버지의 고향은 전라도 신안군) 가라고 하지 않으시겠어요? 고향엔 할아버지와 할머니만 계시는데 가면 너무 심심하거든요. 그래서 안 간다고 버텼죠. 몇 대 맞고요. (웃지 마시길. 난 심각하다우) 결국 올핸 아무 곳에도 가지 못한다는 아버지의 불호령이 떨어지고 말았죠. 어머님께선 남편들은 외가에 가는 것을 무척 싫어 하신다나요? 선생님도 그러셔요? 난 외가가 더 좋은데…. 어쨌든 올 여름방학은 비운의 방학이었어요. 나의 계획은 물거품이 되었고요. 올핸 사상 처음으로 방학 종료 1주 전까지 숙제를 다 하려 했는데 지금까지도 다 못했죠. 내가 생각해도 한심해요.

하지만 어떻게 해요? 책상에 책을 펴고 떡 앉으면 자꾸 놀고 싶은걸요. 이 고비를 넘겨야 앞으로 공부를 잘 할 수 있겠죠? 전

열심히 싸우겠어요. 승산은 별로 없어요.(난 워낙 놀기 좋아해서)

하지만 그래도 난 열심히 싸우겠어요. 이길 승산은 없지만 어쨌든 난 견디겠어요. 나와의 싸움을! 우리 또래 아이들은 나와 같이 자신과의 싸움을 하고 있는 친구들이 많아요. 진 경우도 있죠. 하지만 난 달라요. 나를 사랑해주시는 분들과 내가 사랑하는 사람이 있으니까요. 선생님도 그 중 한 분이시죠. 제가 이 외로운 싸움에서 이길 수 있도록 멀리서 열심히 응원해 주셔요.

선생님!

지금 말하자니 좀 쑥스러운데 편지 늦게 올려서 죄송합니다. 구태여 변명은 하지 않겠어요.(사실 변명할 것도 없음) 선생님께서 실망하지 않으셨는지 모르겠어요. 용서해 주세요. 어쨌든 방학 끝나기 전에 도착해야 될 텐데…

선생님, 존경해 마지않는 선생님!(쑥스러우시죠?)

방학 후 2학기 때도 선생님과 같이 공부하니 기뻐요. 열심히 할게요. 1학기 땐 성적이 너무 나빴죠? 2학기 땐 기필코 실망시켜드리지 않겠어요. 어? 창밖에 비가 부슬부슬 내리는데요. 회색빛 하늘 달콤한 흙 내음. 자주 접하는 것들이지만 오늘따라 유난히 아름다워 보이는군요.

선생님!

마지막으로 제가 하고 싶은 부탁이 있어요.

제가 할 말이란 다름 아닌 선생님께서 가르치시는 모든 학생들에게 좀 더 동등한 사랑을 주시라는 거여요. 어려운 일이지만 말이에요. 또 호감 가는 아이들은 공부 시간 아닌 다른 시간에 칭찬과 말씀을 주셨으면 해요. 친구들이 보기엔 선생님은 꼭 찝은 아이만 좋아한다는 거죠. 선생님은 심한 편이 아니어요. 아니, 아주 적어요. 그렇지만 앞에 말과 같이 선생님은 슈퍼스타입니다. 슈퍼스타는 여러 사람이 성원해서 된 거죠. 그러면 그 슈퍼스타도 여러 사람을 다 사랑해야 하지 않겠어요?

선생님!

제가 한 말을 너무 각골명심 하지도 마시고 '웬 X개가 짖나'로 여기세요. 단지 마음속에 두셨다가 필요할 때 꺼내보셔요. 이것은 나만의 바램이 아닌 대영중학생의 공통적 바램입니다.

보고 싶은 국어 선생님!

이제 그만 연필을 놓을까 합니다. 아참, 이 말을 **빠트릴 뻔**했군요. 언제나 불러보고 싶겠지만 못 불러본 선생님의 별명을 이 사각 종이 위에서 불러보겠습니다.

쓰레기통 선생님. (으하하하⋯. 통쾌하다)

며칠 후 뵙겠습니다. 안녕히 계십시오.

1998년 8월 19일
영주에서 돌형(石兄) 박석형 올림

223

선생님을
존경합니다

허 균
대영중, 종건당 7기, 수협근무

선생님!

그 동안 평화롭게 잘 계셨는지 심히 궁금합니다.

저는 매일 매일을 규칙적인 생활을 하려고 노력하고 있습니다. 방학 동안에 공부하여 특별반에 들어가기 위해 열심히 노력하고 있습니다. 지금 영주는 며칠 째 영하 15°C 정도의 매우 추운 날씨가 계속되고 있습니다.

대구는 어떤지 궁금합니다. 그리고 선생님께서는 지금 어디서 무엇을 하고 계셔요? 궁금한 것이 너무나 많습니다.

저번 고입시험 며칠 전에 전화 주셨잖아요. 저는 그 때 선생님의 전화를 받고 너무나 놀랐습니다. 선생님이 아직까지 절 잊지 않았구나 하는 생각이 들었습니다.

그 땐 너무나 기뻤습니다. 그래서 그런지 고사장에 들어갈 때도 마음이 든든했습니다. 선생님 학교 소식 하나 알려드릴게요.

유영재 선생님 기억하시죠. 우리 1학년 때 음악 선생님 말이에요. 그 선생님이 지난 달 27일 이태리로 음악공부를 더 하시기 위해 떠나셨습니다. 그 선생님 말씀으로는 5년 정도 걸린다고 하셨습니다. 저는 그 선생님을 존경합니다. 그러나 저는 선생님을 더 존경하고 있습니다. 저는 나중에 어른이 되어서 꼭 선생님 같은 사람이 되고 싶습니다.

앞으로 더욱 선생님의 지도를 되새겨 어떠한 일이고 열심히 해나가도록 노력하겠습니다.

선생님 내내 건강하시고 평안하시옵기를 바리며 갖추지 못한 글 올립니다.

1991년 1월 5일
영주에서 제자 허 균 올림

님은
갔습니다

이승용
모계고, 종건당 8기

어둠이 자욱한 창밖엔 별빛은 볼 수가 없습니다.

이 세상 어느 누구도 못 이겨내리라 여겨지던 더위도 세월 앞에선 어쩔 수 없는가봅니다. 지금 밖엔 가을을 알리는 비가 내리고 있으니까요.

요즈음, 날씨가 꼭 저의 마음 같아요. 잔뜩 흐려져서 파란 하늘을 볼 수가 없네요. 선생님, 결실의 계절 가을에 저희는 쓰디쓴 이별을 앞에 두고 있습니다. 철이 없던 중학교 시절을 보내고 말로만 듣던 고등학교 시절을 이제 직접 부딪혀야 한다는 설레임 속에서 전 선생님과 첫 만남을 가졌었죠. 전 얼마나 기뻤는지 아시겠습니까? 선생님의 첫인상이 너무 좋았거든요. 선생님과의 지난 반년 동안의 시절을 돌이켜 보면 어찌 잊을 수 있겠습니까?

"스스로를 속이지 말자"라는 급훈을 내 거신 선생님과 생활해 온 저도 무척 많은 것을 배웠습니다. 그리고 정신적으로 매우 성숙했다고 생각됩니다.

학교생활뿐만 아니라 모든 생활에서 정직을 추구하게 되었으며 어떤 일을 하기 전에 한 번 더 생각하고 나서 행동하려고 노력하게 되었습니다.

저에게 실장이라는 무거운 아니 제게는 벅찬 그런 짐을 짊어지게 하고선 떠나시는 선생님을 잠시나마 원망도 해봤습니다. 그러나 지금은 원망하지 않습니다. 무슨 일이든지 - 나쁜 일만 빼고- 열심히 하겠습니다.

그래서 무슨 일이든 능이 해낼 수 있는 저 승용이가 되겠습니다. 멀리서 나마 지켜 봐 주십시오. 그리고 자주 편지 올리겠습니다.

선생님, 힘내십시오. 항상 웃겠습니다. 선생님께서도 항상 웃으시고, 또 항상 건강하시길 빌겠습니다.

제자, 이승용 드림

꼭 그렇게
가셔야 합니까?

김태현
모계고, 종건당 8기

이 편지가 처음이자 마지막이 될지도 모르겠군요.

마지막이 안 되게 노력하겠습니다.

밖에는 검은 어둠이 온 세상을 덮고 있고, 녹음기에서는 음악이 흘러나오고 있습니다. 오늘 따라 녹음기의 음악 소리가 왜 이렇게 슬프게 들리는지…. 선생님과 함께한 시간들 저 개인적으로는 정말 잊지 못할 것입니다.

고등학교에 입학하여 신입생의 티를 조금 벗어나려고 하는 시기에 하루아침에 선생님을 떠나보내게 되었으니 말입니다. 전혀 예상하지 못한 상태에 그간에 다른 어느 선생님보다 짧은 기간이었지만 정이 많이 든 우리들을 두고 선생님께서 홀연히 대구로 가셨으니, 한동안 저는 정신적인 방황을 참 많이도 하였습니다. 미우나 고우나 1학기 동안 미운 정 고운 정 다 몸에 스며들었는데 어떻게 선생님을 떠나보내야 합니까? 누가 뭐래도 저는 자신 있게 말할 수 있습니다. "우리 담임 선생님은 우리들을 아껴주시고 보살펴 주시는 훌륭한 선생님이다"라고 말을 할 수 있겠습니다.

선생님을 잃은 우리는 앞으로 어떻게 하면 좋겠습니까. 나의 마음을 가누지 못하고 있는 지금 나로서는 어떻게 할지 모르겠습니다. 지금 나에게 문득 한용운님의 시 '님의 침묵' 한 구절이 생각나는군요.

"우리는 만날 때에 떠날 것을 염려하는 것과 같이 떠날 때에 다시 만날 것을 믿습니다. 아아 님은 갔지만 나는 님을 보내지 아니하였습니다."

사람의 인연이란 길고도 짧은 것이군요. 아직도 못다 한 말과 짓궂은 장난은 수없이 많은데 선생님을 보내야 하니 정말…. 지금 밖에서 기차 소리가 들립니다. 나의 마음 속에서는 울분과 그리움으로 폭발하려고 하고 두 눈에서는 눈물방울이 맺혀지려고 합니다. 저는 남자입니다. 남자는 눈물을 흘리지 않는 법, 그러므로 참고 또 참으며 이 글을 쓰고 있습니다. (읽고 계신 선생님 마음이야 오죽하시겠습니까?) 옷자락만 스쳐도 인연이라고 하는데 1학기 동안 스승과 제자의 사이가 얼마나 큰 인연입니까? 이미 떠나가신 선생님 마음을 아프게 할 생각은 없습니다.

기쁘게 웃으시며 떠날 모습을 그려봅니다.

선생님 몸 건강 하십시오.

1989년 12월 청도 모계고 제자, 김태현 올림

전 신사임당이
싫어요

박민영
효성여중, 종건당 9기, 약사

오늘도 변함없이 찌는 듯한 무더위가 계속되었습니다. 방학 첫째 날 어떻게 보내셨는지요? 안녕하세요. 선생님! 못난 제자 민영이가 방학을 구실로 이렇게 펜을 들었답니다.

선생님 말씀대로라면 지금쯤은 절에서 도를 닦고 계시겠군요.

선생님, 기억나실지 모르겠지만 저더러 살아 있는 신사임당 같다고 하셨죠? 사실 기분이 썩 좋진 않았어요. 전 유교적 사회의 표본적 여성으로 훌륭한 아내, 어머니로 칭송받고 있는 신사임당을 싫어한다면 뭐하지만, 그 분의 동상을 여학교에 세워 놓은 것도 참 보기 싫었고 별로 존경하는 마음이 없었거든요. 솔직히 전 다소곳하고 착하기만 한 여학생도 아니에요. 잘 나서지 않는 성격 때문에 그리 비칠 진 몰라도 친구들과 있으면 많이 떠들거든요. 선생님 앞에선 왜 그런지 얌전하게 있는지도 모르겠어요. 전 얌전한 여학생보다는 활발한 여학생으로 불리길 원하는데 잘 안 돼요.

제가 저번 편지에서 남자가 여자보다 우월하다는 걸 인정한다고 말씀드렸죠? 정정할게요. '남자가 여자보다 우월한 점도 있고 여자가 남자보다 우월한 점도 있다' 라구요. 그것은 모두 하느님께서 만드신 남녀 각각의 특성이라구요. 전에 그 말씀을 드린 후 내내 찝찝했었어요. 제가 마치 유교를 숭상하는 보수적인 사람인 것 같이 보였기 때문이에요.

선생님!

새삼스럽긴 하지만 선생님의 방송조회 때의 기도, 정말 멋있었어요. 선생님이 정말로 자랑스러웠어요. 전 항상 선생님이 걱정되고, 한편으론 원망스러워요.

저희는 이제 졸업하면 이 학교는 안녕이지만 선생님은 얼마나 더 계셔야 할지 모르잖아요. 뭐 하러 이런 학교 오셨나 원망스러워요. 하지만 그 판단 미스 덕에 저흰 선생님과 인연이 닿았지만…. 앞으로 모두 교복 입고 우리도 다 졸업하면 답답해서 어떻게 사실까? 하지만, 희망은 버리지 않습니다. 역사와 하느님의 심판은 정의와 진실을 승리로 이끌어 주시리라 믿으니까요. 그 날을 위해 30°C의 무더위에 선풍기 하나 없는 학교에 안 빠지고 나오는 것이 아닐까 생각해 봅니다.

선생님께서 전에 복도에서 제가 시험 치는 박사라고 말씀하셨을 땐 정말로 슬펐습니다. 이번에도 또 그런 말씀을 듣지 않을까 미리 걱정도 됩니다. 선생님, 전 시험 박사도 아니고 시험 치는 기계는 더더욱 아닙니다. 다른 모든 친구들과 똑같이 시험

칠 때마다, 성적표 나올 때마다 걱정이 태산입니다. 다만, 운이 좋아서, 순서를 정하다 보니 위로 올라온 것뿐이지요. 농담으로라도 그런 말씀은 정말 듣기 싫어요.

방학의 반을 잡아먹는 보충 수업이 저를 슬프게 합니다.

그에 대한 반항으로 저는 그 나머지는 악착같이 놀 궁리를 하고 있습니다. 선생님과 계획하고 있는 비밀여행도 정말 멋지게 다녀왔으면 좋겠습니다. 중3이 속편한 소리만 하고 있는 건 아닌지 모르겠습니다. 그러나 요즘 돌아가는 꼴을 보니 고등학교에 무사히 입학해도 1년간이나마 지금보다 더 편할 것 같진 않습니다.

지금 제가 할 수 있는 최선의 길은 지금 공부해서 학교를 짓는다든지, 세상의 빛은 못 될지언정 사회에 녹아들어 갈 수 있는 소금의 역할을 할 수 있는 사람이 되겠지요.

건강하세요. 선생님! 안녕히 계십시오!

1990년 7월 23일
제자, 박민영 올림

뵙고 싶은
선생님

김지숙
효성여중, 종건당 9기

차가워진 밤하늘엔 초록별이 반짝이고 모두가 잠든 이 밤은 너무나 고요하고 적막해 무서움으로 가벼운 전율마저 느낄 수 있습니다.

안녕 하세요 선생님?

제가 먼저 안부 편지를 올려야 하는데 게으름이 심해서인지 아직 드리지 못한 때 갑작스레 걸어주신 전화가 얼마나 저를 송구스럽게 만들었는지 모릅니다. 때마침 집에는 저와 동생과 함께 점심을 먹으려고 라면을 급하게 끓이던 차에 전화가 와서 얼마나 당황했던지……, 가스레인지에 불을 켜두어 라면은 끓어 넘치지요. 전화는 받아야겠지요. 그래서 많은 말씀도 드리지 못한 채 끊을 수밖에요. 급하게 전화는 끊었지만 얼마나 서운하던 지요. 오랜만에 들을 수 있었던 선생님 목소리를 금방 끊어야 했다니. 이 무슨 비극이란 말입니까? 그래서, 이렇게 pen을 들기로 작정했답니다. 추운 날씨에 댁내 평안하시고, 크리스마스는 즐거이 보내셨는지요? 전 아주 건강히 잘 있습니다.

거울이라 밤하늘엔 별들이 부쩍 많이 늘어 저를 즐겁게 해주고요, 요즘 읽고 있는 톨스토이의 〈부활〉은 제게 신선한 충격을 준답니다. 몇 번이나 읽으려 했지만 한문이 너무 많아 망설였던 책인데 이번에 문고판 서적으로라도 읽으려고 3,000원이나 들여 사보게 되었답니다. 하지만, 돈이 조금도 아깝지가 않습니다. 이 톨스토이란 작가가 19세기 서양문학을 대표하는 인물이었음에도 불구하고 왜 노벨문학상을 받지 못했는지 의문을 갖게 합니다. 이 분은 정말 모든 것을 너무나 날카롭고도 세밀하게 묘사하는 것 같습니다. 저는 헤르만 헤세만 그런 줄 알았는데, 톨스토이는 더욱 그러한 것 같습니다. 가끔 제가 그 내용 속에 쏘옥 빠져드는 것 같습니다. 국어 선생님께서는 톨스토이에 대해 어찌 생각하시는지요?

이제 며칠 후면 새해가 밝아 옵니다. 그런데, 전 왠지 새해가 오는 것이 두려워져요. 이제 만 15세인데 해 놓은 건 없고 한숨이 절로 새어나옵니다. 중3이니 공부도 좀 더 열심히 해야겠고, 제 나름대로 제 인생 항로도 설정해야 한다고 생각하니 그런 모양입니다. 전 이제껏 그냥 막연히 세 가지 방면에 관심을 두고 있었는데 그걸 좀 확고히 하고 싶습니다. 전 국어 선생님을 뵐 때 이 말이 더욱 실감이 나요. 너무 곧은 나무는 바람에 결국 꺾이게 마련이지만, 바람과 함께 조금씩 흔들리지만 부러지지 않고 있는 나무는 결국 제 키에 이를 수 있다는 말이요. 선생님께선 가끔 하고 싶은 말을 슬쩍 하시고는 재빨리 방어막으로 '농담이다', '없었던 걸로 하자'고 하셨지만 저에겐 가슴에 깊이 새겨지는 말씀들이 무척 많답니다. 전 꽤나 직선적이고 좀 이기적이어서 저 혼자서 부딪히는 벽이 많아 괴로울 때가 있어요. 저도 선생님처럼 좀 설득력 있고, 둥글게 살고 싶은데…….

선생님!

새해에는 제가 선생님께 좀 더 가까이 다가설 수 있길 기도드리며 또 선생님께서도 학생들과 더욱 더 가까워지시길 빕니다. 가정에도 주님의 은총이 함께 하시구요, 선생님 하시는 공부도 잘 마치시길 또한 기도드려요. 급하게 드리는 편지라 문장의 나열이 심한 것 같지만 이해해주시리라 믿고 이만 줄입니다.

방학 마치기 전에 다시 글 올리겠습니다.

안녕히 계십시오.

1989년 12월 28일 밤
효중 제자, 김지숙 올림

미워만 할 수 없는
선생님

효성여중, 종건당 9기, 건축설계사

안녕하셔요?

무척이나 오랜만인 것 같아요. 그렇죠, 선생님(Dear my teacher), 더운 날씨에 선생님이나 저나 고생이어요. 하지만 선생님도 저도 꼭 해야 할 일들이기에 보다 즐겁게 살아보려 노력하지만 환경, 자신의 의지 부족 등으로 제대로 되지 않는 경우가 종종 생겨요. 잘 헤쳐 나가야겠죠? 너무 더운 날씨에 축 늘어져가지고 세희가 요즘 너무 불쌍하네요.

선생님께선 여전히 싱글벙글 즐거우신가 보던데요. 2학년 가르치시는 게 그렇게 좋으셔요? (에고고. 서러워라 → 사실은 선생님보다 손영활 선생님께서 싱글벙글 하신 게 더 서럽다구요.)

손영활 선생님 반이 중간고사에서 학급 1위를 했던가? (에고, 미운 2학년들!)

그래도 선생님 반도 잘했더군요. 최상 7등으로는 봐줘야겠더라고요. 우리 때 보다는 양호한 편 아니겠어요? 저희 때 너무 성적으로 선생님 괴롭혀 드려서 2학년들 귀여우시겠어요. 그러는 편이 제가 바라는 바이고요. 후배들한테 열심히 하란다고 대선배가 전하더라고 얘기해 주세요.(이야기 하고 나니까 너무 부끄럽네요)

그런데요. 어떤 학원과 시립중앙도서관에 너무 기분 좋은 말이 낙서되어 있더군요. '김종건 바보' '김종건 에비~' 아우 그때의 기분이란? 아! 악악! 선생님께서 꼬집는 거 같애.(역시 전 거짓말을 못해서 항상 손해보고 산다니까요.) 한편은 기분이 무척 나쁘더라구요. 어쩌면 이럴 수가 있을까! 작년 우리 담임 선생님이셨는데. 못된 애들.(훌쩍훌쩍)

어쩌면 그렇게 심한 말을…… '김종건 칠득이' 면 몰라도 엉엉엉. 제가 너무 착한 나머지 도서관에서 대성통곡을 했었다구요. 못 믿으시겠어요? 요즘은 저 같이 착한 애가 없으니까 못 믿으실 거에요. 녹음을 해 두는 건데. 물적 증거를 남겨서 들려드리는 건데, 아까워라.

아! 제가 나이가 들어서 정신이 없나봐요. 정작 할 애긴 두고……. 선생님 무슨 단체 조직하셔요? 좀 오래된 일이지만, 교무실에서 손영활 선생님이랑 무슨 얘기를 하시더니, 며칠 지나서 2층 복도 끝에서 박천용 선생님이랑 또 문제를 논의하시는 듯 하시더니 요즘은 교무실에도 보이지 않으시니 뭔가 심상찮은데다가 저번 아침 기도 조회 시간엔 '조그맣게 아는 것을 많이 아는 체하고 조그만 권력으로 타인을 괴롭히는 사람에게 하느님의 은총을 내려주십시오' 하고 말이에요. 혹시 너무 비약적인가? 선생님 실력 없다고 학교를 떠나라는 말 들으신 거 아니에요? 그래서 난 떠날 수 없다며 단체를 조직해서 투쟁을 하시려는 거 말입니다.(키키키) 사실은요, 요즘 선생님 표정이 어딘가 걱정거리에 휩싸여 어두워지신 것 같아서요. 제가 한번 해본 소리에요. 무례했다면 용서하시구요. 전 선생님 믿고 한 얘기예요. 화내진 마세요.

또 한 가지 짚고 넘어갈 말이 있다구요. 어이구 이것만 생각하면 눈물(사실은 얼굴에 묻힌 물)이 다 나온다고요.

선생님께서 요즘 저한테 섭섭하시다구요? 그건 제가 할 말이에요. 제가 교무실 청소하러 가는 거 엄연히 아는 사실이면서 교무실에 잠깐만 계셨다가 제가 청소할 때 3학년 생활 힘들지 않느냐고 한 마디라도 물어주시면 선생님 수명이 단축되거나 선생님 좋아하던 애들이 다 선생님 싫어한다거나 선생님 얼굴이 E.T.가 되시는 것도 아닐 텐데 말이에요, 저도 선생님께 엽서 한 장 보내지 않고 지내서 죄송한 마음도 있어요. 하지만 어른과 자라는 청소년의 차이가 하나 없다면 조금 이상한 거 아녜요?

이제 one, the other 했으니까 세 번째 the third 차례네요.

팡파레와 함께 세 번째 이야기 짠짠짜-

엄정숙이 있는데서 선생님 좋다고 했다가 손가락 물리고 팔 멍들고 그것도 모자라서 옆구리 타박상 도합 전치 5주 중상이

구요.(치료비주세요)

전학 간 지연이가 선생님께 안부 전해달라고……. 세희와 안 놀아서 인간성 나빠질 일 없으니까 안심하셔도 된다고요. 더 중요한 건 남자 친구하나 소개 시켜 주세요. 요즘 머시매들은 눈이 아니라니까요. 요렇게 예쁜이를 두고 어딜 해매는 건지.

(헥헥헥) 여기까지 오느라 숨차 죽겠네.

너무 주절 주절대서 어지러우시죠? 갑자기 잠이 막 퍼붓네요.

이만 줄일래요.

good night my teacher(세희 무리했네!)

1990년 6월 13일 수
Park se-hi 올림

나의 선장
종건당

정미연
효성여중, 종건당 9기

'오. 오. 선생님 선장님 나의 선장님'
선생님을 생각할 때 마다 가장 먼저 기억나는 글귀에요.
그 동안 안녕히 지내셨는지요! 전 잘 지냈어요.
제 소개부터 할게요. 2학년 5반이었고 3학년 5반이었던 아이
고요. 국어 선생님을 가장 좋아했던 정미연입니다. 쌤 저에요.
눈만 크고 얼굴은 못 생긴 애 미연이요.
더운 날씨 속에서 아이들 가르치기 힘드셨죠. 이제 이월이니
시원한 날씨 속에서 공부하시겠어요. 지금쯤이면 고입고사에
학생들과 선생님들까지 고생이겠어요. 많이 말썽 부리고 그러
죠. 저 중3 시절이 생각나요. 아무 것도 모르는 시기에 공부는
뒷전이고 놀기만 하고 수업 시간엔 편지나 쓰고 숙제는 정말 안
했죠. 그래도 친구들이랑 연락하면서 그 때가 그립다는 얘기를
하곤 해요. 고등학교 생활을 해 보니 중학교 생활하고 많이 다
르다라는 생각을 해요. 사회라는 곳을 위해 열심히 공부하는 애

들이 있는가 하면, 반면에 아무 생각 없이 노는 아이들. 처음에 야간이라는데 다니고 있다는 생각에 좀 부끄럽고 쑥스럽고 했지만 이젠 안 그래요. 시간이 많이 남고 할 수 있는 일들이 너무 많이 있으니 그것만으로도 충분히 만족하고 다니고 있어요. 1학년 때 들어와서부터 대학이란 곳은 꼭 가고 싶었어요. 지금까지 그런 생각을 하고 있지요. 그 말썽쟁이였던 미연이가 요즘은 모범학생이에요. 성격도 그런 대로고 자격증도 많이 따고 그랬어요. 착하죠. 어릴 적의 그 놀고 못된 짓만 한 아이가 아니라고요.

다른 선생님들은 잘 계신지요? 황승호 선생님, 저희 담임선생님, 하지만 가장 보고 싶은 분은 김종건 선생님이란 걸 아세요. 조만간 찾아뵙겠습니다. 엄마에게서 저희 집에 전화하셨단 말 들었어요. 정말 고맙습니다. 전 연락 한 번 안했는데 고개 숙여 사죄합니다. 선생님 성당에 나가시지요. 전 2달 정도 안 나가고 있어요. 저희 성당에 보좌 신부님이 너무 무서워서요. 선생님 뵈려 월성 성당에 한번 갈게요. 친구들과 한번 모여서 학교로도 한번 찾아 가겠습니다.

몸 건강히 안녕히 계십시오.

제자, 정미연 올림

저 같은 아이를
딸로

김명희
효성여중, 종건당 9기

선생님 그간 안녕 하시온지요?

저희를 가르쳐 주시는 스승님께

새해 인사차 올렸을 뿐인데, 회답을 주시니 너무 고맙게 받았습니다. 바쁘신 중에도 그러하심을 감사히 여겨 이 글을 쓰게 되었습니다. 선생님께선 현명하신 분이시니 새해 계획을 아주 잘 세우셨겠죠.

전 새해부턴 좀 더 계획된 생활을 하려고 계획을 세웠거든요. 하지만 작심삼일에 그치고 말았습니다. 사흘에 한 번씩 계획을 세우고 마음을 다져야겠네요.

선생님께서 언젠가 그러셨죠. 저 같은 딸이 있으면 좋겠다고요. 선생님께선 어째서 그런 생각을 하시게 되었을까 곰곰 생각해 보았죠. 알아냈습니다. 선생님께선 저의 장점만 보신 겁니다. 전 많은 단점을 지녔지만 선생님께선 못 보신 겁니다. 저는 보기와는 달리 꽤 냉정합니다. 침착하다는 건 장점이지만, 지나치면 냉정해져 버리거든요.

보통 여학생이라면 감정이 넘쳐 낙엽이 구르는 것만 보아도 눈물을 흘린다는데 전 아니거든요. 저는 될 수 있는 대로 제 감정을 감추려 합니다. 그리고는 냉정한 이성만을 드러내는……. 저의 가장 큰 단점입니다. 그 때문에 친구들과 잘 섞여지지 않고, 떨어지나 봐요. 하지만 전 친구들과 잘 어울리기 위해 노력한답니다.

저는 올해 소원이 꼭 하나 있습니다. 종교를 하나 갖는 것입니다. 아니 갖는다기보다, 제 마음 속에 믿음의 기둥을 하나 세워보고 싶어요. 벌써 작년 아니 두 해가 흘러버린 일이군요. 하지만 세례를 받지 않았답니다. 제가 정말 진심으로 하느님을 믿고 있는지가 의심스러웠거든요. 입으로만 믿고 있는지도 모른다 라고 생각을 했지요. 그 때부터 줄곧 전 저의 전 믿음을 내어줄 수 있는 그 무엇을 찾고 있답니다. 그게 좀처럼 쉽지 않네요.

선생님께선 요즘 보충수업 하시느라 힘드시죠.

전 보충수업을 찬성했었거든요. 개인적으로 공부할 마음의 기강을 잡아보고자 했었는데, 어리석었다는 걸 알았습니다. 물론 계획된 시간에 움직일 수는 있지만 그만큼의 성과가 없는 게 무척 안타깝네요. 좀 더 충실하자고 다짐은 하지만 마음이 영 게을러졌고 몸도 늦장을 부리는군요.

요즘은 책 읽는 것도 게을러 지구요. 얼마 전 크눌프의 삶에 대한 책을 읽었는데요. 제가 크눌프처럼 게으른 시인이 되어가나 봐요. 생각과 말은 금색이지만 행동은 흑색인 것 말에요. 좋은 충고의 말씀 부탁드립니다.

동네 꼬마 녀석들이 뛰쳐나와 놀아도, 여전히 손끝이 시릴 만큼 추운 날씨에 몸 건강하시구요. 짧은 시간이었지만 저희를 관심 있게 보아주시고, 이해해 주시고, 사랑 베풀어 주심을, 정말로 감사드립니다.

그럼 이만 줄이겠습니다. 안녕히 계십시오.

그리고 참 사모님과 민이, 현이의 건강도 빌겠습니다.

말띠해. 정월. 열흘. 0시 5분
제자, 김명희 올림

자유롭고
싶어요

추현지
효성여중, 종건당 9기

한 해가 또 후딱 지나가 버리고 이제 1991(대망의)년이 되었는데도 여태껏 christmas card는 커녕 연하장 한 장 띄우지 못했던 것을 용서하세요. 이 편지를 성탄절 card겸 연하장이라고 생각하시고 너그러이 봐주시길 바랍니다.

이 세상에 "편지"라는 게 없었다면 전 아마 이 때쯤은 온전한 정신으로 남아 있지 못했을 겁니다. 방학이 얼마나 지겹고 무료한지 하루 종일 집에서 시간을 보내자니 어머니 잔소리 들으랴, 아버지 눈초리 피하랴, 이렇게 마음 고생을 해도 살이 안 빠지는 게 신기할 뿐입니다. 이렇게 시간 보내면서 1주일에 2, 3번 편지나 생일카드나 엽서 따위를 친구에게 보내는데 그래도 그 때가 제일 즐겁습니다. - 때로는 거기에 드는 돈이 제 한달 용돈을 초월할 때도 있지만… 오전에 2시간씩 학원수업을 듣는데, 그것이 1주일에 4번 - 영어 2번 수학 2번 - "화 수 금 토"만 듣는 것이라 어머니는 저만 보면 "오늘은 학원 안 가는 날이냐고 자꾸 물으시고 대답하기가 피곤할 정도지요. 옛날엔 학원가는 것이 즐거웠습니다.(적어도 3학년 초까지만 해도) 그런데 요즈음 그렇지도 않습니다.

너무 일찍부터 이성에 관한 호기심이 싹터서인지 요즈음 2학년 때 만난 남학생과 친하고 싶은 마음도 없고 이상하게도 남학생이라면 모두 부정적인 시각으로만 보입니다. - 남학생들의 얼어 죽을 "영웅심리!" 딱 지겹다 - 거의 이런 식으로… 또 거기에 따라 여자 친구의 소중함 같은 것을 깨닫고, 지금은 뭐니뭐니해도 동성 친구만큼 충실한 벗이 없다고 믿습니다. - 나이가 들어감에 따라 아무래도 이성과는 친구로 지내기는 힘들지 않습니까? 아무리 제 쪽에서 친구로 생각한다고 해도 상대편에서 그렇지 않으면 별 소용이 없지 않을까요? 들은 바에 의하면 한국 남자들이 이런 점에서 심한 증세를 보인다고 하던데 - 2학년 땐 학원수업이 정말 재미있었습니다. 수업도 수업이지만 아이들끼리 친했고 수업 분위기도 밝고… 지금은 강의실이 썰렁할 만큼 살벌합니다. 사실 제 눈에도 남학생이건 여학생이건 모두 경쟁 상대로 보일 뿐입니다. 서로에 대한 관심보다는 경쟁심이 먼저니까요. 지금은 이렇게 당연한 소리가 되어버렸지만 예전만 해도 이렇지는 않았었지요.

어쩌면 이렇게 된 것이 잘된 일인지도 모릅니다. "3년만 죽어 살아라!" 어머니가 항상 하시는 말씀입니다. 대학교 다니는 언니, 고등학교 다니는 언니가 한 명 있는데, 문과에 가더니 지금은 전교 10등정도 하고 제 남동생은 전교 5등정도… 그러니 제가 제일 문제일 수밖에 없습니다. 어머니가 말씀하시기를 "너만 4년제 대학 무사히 가면 우리 집은 아무 문제될 것 없다" 어머니의 목표는 무조건 대학입니다. 돈이 없어 대학 못 갔다는 말을 할 수도 없고, 요즈음은 대학이 옛날의 국민학교 수준 밖에 안 된다고 말씀하시는 어머니를 보면서 저는 어머니 탓만을 해서는 안 된다고 생각합니다. 이 사회가 그러니까… 무엇을 어쩌겠습니까? 그렇게 하루하루를 그런 생각을 하며 살았습니다.

그래서 요즈음 학원에서도 누구하고 친하고 싶다는 둥. 누가 특별히 마음에 든다는 둥 내가 하나라도 더 암기해서 저애를 이겨야겠다는 둥, 저애보다 꼭 잘하고 말겠다는 둥 그런 생각이 먼저 드는군요. 일종의 "인간성 상실"이라고나 할까요? 그런 거 비슷합니다.

너무 저에게 관한 이야기만 늘어놓아서 죄송합니다. 아참, 전모모에 관해서 혹시 선생님께서 걱정을 하시거나 한다면 더 이상 그런 마음 가지지 마세요. 더 이상 저는 그 애에 관해 악의 같은 건 없으니까요. 사실은 훨씬 전부터 그랬습니다. 제가 예수님처럼 "원수를 사랑하자" 이런 건 아니지만 누구를 미워하는 것도 관심에서 우러나오는 것이 아닙니까? 이제 곧 졸업인데 가벼운 마음으로 매듭을 맺는 것이 좋을 듯싶습니다. 마음이 편합니다. 이렇게라도 말하고 나니 이제 그 어떤 것도 저를 구속할 수 없습니다. 전 어떤 구속도 허용할 수 없습니다.

자유롭고 싶습니다. 새처럼 말입니다.

눈이 무척 아름답습니다. 내일 아침까지 펑펑 쏟아졌으면 좋으련만……

pen을 놓아야 하는 것이 아쉽지만, 그럼 건강히 잘 계시기를 기원하겠습니다.

새해에는 행복하세요.(언제는 불행했나?)

1991년 1월 7일
추현지 올립니다

내 삶의 스승이신
선생님

전미화
효성여중, 종건당 9기, 미용학원 원장

홀로 산다는 것이 과연 무엇을 뜻하는 걸까요? 그 홀로서기는 얼마 만큼의 가치를 부여해 주는 것일까요? 통제 없는 많은 시간을 가지게 되고 보니 - 학교라는 울타리 안에서 교과서의 노끈에 묶여 허둥댈 때보다는 - 보다 더 큰 시간을 사색이라는 공기 속에서 숨 쉴 수 있어 요즘은 점점 나 자신의 모습에서 새로운 변화를 요구하게 됩니다. 한 번씩 나와는 전혀 다른 세계의 사람과 만나고 싶다는 강렬한 욕구로 견딜 수 없을 만큼 외로워지기도 합니다.

선생님,

사실은 이즈음에는 이 구절의 문장을 쓸 예정이 아니었는데, 며칠 전 선생님께 드리려고 연습장에 써 두었던 편지를 서너 줄 옮겨 적다가 진실 되지 못한 것 같아 그만두렵니다. 전 왜 이렇게도 많은 시련을 겪어야만 하죠?

하느님이 절 특별히 사랑하기 때문에 남보다 더 무거운 십자가를 어깨에 짊어 주셨을까요? 아님 제가 바보라서 제일 가벼운 십자가를 지니고도 그 사실을 모르고 있는 걸까요?

이상하게도 슬픈 일이 생기면 항상 선생님이 그리워지고 보고파질까요? 그리고, 또 항상 선생님이 무지 필요할 때 왜 결코 제 곁에서 위로가 되어 주실 수 없으셨을까요? 오늘 하루 종일 댁에 전화를 했더랬어요. 늦은 밤 11시 30분 다이얼이 마지막이었을 거예요. 힘든 하루였어요. 시계는 거의 새벽 02시를 달리고 있어요. 많이 생각하고 많이 울어도 봤어요. 전 결코 남에게 사랑을 받지 못하는 아이일까요? 아니, 아무래도 좋아요. 제가 사랑하고 노력하면 되니까요.

하지만, 이 바보는 나 자신을 사랑하는 방법조차 몰라요. 오늘은 선생님을 만날 거예요. 그리고, 마음을 적어놓은 글을 빌려드릴 거예요. 그래서, 미화라는 아이가 얼마나 멍충이고, 바보인지 보여드릴 거예요. 그걸 아시고도 과연 미화를 사랑하시는지 여쭤볼 거예요. 아세요? 선생님. 제가 선생님을 얼마나 존경하고 좋아했었는지… 선생님과의 인연에 얼마나 감사를 드렸는지, 전 이제 선생님의 눈으로 세상을 봐요. 전 선생님의 삶을 배우고 싶었더랬어요. 선생님의 미소 또한 가지고 싶어요.

철이 없기야 예나 지금이나 같지만, 그래도 그 양으로 따지자면 철이 더 없었던 시절엔 선생님이 그냥 이유 없이 좋았고, 솔직히 존경하는 감정 따윈 별로 없었더랬어요. 시간이 흐르면서 전 선생님께 길들여지기 시작했고, 드디어는 혼자 재주부릴 줄도 알게 된 지금에는 진정 내 안의 하나밖에 없는 스승으로, 국어 강사가 아닌 삶의 스승으로 따르고 싶고, 존경하고 싶어요.

선생님, 미화는 오늘 위선자라는 얘기를 들었어요. 얼마만큼 슬펐는지 아세요? 선생? 너무나 사랑했었던 친구가, 나를 너무나 사랑했다는 친구가 순간의 오해를 가지고 이제 와서 되갚고 깨끗이 끝내자고, 좀 더 성숙한 나를 지키고파 그 모든 것을 이해하려고 노력하며 모든 잘못을 관용이라는 이름으로 포용하려고 몸부림치는 아픔에 결코 무너뜨릴 수는 없더군요. 너무나 단단하고, 너무나 견고해서…, 하지만 이해하려고 노력할래요. 그리고, 그 아이를 미워하지 않을래요. 사랑할거에요.

제가 지금 무슨 얘기를 하는지 선생님은 모르실거에요. 아니 어쩜 아실지도 모르겠네요. 아니 모르실 거에요.

그럼요. 미안해요. 더 이상의 상세한 말씀은 드릴 수가 없을 것 같아요.

- 열흘하고도 이틀 후-

제가 무슨 말씀을 드렸는지 모르겠군요. 아마 편지 쓰는 날 과음을 했었던가 봐요. 비밀 한 가지 가르쳐 드릴게요. 저에겐 이 세상 그 무엇보다 소중한 물건이 몇 개 있죠. 그 중에서 가장 아끼는 일기장이라는 친구를 선생님께 소개 시켜 드리고팠어요. 한데 갑자기 그것이 모두 무의미하게 느껴졌죠, 사람은 자기 자신에 대해 얘기해서는 안 됩니다. 스스로에게 이것은 안 되죠. 우리가 마음을 털어버리고 나면, 우리는 더욱 가난하고 고독하게 되기 때문입니다. 사람이 마음속을 털어 놓을수록 그 사람과 가까워진다고 믿는 것은 다만 환상일거에요. 그러니 인간이 가까워지는 데는 침묵 속의 공감이란 방법밖에 없는 것 같아요.

선생님!

이만 줄일게요. 언제나 건강하시구요, 행복하세요.

1991년 1월 25일 새벽1시 25분 막 경과

전미화 드림

사랑해요
선생님!

서경미
효성여중, 종건당 9기, 도예가

헤어질 땐 처음 만났던 때가 떠오르는가 봐요. 그리고 그 때 그 시간으로 되돌아가길 바라고 또 슬퍼지고요. 아주 영원히 헤어지는 건 아니지만 왜 이리 답답하고 슬픈지 모르겠어요. 이제까지 헤어진다는 '이별' 에 대해 마냥 생소하게만 느껴졌는데 지금은 그렇지가 않아요. 제가 많이 컸기 때문일까요? 아님 정말 헤어질 수 없는 사랑하는 사람들을 만났기 때문일까요?

이별이 무조건 슬프다고는 생각지 않아요. 또 다른 만남과 희망을 안겨다 주니까요. 선생님, 헤어질 때는 슬프지만요 다시 만난다는 생각을 하면요 기뻐지는 거 있죠. 이별을 생각하면요 모두들 사색에 잠기게 되나 봐요. 저도 그렇고 딴 애들도 그렇고. 헤어진다는 슬픔도 있는 한편 다른 만남에 대한 불안감도 상당히 커요. 그저 막막하게만 느껴지고 두렵고 걱정도 되고요. 어떤 선생님은요 진단고사를 준비하라고 야단이에요. 중3이 그렇게 대단한 거에요? 그럼 고3 때는 말 안 해도 아시겠죠? 꼭 졸업하는 거 같아요. 졸업식 때도 이만큼 슬플까요? 막상 겪어봐야 알지 지금은 잘 모르겠어요.

자꾸 헤어진다는 얘길 하면 안 좋을 것 같아요. 선생님도 저희처럼 무지무지 슬픈지는 잘 모르겠어요.

선생님께선 저희들보다 많은 헤어짐을 해보셨을 테니까요. 저희들한텐 이게 첫 시작인거 같아요. 그리고 1년이란 흐름이 이렇게 빨리 지나가버리는 줄 몰랐어요. 1년이란 그 긴 시간이 마냥 짧게만 느껴지지만 소중한 것들이 아주 많이 담겨져 있어요. 조금의 회의와 아쉬움이 느껴지긴 하지만요. 저 자신들한테도 좋은 경험과 추억으로 남을 거예요. 시간이 정지된다면 얼마나 좋을까요? 영화 속에서 나오는 타임머신 같은 거 타고 과거, 미래 왔다갔다 하는 거……. 하지만 이런 것이 있다면 아무런 노력과 기쁨이 없을 거예요. 그렇죠?

선생님이 저희들을 위해 노력하신 만큼 그 만큼의 대가가 오진 않지만 저희들이 선생님을 존경하고 오랫동안 기억한다면 선생님에게 더 이상 좋을 것이 없잖아요? 선생님을 다 이해하지 못한 점도 있었고 미워한 적도 있었어요. 아이들끼리 모여 수군대며 욕도 하고 했지만 선생님을 진심으로 미워한 적은 없었어요. 선생님도 다 아시죠? 선생님의 국어 시간이 그리워질 테고 문득문득 시 읽는 선생님의 목소리도 기억날 거예요. 만남이 적어지면 맘도 멀어진다는 말이 있잖아요. 혹시 이렇게 되어버리는 건 아니겠죠? 확실히 장담은 할 수 없겠죠. 전 영원히 죽을 때까지 선생님을 기억한다는 말은 못하겠어요. 전 이룰 수 없는 약속은 싫거든요. '영원히 잊지 않겠다'는 소리가 상대방을 기쁘게는 하지만요……. 마지막을 멋있게 장식해야 하는데 그게 잘돼지가 않네요. 왜 이렇게 허무하게 느껴지는지 알 수가 없어요. 이별이 지나가면 새 생활과 만남의 두려움도 시작될 거예요. 하지만 걱정만 하고 살 순 없잖아요? '안녕'이란 의미가 만날 때 보다 헤어질 때 강하게 맘에 와 닿는 이유가 뭘까요? 노래 가사처럼 '안녕'은 영원한 헤어짐이 아니고 다시 만난다는 약속일 거예요.

선생님! 선생님에게 띄우는 이야기도 이젠 아주 뜸해질 거예요. 마음은 그렇지 않지만……. 선생님도 저희를 잊지 마시고 생각 자주하세요.

그리고 선생님이 저희들에게나 다른 아이들에게 그 무엇을 가르치고 나누어주시는 일이 어렵고 힘드셔도 용기 잃지 마시고 꼭 이루셔야 돼요. 아시겠죠? 선생님이 언제나 웃음 띠고 열심히 생활하는 모습 보면 저희들도 무척 좋을 거예요. 선생님께서 저에게 잘 대해주신 거 정말 감사드려요. 한편으론 선생님을 미워하는 맘도 있지만, 이건 제 마음의 나쁜 이기심 때문인가 봐요. 사실 다른 아이들에게 대한 조금의 샘도 나고 그래요. 하지만 그건 제가 잘못된 거 같아요. 그렇죠?

편지 쓰다보면 묻는 게 상당히 많아요. 선생님의 대답을 들을 수 없기 때문인 것 같아요. 그렇지만 저 나름대로 선생님의 대답을 찾을 수 있을 거 같아요. 가끔 못 찾을 때도 있겠지만요. 그 땐 선생님께서 살짝 가르쳐 주세요. 아무도 모르게…….

선생님께선 말씀하신 "아아 님은 갔지만 나는 님을 보내지 아니 하였습니다"란 시 글귀를 잊지 않겠어요. 가끔씩 아니 '님의 침묵' 시를 읽으면 선생님의 모습이 꼭 떠오를 거예요. 이렇게 자꾸만 한정 없이 쓰다간 밤 꼬박 새겠어요. 그럼 이만 줄일게요.

선생님! 건강하시고요 뜻하신 일 모두 잘 이루세요. 기쁘게 생활하시구요.

선생님 위해서 두 손 모아 하느님께 기도드릴 께요.

1992년 2월 21일 Friday
서경미 올림

세상에서 가장
멋진 선생님

김문희
효성여중, 종건당 9기

가장 기억에 남고, 가장 멋진 분이신 선생님께!

이런 500원짜리 편지지에다 감사 합니다라고 써 보내다니 저도 참 나쁜 아이인가 봐요. 절 많이 생각해 주셨잖아요.

선생님을 제가 1학년 때 뵙게 되었지요. 아저씨라고 부르라며 오시더니 시를 읽어주셨는데 그 때 그 털털하셨던 분이 저의 국어선생님이 되실 줄 정말 하나님도 모르셨을 거예요. 사실 전 1년간 국어 시간을 대단하게 생각하지 않았고 선생님에 대한 불만도 꽤 있었지요. 선생님 좋다고 징징 짜는 애들은 더더욱 싫었구요. 하지만 선생님만큼 멋진 분도 없더군요. 정해균 선생님은 자기 와이프가 최고이고, 장철호 선생님은 원자분자가 최고이고, 여상현 선생님은 영어 예습만이 최고였는데 김종건 선생님만은 시와 자유스러움과 넓은 세계관을 가지고 계셨어요.

전 정말 연극이 좋았거든요. 물론 잘하는 건 아니지만 왠지 역이 바뀔 때마다 다른 삶의 역할을 해낸다는 것이 참 좋았거든요. 선생님 덕에 연극도 해보고 좋아하는 뉴 키즈 춤도 춰보고, 백일장 입선도 해보고. 선생님의 도움이 없었더라면 전 지금도 국어 히스테리 중에서 벗어나지 못하고 헤매고 있었을 겁니다.

작년 11월인가 12월인가 무용실기시험이 있어 저녁 늦게까지 남아 연습했던 적이 있었죠. 다 하고 나오니 이미 어둠이 깔렸고 야경은 정말 보기 좋았죠. 지친 몸을 버스에 싣고 집에 가면서 가로등 하나하나 지날 때마다 시간이 흐르고 있음을 알았고 이런 일이 3학년 때에는 아마 없을 거야 하는 절망(?) 때문에 친구들과 손을 잡고 울었던 기억이 나네요. 그럭저럭 어느새 2월도 끝나고 깡마르신 선생님 얼굴 볼 날도 얼마 남지 않았으니 왠지 가슴이 답답하네요. 단짝이었던 심지와 악수를 하며 10분간 서로 질질 울었는데 선생님 모습만 봐도 이제 코가 찡해 옴을 느낍니다. 3학년 때엔 어떤 문희가 될지 모르겠네요.

매일 사고치고 끌려오고 이런 일이 또 되풀이 될지도 모르지만 선생님 밑에서 국어책에 낙서나 하면서 놀 수 있는 날이 "없다"는 것에 3학년이고 뭐고 다 하기 싫어지네요. 친구들과 늦게까지 남아 행사 연습할 시간도 없을 것이고 고등학교 가려고 안간힘을 쓸 것 생각하니 미칠 것 같아요. 고등학교는 상고로 진학할거에요. 직장생활 하다가 만화 쪽으로 관심도 가져보고 매스컴에 이름도 날리고… 그렇게 살아갈 생각입니다. 정말 선생님은 죽을 때까지 잊혀 지지 않을 겁니다. 제 자식들에게도 꼭 얘기해 줄 거예요. 선생님. 3학년 때에도 편지 자주 쓸 께요.

P.S

저의 뉴 키즈 춤 좋았죠? 4시간 연습했는데 역시 춤은 선주가 잘 추긴 추나 봐요. 선주가 예고 진학 할 수 있도록 많이 빌어주세요. 저도 그러고 있으니까요.

선생님께서도 저 잊으시면 안 돼요. 저 결혼하는 날 부를 거니까 그 때까지 계속 계셔야 돼요. 전화도 자주 해주시고요. 1년간 몸 건강하세요. 저도 조금은 예뻐질 거예요.

지난 1년 동안 절 사랑해주셨던 점 정말 감사드립니다.

그럼 안녕히 계세요. 선생님…

1992년 2월 21일(금)
김문희 올림

늘 웃음 가득 하신
선생님

장현아
효성여중, 종건당 9기

"봄이구나" 했던 날씨가 "여름이네" 하는 날씨로 바뀌어 버린 듯한 5月.

잔잔한 음악처럼 찾아든 선생님께서 보내주신 엽서 잘 받았습니다. 그 동안 선생님께 몇 통의 편지를 써서 보내려고 했었는데, 혹시나 절 잊고 있진 않으신가 하는 불안감에 썼던 편지도 부치질 못했습니다. 그렇지만 이젠 그런 어리석은 행동은 하지 않아도 될 수 있게 선생님께서 만들어주셨잖아요. 작고 하얀 엽서에 주소와 전화번호를 메모해 저 잊지 않고 보내주셔서 얼마나 기쁘고 반가웠는지 모른답니다.

인사가 늦었죠. 안녕하셨어요. 전 선생님 덕분으로 학교생활도 잘하고 건강하게 잘 지내고 있습니다. 제가 벌써 고등학교 2학년생이 되었습니다. 선생님 수업 받은 건 선생님께서 우리 학교 처음오신 1989년 10월 1일 제가 중학교 2학년 때였으니까 3년이란 긴 시간이 흘렀네요. 하지만 그 때 기억이 생생하게 저

뇌리를 스쳐 지나가는걸 보니 선생님께선 확실히 우리에게 존경 받으셨음이 틀림없다는 생각이 듭니다. 이틀 후면 스승의 날이 되는데 꽃 한 송이 달아드리지 못하는 게 무척 가슴 아프고 슬픈 일이 아닐 수 없습니다. 그냥 죄송하다는 말밖에 달리 드릴 말이 없네요.

선생님!

제 옆에 있는 라디오에서 흐르는 음악이 있습니다. 「봄·여름·가을·겨울의 10년 전 일기를 꺼내며」 라는 노래입니다. 이 노랠 들으니까 제가 중학교 때 적어두었던 일기장이 보고 싶어졌어요. 잠깐만 기다려 주세요. (10분 후). 그 땐 제가 어리긴 어렸구나 하는 생각이 들 정도로 지금의 난 너무 많이 자란 듯한 느낌이 듭니다. 어리긴 했지만 커다란 꿈이 있었던 중학교 시절, 다시 돌아가 보고 싶은 맘입니다.

지금은 굉장히 피곤하고 살아간다는게 힘이 듭니다. 하지만 아직 제가 살아갈 날이 더 많이 남아 있다는 걸 잘 알기 때문에 지금의 나에게서 만족을 느끼고 좀 더 노력해야겠죠.

선생님!

제 얘기만 늘어놓은 것 같아 무척 죄송합니다. 선생님께서 어떻게 변하셨는지 무척 궁금합니다. 그리고 잘 지내고 계신지두요. 전엔 참 건강하고 얼굴에 웃음이 가득하셨는데 지금도 제 기억 속처럼 그러실 걸로 믿고 싶습니다.

마지막으로, 선생님 귀찮으시지 않으시다면 저 편지 계속하고 싶은데 어떠세요. 만나 뵙진 못하더라도 편지로나마 선생님과 얘기도 나누고 싶고 친해지고 싶습니다. 더 쓰고 싶은데 여백이 얼마 남지 않아 여기서 줄이도록 할게요.

그럼 안녕히 계세요.

1992년 5월 12일 별이 빛나는 밤에
제자, 장현아

눈빛이 무지 맑은
국어선생님

김샛별
효성여중, 종건당 9기

계절의 향기가 점점 짙어가고 있는 겨울입니다. 화단의 나팔꽃 잎이 벌써 다 말라버렸습니다.

우연히 보게 된 밤하늘은 왜 그리 눈물이 나도록 아름다운지요. 그 수 많은 별들 중에서도 특히 반짝이는 별이 있어요. 제가 만약 죽어서 별이 된다면 얼마나 좋을 까요. 그것도 가장 반짝이는 별. 선생님 너무 허황된 꿈이라고 비웃진 마세요. 이런 꿈을 가지는 자체도 아름다운 게 아닐 까요

선생님! 선생님이 제게 미치는 영향이 이렇게 큰 줄 몰랐어요. 저는 교만했기 때문에 선생님이 제 삶에 아무런 의미가 없다고 생각했거든요. 저는 처음 선생님을 뵙는 순간에 단번에 어떤 선생님인지 짐작할 수 있었어요. 그래서 존경하지 않으면 안 될 선생님이시라는 것도 짐작했고요. 선생님 처음 이 글을 띄우려고 했을 때 무척 망설였어요.

이름도 모르는 학생에게 받은 편지에 대해 선생님께서 어떻게 생각하실지 궁금하기도 했고요.

선생님 솔직히 말씀드려서 선생님께서는 매일 수업 시간에 저에게 많은 실망을 안겨다 주었어요. 선생님께서는 무심코 하신 말씀이나 행동이 저에게는 굉장히 깊이 심각하게 받아들여졌습니다. 그래서 저는 선생님을 무지 미워했습니다. 굉장히 미워했어요. 그런데 점점 시간이 지나고 보니 그것은 선생님을 지나칠 정도로 간섭하고 있다고 생각했습니다.

제가 생각하는 이상형에 선생님을 끼워 맞추려고 했던 것입니다. 그러다가 선생님께서 제 생각과는 다른 행동이나 말씀을 하시면 선생님께서 무슨 죄라도 지으신 것처럼 미워하고(실은 이게 미워하는 게 아닌 줄 아시죠?) 혼자 골똘히 생각하다가…

저는 이제야 알았습니다. 선생님께서는 선생님 그대로의 모습으로 저에게 다가오셨던 것입니다. 선생님께서 하시는 행동이나 말씀은 아무에게나 찾을 수 없는 장점입니다.

저는 헛된 망상으로 선생님을 변화시키지 않겠습니다.

선생님 그대로를 존경하겠습니다.

선생님께서 주신 권장도서 목록은 정말 감사했습니다. 그 중에서 제가 읽은 책이 30권정도 되어서 정말 기뻤습니다. 저는 책을 읽을 때 좀 더 겸손한 마음 가짐으로 읽어야 한다고 늘 반성하고 있어요. 저는 데미안을 무척 감명 깊게 읽었습니다. 조금 어려웠지만 이 구절이 참 마음에 들었습니다.

"새는 알을 깨고 나오려고 몸부림친다. 그 알은 세계다. 태어나려는 자는 하나의 세계를 파괴하여야 한다" 정말인가 봅니다. 한 세계에 발돋움 하려면 그 전 세계는 파괴되어야 할 것 같아요. 저는 그 동안 확실한 답만을 요구해왔어요. 그러나 지금은 희미하게 느껴지는 그 무엇이 아름다운 것인 줄 알게 되었습니다. 제가 어릴 때는 국어선생님이 되기를 희망했습니다. 국민학교 때부터 국어에 관심이 많았고 또 제일 자신 있었거든요. 하지만 중학교에 올라오면서 조금은 관심이 멀어진 것을 느꼈지요.

국어 시간이 따분해졌어요. 그러고는 다시 2학년이 되면서 다시 국어가 좋아지고 아마 선생님 덕택인가 봅니다. 우스운 얘기 하나 해드릴게요. 제가 중학교 1학년 때 영어 선생님을 무척 좋아했거든요. 정말 무척이요. 그때 일기장을 들춰보면 그 선생님 얘기밖에 없을 정도니까요. 자연스럽게 영어 성적이 무지 좋았죠. 전 매일 예습 복습을 했어요. 그 선생님께 잘 보이기 위해. 그 때 기초를 다진 덕택으로 지금도 영어 성적이 괜찮은 편이지요. 저는 무척 수학을 싫어한답니다. 그래서 수학 선생님을 좋아해 보려고 마음먹었어요. 그래야 제 성적이 좋아지거든요. 그러나 아직 특별히 좋은 수학 선생님은 없어요. 선생님 저의 이런 이기적인 행동에 환멸을 느끼시겠지요?

저도 반성하고 있습니다. 제가 잘못하고 있는 줄 압니다. 그러나 국어 선생님은 좋아하면서 국어 성적은 그저 그러니 웬일일까요. 이제까지 제가 좋아해온 선생님보다 한 차원 높은가요. 낮은가요.

저는 윤동주를 사랑합니다. 왜냐하면 그의 시에는 형용할 수 없는 힘이 숨어있거든요. 민족저항 시인인 그는 이육사처럼 적극적으로 저항 운동을 주동하지는 못했지만 간접적으로 사람들에게 민족의식을 고취시켰던 것입니다. 저는 오히려 그것이 더 중요하다고 생각합니다.

특히 윤동주 시에는 서정성이 짙어서 얼핏 읽어도 좋은 시입니다.

'별 헤는 밤'을 무척 좋아합니다. '서시' 보다 더 좋아합니다. 이육사의 '광야' 보다 더 좋아합니다. ('별 헤는 밤' 생략)

기대를 하며 살아가는 일은 정말 행복합니다. 그래서 저는 기대를 하며 살아가려고 노력합니다. 선생님께 힘이 되어 드리고 싶습니다. 선생님의 지친 어깨를 보면 괜스리 제가 죄송합니다. 우리가 이렇게 힘드시게 했다고, 선생님 저는 솔직하지 못합니다. 그러나 이런 저의 성격을 무엇보다도 사랑하고 있습니다.

저는 무척 아름다운 것을 보면 눈물이 납니다. 선생님 눈을 볼 때도 저는 비슷한 느낌을 받았습니다. 솔직하게 말씀드려서 선생님 얼굴에서 가장 중심은 '눈' 입니다. 정말 너무 맑아서 눈물이 납니다. 그래서 저는 선생님을 미워하지 못합니다.

선생님 보석이 왜 빛나는 줄 아십니까. 그건 흔하지 않기 때문이래요. 선생님 눈도 그렇게 맑음으로써 흔하지 않기 때문에 빛나는 가봅니다. 선생님께 한 가지 바라는 게 있습니다. 선생님의 아름다운 모습을 변화시키지 마시라는 것. 선생님 그대로의 모습으로……

언제부턴가 수업 시간에 선생님께서는 산이 있는 창문 쪽을 많이 바라보신다는 것을 알았어요. 하늘과 산을 바라보신 것이 아닌가요. 그래서 저는 선생님께서 자연에 대한 깊은 애정을 가지고 또 그만큼 여유가 많은 분이신 줄 알았어요.

보충 수업 때 뵙지 못해서 정말 안타깝습니다. 화가 막 났어요. 그래도 참았어요. 내가 느낀 것을 딴 반애들에게도 느끼게 해 주고 싶었거든요.

꾸밈없이 솔직하고 나이가 드셨어도 앳딘 소년 같은 풋풋함을 영원히 잃지 마십시오. 제발 부탁드립니다. 이제 속이 후련합니다. 선생님께 모두 털어놓고 나니까 부담이 덜어졌습니다.

정말 앞뒤가 안 맞는 글입니다. 죄송합니다. 공연히 머리만 혼란시켜드렸습니다. 끝까지 읽어줘서 정말 감사해요.

늘 건강하십시오. 하나님께 빌겠습니다.

이제 새해입니다. 복 많이 받으시고 성탄절을 뜻있게 보내시기 바랍니다.

물처럼 투명하신 선생님께서 꼭 변하지 마시고 항상 즐거운 생활을 하시면서 열심히 저희들을 위해서 수고해 주시기 바랍니다.

선생님 내내 행복하십시오.

1989년 12월 스물두째 날에~
하늘을 닮고 싶어 하는 소녀

아이들 속에서
웃는 선생님

김현주
효성여중, 종건당 9기

어느 듯 봄도 막 지나가고 여름이 찾아오는듯합니다.

그 동안 어떻게 지내셨는지요?

전 그냥 그렇게 저의 생활에 충실하게 살려고 노력하면서 나름대로의 고3생활을 보내고 있습니다. 제가 선생님을 못 뵌 지 벌써 3년 이상이나 되었습니다. 그 동안 선생님이 어떻게 변하셨는지 혼자 상상해 보곤 합니다.

국어 시간이면 선생님 생각이 자주 나요. 선생님과 토론하던 그 수업 시간이요. 그 땐 "이런 게 정말 필요할까?" 하는 의문도 있었지만, 지금은 그 때가 좋고 그것도 국어 수업의 일부로써 필요한 것이라는 걸 느껴요. 요즈음은 50분 동안 국어책에 열심히 적고 설명을 들어야 해요. 전 커서 선생님이 되는 게 꿈이에요. 이루어 질진 모르지만 된다면 선생님과 같은 수업 방식으로 학생들을 지도하고 싶어요. 꼭 이루어졌으면 해요.

선생님께 몇 달 배우진 않았지만 선생님과 보냈던 시간들은 저의 머릿속에 생생히 남아있어요. 제가 어른이 되어도 마찬가지 일거예요 이 편지를 쓰는 짧은 시간 동안 머릿속으로 선생님의 모습을 떠올려 봅니다. 2학년 때의 그 모습 여전하시겠지요. 가끔, 민영이와 경희로부터 선생님 얘기를 듣기도 해요.

더 자상하시고, 너그러우신 표정으로 학생들을 지도하시는 모습, 휴식 시간이면 아이들에게 둘러싸여 재미있는 얘기를 하시며 웃으시는 그 모습을 자주 상상해 봅니다. 지금쯤이면, 선생님께서 시험지 채점으로 매우 바쁘시겠지요. 전 12일 날 중간고사를 마치고 조금 해이해져서 약간은 마음이 흐트러지려고 합니다. 다시 마음을 다 잡고 저의 꿈을 향해 열심히 나아가야겠습니다.

제가 힘이 들고, 어려울 때면 늘 선생님을 생각하게 됩니다. 열심히 학생들을 지도하시던 그 모습을, 그러면 전 다시 용기와 힘을 내어 다시 제 생활에 충실하려고 노력합니다. 제가 국민학교, 중학교, 고등학교를 거치면서 좋은 선생님들을 많이 뵙고, 지도도 많이 받았지만, 선생님만큼이나 제 기억 속에 마음속에 크게 자리 잡은 분은 없는 것 같습니다. 지금 뿐 아니라 앞으로도 계속 그럴 것 같은 느낌.

곧 우리 모교에 선생님의 제자들이 꽃을 들고 찾아오겠네요. 저도 한번 찾아 가 뵈야 한다고 생각하면서도 이렇게 많은 시간이 지나고 지금은 그럴만한 여유조차 없게 되었습니다. 꼭 기회가 주어지면 찾아뵙겠습니다.

이런 날이 가까워 오면 선생님께 죄송한 마음을 감출수가 없습니다. 이런 날에만 편지를 쓰는 것이 죄송하기도 하고, 이런 날이 있기에 편지를 쓸 수 있다는 것이 좋기도 합니다.

다음에 생각나면 또 편지 쓰겠습니다.

안녕히 계십시오.

1993년 5월 13일
김현주 올림

해맑게 웃으시는
선생님

서유미
효성여중, 종건당 9기

벌써 '하지'라는 여름의 문턱을 넘어섰는데도 오늘은 겨울 날씨라 생각되리만큼 추운 하루였습니다. 효성여중이 있는 곳은 중심에서 좀 떨어진 곳이라 더 추웠을 것 같습니다.

선생님, 그 동안 안녕히 계셨는지요? 오랫동안 소식 없다가 이렇게 불쑥 편지 드립니다. 소식 전해드리지 못한 점 죄송합니다. 용서해 주시겠지요? 그 동안 선생님 소식이라고는 이사를 하셨다는 것밖에 듣지 못해서 어떻게 지내시는지 무척 궁금했습니다. 사모님도 건강하시고 두 꼬맹이들도 많이 컸겠지요?

선생님. 저 벌써 고3입니다. 모두가 두려워하는…… 그래서 지금 늦게까지 학교에 앉아있긴 합니다만 자꾸 제가 입시생이라는 걸 절실하게 깨닫지 못하고 있습니다. 아직도 '사랑의 매'가 필요한 가 봅니다. 지금은 중3 때 연합고사 치기 전에 떨었던 걸 생각하고는 혼자 웃곤 합니다. 지금 '대입'이라는 것에 비하면 조그마한 것이지만 그 땐 얼마나 커다란 부담이 되었는지 모릅니다. 그리고 그 때 선생님께서 공부 열심히 하라시던 말씀이 제게는 아주 큰 힘이 되었습니다.

다시 한 번 감사드립니다. 선생님 아직도 '종건당' 이라는 별명 가지고 계신지요? 그때 그 별명 누가 지었는지는 모르지만 정말 잘 지었다고 생각합니다. 왜냐 구요? 선생님은 종에서 나오는, 은은하게 울리는 소리처럼 맑은 웃음을 가지고 계시니까요. 그 웃음이 그립습니다.

나중에 제가 대학 입시에 합격할 수 있을 진 의문이지만 운 좋게 그렇게 된다면 꼭 선생님 만나 뵙고 싶습니다.

지금은 너무 생활에 쫓겨 지내다 보니 조그마한 시간도 아쉽습니다. 선생님. 곧 있으면 선생님을 위한 날이 다가옵니다. 비록 이렇게 멀리서이지만 선생님 은혜에 감사드리고 선생님께 저의 조그만 마음을 드립니다. 혹시 느껴지시는지요?

선생님. 15일만이라도, 아니 그 후에도 계속 행복하시고 항상 건강하십시오.

참 그리고 저는 선생님이 무지무지 뵙고 싶습니다. 선생님 언젠가 뵙게 될 날을 기대하면서 펜을 놓겠습니다.

안녕히 계십시오.

1993년 5월 13일 서유미 드림
선생님 저 기억 못하시는 건 아니겠지요? (울릉도 아이)

선생님 선생님
우리 선생님

이윤주
효성여중, 종건당 10기

"바다의 깊이를 재기 위해 바다로 내려간 소금인형처럼, 당신의 깊이를 알기 위해 당신의 피 속으로 뛰어든 나는 소금인형처럼 흔적도 없이 녹아버렸네… " 안치환의 '소금인형' 안치환 가수의 목소리는 마치 자기 속에 있는 것들을 있는 그대로 부르짖는 것 같아요. 그래서 어쩌면 제가 더 좋아하는지 모르겠어요. 답답하다가도 안치환 노래를 듣고 나면 잊어버리거든요. 지금 안치환 노래를 듣는 건 답답함을 잊어버리기 보다는 선생님께 편지 쓰려고 듣고 있어요. 선생님께 안치환 가수의 목소리 같은 편지 쓰고 싶어서 말입니다.

바람이 몹시 부는 날입니다. 선생님은 오늘 하루 어떻게 보내셨는지 궁금합니다.

저야 언제나 그랬듯이 학교와 집을 오가며 지냈죠. 오늘은 편지를 한 통 받았어요. 남학생한테요. 남학생은 남학생인데 친구에요. 이 친구가 얼마 전부터 편지를 써주던데, 요즘에는 일주일에 한번 씩 꼬박꼬박 보내고 있지 뭐에요. 답장이라곤 한통도 해주지 않았는데 말이에요. 편지 내용은 주로 저를 걱정해 주는 말, 힘내라는 말, 하느님의 축복이 있기를 바란다는 말, 좋은 글귀들이에요. 제가 그렇게 힘이 없어 보인다나요. 사실 그 친구도 선생님처럼 깡말랐거든요. 힘은 그 친구가 더 없어 보이는데, 볼 때마다 저더러 힘을 내라고 하지 뭐에요. 고마운 친구에요. 정말 힘이 들고 속상할 때 이런, 몇몇 안 되긴 하지만 사람들을 생각하면 얼마나 큰 도움이 되는지 모른답니다. 물론 남을 위하여, 남 때문에 내가 아니 제가 살아가는 건 아니지만 말이에요. 이런 의미에서 선생님은 저에게 얼마나 특별한 분인지 선생님은 모를 겁니다.

저랑 가까운 사람에겐 선생님 이야기를 꼭 해줘요. 무슨 이야기를 해주냐구요? 그건 비밀이에요. 화요일에 선생님 보았을 때 얼마나 좋았는지 몰라요. 친구들 속에서 선생님을 보는 기분 '정말 고소했다면(?)' 이상한 건가요. 몰래 훔쳐보는 기분, 이건 해보지 않은 사람들은 잘 모른다니까요. 선생님 차에서 내려서 집에 올라오면서 선생님께 편지를 써야겠다는 생각이 들었어요. 지금 쓰면서도 몇 년 전에 멈추어 버렸던 글귀가 다시 써질까하는 생각이 들어요. 선생님과 저 사이에 몇 년 동안 텅 비어버린 시간들을 채울 수 있을지 말이에요. 선생님 글이 좀 서툴더라도 이해해 주시는 거죠. 대학 생활도 벌써 한학기가 끝나가요. 참 복잡했던 한 학기에요. 저는 마치 '격동의 세월'을 겪은 것 같아요. 지금은 어느 정도 저의 생각이 자리를 잡은 듯한데, 그래도 아직 격동의 여파가 있지 뭐에요.

아직 스무 살이라는 나이는 저에게 너무 벅찬 것 같아요. 모든 것을 스스로가 다 책임져야 한다는 것이 언제나 저의 어깨를 축 처지게 만들어요. 학생의 신분조차 책임을 져야 하니 말이에요. 선생님, 안치환 노래를 끄고 김광석 노래를 틀었어요. 왠지 편지가 딱딱해지는 것 같아서 부드러운 김광석의 노래를 들으며 쓰면 좀 부드러워 질까 해서요. 이런, 어쩌다 제가 이렇게 되었는지 모르겠어요. 연필과 종이만 있으면 언제 어디서라도 쓸 수 있었는데, 이젠 노래라도 있어야지 겨우 써 나갈 수 있으니 말이에요. 참 한심하다는 생각이 들어요. 선생님도 그렇죠. 선생님, 제 여동생이 선생님께 자기 이야기를 해 달래요. 참 예쁜 아이라고 이야기 해 달래요. 제 동생은 뭘 모르는 가 봐요. 아무리 예뻐 보았자 선생님께는 사모님 다음으로 제가 예쁘게 보인다는 걸요.(설마 아니라고 하시는 건 아니겠죠). 선생님께서 차에서 내리며 집에 가는 절 보며 하신 말씀이 생각나요.

"열심히 해라"하고 하셨던 말씀이에요. 선생님께서는 아시는 것 같아요. 저는 무엇이든 열심히 하지 않으면 살아갈 수 없다는 걸 말이에요. 이런 사실이 부담이 될 때가 더 많기는 하지만, 제가 지금 세상을 살아가고 있다는 걸 느끼게 해 줄때도 있고, 저라는 아이를 남길 수 있는 흔적이 된다고 생각돼요… 선생님, 2000년이 무슨 해인 줄 아세요?

한 세기가 바뀌는 해이기도 하지만요, 선생님과 제가 만난 지 10년이 되는 해에요. 그 때의 모습을 생각하며 이만 줄이려고 합니다.

선생님, 몸 건강히 잘 지내세요.

1995년 6월 8일
이윤주입니다

제자들
아끼는 마음

김정희
효성여중, 종건당 10기

그 동안 안녕하셨어요?

안부 전해드리지 못해 늘 죄송했는데 이렇게 뜻 깊은 날을 맞아 선생님께 편지로라도 감사의 뜻을 전할 수 있게 돼서 무척 기쁘답니다. 전 지금 학교에서 시끄러운 잡담 속에 편지를 쓴답니다. 모두들 선생님들께 편지를 쓰느라 분주해 보이고, 한결같이 재밌는 얼굴이에요. 4월을 잔인한 달이라고 하지만, 전 5월이 가장 잔인하다고 생각해 왔었는데 이런 뜻 깊은 날이 5월의 가운데에 놓여서 5월을 빛내고 있다는 것이 5월을 다시 생각하게 해주는 것 같아요. 지금쯤 귀여운 후배들이 선생님께 축하의 박수를 보내고 있겠죠? 전 직접 축하를 드리지는 못하지만, 제가 선생님을 늘 잊지 않고 있다는 건 알아주세요.

저는 입시라는 문제에 눌려 몸도 마음도 자라지 못하고 있어 중학교 때로 돌아가고픈 마음이 간절하답니다. 지금 선생님께서 어떻게 변하셨는지 정말 궁금합니다. 후배들에게 신경 쓰시느라 예전에 선생님을 많이 따르던 제자들을 다 잊고 계신 건 아니겠죠? 현재보다 추억을 살려야 하는 것이 더 인간적이지 않을까요?

전 선생님을 믿어요. 제자들을 아끼시는 마음과 어려운 사람을 사랑하는 정성과 인자하신 미소까지도 믿습니다. 제가 피곤하고 삶이 고달프다고 느껴질 때 선생님 생각이 종종 납니다. 선생님께서도 괴로운 일이 있으면 과거에 즐거웠던 수업들 한번 떠올려 보세요. 한결 나아지실 거예요.

선생님! 요즘 삶이란 게 뭔지 자주 생각하게 되고, 그러고 나면 한숨이 나오곤 해요. 아직 18년도 채 살지 않았지만 지금 이렇게 괴로운 걸 보면 세월이 지나면 갑절이 될 것 같아서 더 걱정이랍니다.

선생님! 오늘은 스승의 날이니까 오늘 하루만이라도 즐겁게 보내시길 바랄게요. 제가 언제나 하는 말이지만, 선생님은 웃으실 때가 가장 멋있어요. 언제나 미소는 잊지 마세요. (그리고 저도요.) 선생님의 건강한 모습 보고 싶어요. 꼭 건강하시고, 후배들 많이 사랑해주세요. 제가 문장력이 부족해서 하고 싶은 말을 모두 표현하지는 못하겠어요. 죄송합니다.

다음에는 여유를 두고, 많은 얘기 전해드릴게요.

그럼 안녕히 계세요.

귀여운 제자 김정희 드립니다

모든 것을
털어 놓을 수 있는 선생님

이경필
효성여중, 종건당 10기

여기가 어디지?

미국에 와서 일 주일 동안 깨어나자마자 내게 물었던 말이에요. 이젠, 여기는 미국이야 하고 일어나지요.

안녕하셨어요?

저는 선생님의 기도 때문일 거라고 믿는데, 잘 있어요. 선생님. 제가 선생님 보고 싶어 하는 거 아세요? (뵙고 싶어라고 쓰기가 왠지 싫군요)

자꾸 나는 한국 생각들을 잊으려 해도 미국 친구들과 떨어져 멀찍이 걸을 때나 뭔지 모를 말을 하고는 넘어갈 듯 웃는 흑인 애들을 볼 때, 전 언제나 한국의 친구들 생각을 해요.

계속 지내다 보면 나아질 거예요. 선생님께는 제가 미국에서 일어나는 모든 얘기를 다 쓸 수 있을 것 같아요. 전요, 한국에 소식을 보낼 때는 환한 빛만 한가득 넣어서 보내고 싶어요. 그렇지만 어둠이 더 많은 저는 선생님께는 쬐끔만 넣어서 보낼까

하는데, 어떠세요?

저의 학교생활은 아직은 어색해요.

한국의 학교랑은 너무나 다른 이곳의 자유로운 분위기가 저를 어리둥절하게 하더군요. 남녀공학과 선택과목, 친구 같으신 이곳 선생님들. 그렇지만 많이 익숙해 졌어요. 일 주일에 한 번씩 피아노도 배우고(학교엔 플롯, 첼로, 트럼펫 등 다양한 음악 선생님이 계시죠) 학교 마친 후 축구부에도 갈 거예요.

제 영어는 하루가 달라질 정도는 못 돼도 미국 역사 대신 영어를 1시간 더 하고 선생님들께서 도와주시기 때문에 약간씩은 나아지는 것 같은데…… 모르죠.

선생님!

이 곳 사람들을 위해 기도해 주세요.

너무나 고생 하면서 살고 있어요. 모두들 열심히 살아가고 있기 때문에 전 언제나 한국이 자랑스러울 수가 있고요. 정원이랑 내내 같이 애기하고 윤영이랑 내내 같이 다니다가 이렇게 친구 없이 지내니까 굉장히 외로워요. 정원이 또 친구들이 그리울 때면 이불을 머리끝까지 덮어 버리지만 울진 않아요.

선생님, 전 꿋꿋하게 제 자리를 지키고 싶어요. 아무리 높은 인내의 산이 아무리 넓은 노력의 강이 저의 앞을 가로 막아도 저와 또 선생님과 우리들의 주님은 지켜주실 겁니다. 이곳에 와서 더욱 주님을 찾고 기도하게 되는 걸 보니 주님은 절 선택하셔서 여기 보내신 모양이에요. 저도 선생님과 한국의 친구들 또 선생님과 함께 봉사 갔던 일심재활원 친구들을 생각하며 기도 할게요. 선생님, 선생님 주위에는 선생님의 진정한 제자들이 많이 있음을 기억하시고, 곧은 길로 한국의 친구들 이끄시길 바랍니다.(쓰고 나니 건방져 보이네요)

얼마 전 나이야가라 폭포와 캐나다를 다녀왔어요.

미국은 축복받은 나라에요. 그리고 캐나다는 멋진 나라고요.

선생님과 또, 선생님의 가정에 하느님의 은총과 사랑이 늘 함께 하실 거예요.

건강하세요.

1991년 9월 17일
미국에서 이경필

나도
사랑 받고 싶어요

이춘화
효성여중, 종건당 11기

안녕하세요? 저 춘화에요. 기억하시겠어요? 아니 기억 안 하셔도 돼요.

오늘 선생님께서 현주에게 시집과 무슨 회원권을 주셨죠? 내가 상관해야 할 건 아니지만…… 실은 현주에게 잘 해주기를 원했지만 현주가 미웠어요. 꼭 이렇게 해야 하는 내가 밉기도 하고 선생님도 미웠어요. 제가 질투하나 봐요. 선생님을 좋아하기보다는 존경하고 따르고 싶어요. 저도 선생님께 편지도 드리고 싶고 또 선물도 받고 싶어요. 그래서 현주에게 편지로 '현주야 공부가 안 돼. 울고 싶어. 나도 선물 받고 싶고 선생님의 눈길도 끌고 싶단다' 하며 적어 주었더니 '뿌린 만큼 거둔다' 는 거에요. 그래서 저도 편지 드리고 싶었어요.

제가 제일 처음 선생님께 편지 드렸을 때 답장을 요구했었죠. 제가 잘못 생각했던 것 같아요. 그런 편지 드리면 답장이라도 아니 조금은 나아지리라 생각했어요. 그래서 몇 번이고 생각하고 생각해서 쓴 편지였는데 선생님은 싫어하시더군요. 공부시간에 저를 보시며 얘기하셨을 때 전 울고 싶었어요. 실은 저 눈물이 아주 많은 아이에요. 선생님께 서러운 것도 많고, 나만 싫어하시는 것 같아서 생각도 많이 했어요. 오늘은 현주가 자랑하듯이 저 앞에서 그 책을 계속 읽잖아요. 그 때 현주가 너무 미워서 심한 욕까지 하고픈 충동까지 느꼈답니다. 현주가 부럽기도 하고 내가 밉기도 하고… 세상 사람들이 다 나를 외면하는 것 같아요. 이제 저 답장 같은 거 바라지 않아요. 제 마음만 알아주시면 전 좋아요.

참 오늘 마지막 7교시 시간이 물상시간이었는데 자습하라고 하시고 선생님은 앉아계시더군요. 현주는 공부는 안 하고 자는 거 있죠. 그것도 그냥 자지 않고 침을 질질 흘리며 자는 거 물상 선생님께서 깨우는데 침을 손으로 닦고 일어났어요. 너무 웃겨서 배꼽이 터져 나가는 줄 알았어요. 현주는 부끄러워서 고개를 못 들고 푹 숙이고 있었어요. 너무 웃겼어요. 생각만 해도 웃음이 나와요.

선생님!

저번에 선생님을 기다린답시고 공부 열심히 하다가 끝날 때쯤 돼서 집에 가는데 선생님께서 아이들을 태우고 가시대요. 현주, 지은, 저는 신경질이 나서 우리도 타 보고 싶어 했답니다. 현주는 선생님 앞에서 말을 못 꺼내나 봐요. 정말 순진하죠? 저 이제 현주처럼 순진해지기로 했어요. 열심히 지켜 봐 주세요.

선생님! 한 10장 정도 쓰고 싶은데 잘 써지지 않아요. 차근차근 계속 쓸게요. 제 편지 기다려 주세요. 날씨가 점점 더 추워 가는데 언제나 몸 건강하시고 현주만 예뻐하시지 마시고 저도 예뻐해 주세요. 안녕히 계세요.

1991년 9월 9일
한 예쁜 소녀 이춘화가

P.S

저 선생님께 책 한 권 선물해 드리고 싶은데 어떻게 드릴까요. 생각 좀 해서 드릴게요.

다음에 또 보낼게요. 시험공부 해야겠어요. 현주만큼 글 솜씨가 없어서 글이 이상해요. 선생님께서 이어 맞춰 보세요.

사모님
보세요

김정애
효성여중, 종건당 10기

안녕하세요. 저 누군지 아시나요. 편지로 사모님을 괴롭히는 효성여중 2학년 3반에 정애입니다. 이 편지가 사모님께 귀찮을까봐서 보내야 하나 보내지 말아야 하나 많은 고민을 했었어요. 솔직히 지금도 고민하고 있는 중입니다.

무덥던 여름도 어느덧 지나가고 결실의 계절 가을입니다. 낙엽이 떨어지는 것을 보면 괜 시리 슬퍼져요. 사춘기인가 봐요.

며칠 전 사회 선생님 댁에 놀러 갔었어요. 전요 국민학교 때까지만 해도 선생님들께서는 무엇을 먹고 사실까? 옷은 어떤 옷을 입으실까? 어떤 집에서 사실까? 하는 의문을 언제나 지니고 있었답니다. 그런데 그 궁금증이 며칠 전에 다 풀렸지 뭐예요. 지금 생각하니 너무 철부지 같아요.

참 저번 편지는 잘 받아 보셨는지 모르겠네요. 김종건 선생님께 말씀 드렸나요. 저의 편지 말이에요. 사실 참 궁금해요. 겁도 좀 나고요. 그런데 여쭈어 볼 말이 있어요. 사모님께서 남자 중학교 수학 선생님이시라고 하던데 사실인가요? 인기도 따봉 이라고 하던데, 뿐만 아니라 사모님 눈이 그렇게 예쁘시다면서요. 친구들과 이런 얘기 저런 얘기 하다가 들었어요. 사모님 모습을 보고 싶어요. 전 예쁜 사람만 보면 참 샘이 나던데 왜 이럴까요. 혹은 예쁜 사람을 보면 욕도 해보구요. 참 웃기죠.

친구들과 사모님 댁에 쳐들어가기로 했는데 집을 알아야지요. 그래서 고민하고 있는 중이에요. 다음 주 월요일은요 지옥 같은 시 학력고사가 치러지는 날입니다. 공부를 한답시고 책상에 앉아서 이런 상상 저런 상상을 하다 보니 벌써 2시 27분을 지나고 있어요.

제가 세상에서 가장 부러운 사람이 누군지 아시나요. 모르시죠. 전요 공부 잘하는 사람이 세상에서 가장 부럽고요, 두 번째로는 화목한 가정을 지닌 사람이 부러워요. 가끔 생각해요. '아, 내가 크면 꼭 딸을 낳을 것이다. 그리고 행복한 가정에서 언제나 최선을 다하는 딸이 되게 할 것이다' 라구요. 하지만 헛된 공상인지도 몰라요. 저의 편지가 귀찮죠. 만약 귀찮으시다면 23-9248 전화해 주세요. 편지 끊을게요. 늦은 시간입니다. 좋은 꿈 꾸세요

가을을 아름다운 계절이라고 생각하는
김정애 올림

많은 추억을
만들어 주신 선생님

최정안
효성여중, 종건당 10기

놀라셨죠? "야가 우짠 일이고?" 하셨을 거예요.

졸업한지 1년이 지나고도 연락 한 번 안 한다고 섭섭해 하실 선생님 얼굴이 떠올라서요. 그 동안 어떻게 지내셨는지 궁금합니다. 윤주 말로는 학교에서 선생님 입김이 굉장하다고 들었는데… 진짜 그러세요? 빨리 떠나고만 싶었던 학교였지만 이제 와서 생각해보니 행복했던 추억들도 많이 떠오릅니다.

눈 오는 날 두류공원에서의 눈싸움, 수학여행 후의 사진 컨테스트(그 때 제가 일등한 거 기억나세요?), 수업 시간에 모두 울었던 일 (이 일 때문에 장 모모 선생님한테 불려갔었어요), 그리고 재활원에 갔던 일… 많지요? 이런 추억들을 갖게 해주신 선생님께 감사드려요.

요즘 후배들은 어때요? 저희들만큼 정이 안 들죠? 헤헤, 그러실 줄 알았어요. 공부는 못했지만 인정 하나는 끝내주는 애들이 바로 효성여중 저희 42회 졸업생들 아니겠습니까? 아참, 책을 내신다고요?

'모둠일기'가 책으로 내어질 만큼 많이 쓰였었나, 새삼 놀랍습니다. 저희가 직접 쓴 거라 뿌듯하기도 하고요. 도움이 필요하다고는 들었는데 어찌 도와드려야 할지… 자금도 많이 부족하시다면서요.

아무튼 별 도움은 안 되겠지만 제가 할 일이 있다면 말씀해 주세요. 늦었지만 새해 복 많이 받으시구요,

다음에 다시 연락드리겠습니다. 안녕히 계세요.

1993년 2월 1일 최정안 드림

P.S

Ⅰ. 선생님의 '포니'가 그립습니다.

Ⅱ. 저 방송부인 거 아세요? 올해에는 꼭 연락드릴게요. 꼭 와주세요. 방송제 때요

Ⅲ. 선생님! 저 선생님 안 싫어해요. 선생님 같은 분이 세상에 또 어디 계시겠어요? 옛날 그 일들 때문에 마음 안 좋으셨단 소리 듣고 제가 얼마나 죄송하던지… 이제야 철이 들었나 봐요. 죄송합니다.

Ⅳ. 올해도 재활원 가신다구요? 겁이 납니다. 그 사람들 다시 보기가… 어쩌지요?

Ⅴ. 박세창 선생님이랑 연락하신다구요? 연락처 좀 알 수 있을까요?

가끔
제 생각하세요

박혜정
효성여중, 종건당 11기

5월의 짙은 푸르름과 함께 제 마음 열어 고이 보냅니다.

선생님, 지금 무엇을 하세요? 얼굴을 멀리한 지 벌써 3개월이 되었군요. 직접 찾아뵙고 인사 드려야 하는데……. (고등학교 생활 속에서) 지나가 버린 추억들이 환청을 타고 몰래 몰래 귓가에 맴돌아요. 지금에야 생각해보면 쑥스러운 일들이지만요. 선생님, 가끔 제 생각하세요? 전 선생님 생각에 잠 못 잡니다.(쬐끔요.) 전화로는 전달 할 수 없는 얘기가 너무도 많아요. 이렇게 편지 띄우는 것이 효과적인 전달 방법이 아닐까요? (호호!) 처음 고등학교 올라와서 무지무지하게 힘들고 마음 아파했어요. 주위의 시선과 제가 견디어야 할 많은 것들… 혼자 숨어 누가 울음소리 들을까 두 손으로 입을 꼬옥 막고 눈물 흘린 적도 많아요. 음악 소리가 마음 속으로 파고들 때 머리의 흐름은 뒤죽박죽 되어버리고 맙니다. 이제 겨우 친구를 알게 되었어요. 중학교 때 가깝게 지내던 애들의 소식은 모릅니다. 왜냐구요?

선생님께서 직접 상상해 보세요. 새삼 제가 바보스럽습니다. 거 짓 모습의 그늘에서 웃고 떠들며 지낸 제 자신이 말이에요. 이 제 철이 들려나 봐요.(호호!) (요즘에도 고무신 신고 다니세요? 선생님 모습이 아른거려요.)

지금은 비가 오려고 준비 중인가 봅니다. 날씨가 찌푸둥합니 다. 저도 이제 나이가 많은 지 허리가 아파요. (선생님. 아프신 데는 없으세요?) 선생님은 건강하신가요? 또 한 번의 탈피를 거 듭하면서 많은 것을 배웁니다. 그 많은 배움, 가르침에 감사하 구요. 선생님의 건강을 두 손 모아 기원합니다. (항상 건강하시 길…) 늘 밝은 모습을 맘에 심으세요. 그런 밝은 선생님 모습이 좋아요. 알겠죠? 자주는 아니더라도 가끔 편지 할게요. 반가워 하신다면!? 요즘엔 책 읽기가 어려워요. 왜 그럴까요? 책 읽을 환경을 만들기 쉽지 않아요. 하지만 틈틈이 시간을 내서 읽을 거예요. 책을요. 지금은 제 모습이 초라하지만, 언젠가는 환한 모습으로 찾아뵐게요.

제 자신이 환하게 살아가려면 그 만큼의 대가 즉 노력을 해 나가야죠. 많은 어려움이 뒤따르겠지만요. 선생님, 지켜봐주세 요. 꼭 그리고 힘내세요. 파이팅! 선생님

만수무강 하십시오.

1993년 5월 13일
귀여운 제자, 박혜정 드림

사랑하는 선생님
보시와요

현은희
효성여중, 종건당 11기

선생님 안녕하셨어요? 어떻게 지내셨어요? 잘 지내셨어요? 그러시리라 믿어요. 항상 은희가 걱정해 주니깐요. 하루라도 선생님 얼굴 못 보면 슬쩍 교무실까지 가서 선생님 모습 바라보며 아쉬워하던 저였는데 이렇게 몇 달 동안을 선생님의 수업하시는 모습, 여름이 되고도 햇볕에 탄 흔적이 없으신 뽀얀 피부의 얼굴, 이제는 저에게는 너무도 먼 것처럼 느껴져요. 그만큼 제가 선생님을 멀리 했다는 거겠지요? 편지 안 쓴지도 꽤 오래 된 것 같아요. 적어도 한 달에 한 번 정도는 쓰리라 몇 번이고 다짐을 했었는데… 스승의 날을 맞이해 이렇게 편지 쓰게 된 점 죄송합니다. 반성할 게요.

선생님 어떠세요. 무지 힘드실 텐데, 학교생활과 가족에 대한 걱정, 모든 일이 잘 되길 바래요. 그래야 제가 한 순간이라도 마음이 편하지요. 하지만 겉으로는 태연한 척하시는 선생님이 안

스러워 보일 때가 한 두 번이 아니에요. 아마 그런 것이 진짜 선생님 모습 일지도 모르겠고요. 평소 때도 늘 그렇지만 스승의 날만 되면 선생님이 제일 먼저 떠올라요. 왜냐 구요? 인자하시고, 늘 웃음으로 대하시는 선생님 모습에 반한 학생들로 인해 선생님 책상은 선물로 가득 차 있었으니깐요. 부러울 정도로 한 번도 바뀐 적이 없어요. 아마 올해도 그럴 거구요.

한두 번 쓰는 편지도 아닌데 이상하게 선생님께 쓸려고 하면 무슨 말을 어떻게 써야 할지 늘 망설이곤 했는데⋯ 하지만 선생님께 편지 쓰는 시간만큼은 제 생활의 피곤함과 걱정을 잊고 편안하게 편지 쓸 수 있는 마음의 여유가 생겨서 좋아요.

선생님 한번 찾아 뵈야 되는데 도저히 시간이 나지 않아요. 은주도 선생님 보고 싶어 하는 데 서로가 시간이 안 맞아요. 제가 수업 마치면 은주는 학교에 가는 시간이니깐요. '요번 주에는 꼭 가야지' 하고 다짐을 했는데⋯ 죄송해요. 요번 달도 어려울 것 같아요. 평일은 은주랑 시간이 안 맞고, 일요일은 학원가요.

주산, 부기 검정이 5월 30일이거든요. 중간고사 끝났다 싶어 여유가 생겨 책도 많이 읽고 했는데, 또 걱정부터 앞서요. 주말에 갈려고 했는데 이번 달 노는 날은 아침 9시 30분에서 저녁 8시까지 학원에 있어요. 고등학교 가면 읽고 싶었던 책도 읽고 쓰다 남은 독서 노트를 가득 채우리라 마음먹고 고등학교에 들어왔는데…. 막상 들어오니 그게 아니에요. 숙제도 많고 실업계 학교라 여러 가지 하는 일도 많고, 내일이 체육대회라 오늘 하루 종일 연습했는데 비가 와서 다음 주 화요일로 연기됐어요. 내일 했더라면 선생님께 갈 수 있었는지도 모르는데…. 그 대신 자주 편지 쓰고 전화 할 게요.

저희 학교 수학 선생님이 첫 수업시간에 뭐라고 하셨는 줄 아세요? (인기 최고에요, 선생님 만큼요) 자기 중학교 때 시절을 얘기해 주시면서 '자기에게 있어 가장 소중하고 친구처럼 지낼 수 있는 선생님을 한번 사귀어 봐라' 듣는 순간 선생님이 생각났어요. 선생님과 친하게 지내고, 자주 대화하는 편은 아니었지만 그래도 제게는 사랑하고 존경하고 어렸을 때 언제나 편지로써 위로받을 수 있는 선생님이 있다는 사실이 그렇게 행복할 수가 없었어요. 다들 고민이에요. 마땅히 쓸 때가 없다구요. 그래도 제게는 선생님이 있잖아요. 선생님 생각나세요. 2학년 때 선생님의 첫 수업이 어떠셨는지 아세요? (난 총각인 줄 알았어요) 한 번도 써 보지 못한 '자기소개', 그 때부터 호감이 갔어요. 첫인상이 무지 무서웠다는 사실이에요. 그 때는 꼼짝도 못했어요. 다른 애들도 마찬가지구요. 근데 그게 아니에요. 세 번째 시간부터 선생님 본성이 드러나더니 그게 선생님 진짜 모습이에요. 그런 모습이 어울리기도 하구요. 다시 2, 3학년 때로 돌아가고 싶어요. 농담도 하시면서 열심히 수업하시는 모습이 제일보기에 좋았는데…. 지금 국어 선생님은 무지 따분해요. 지금 가르치는 선생님도 나름대로의 매력이 있으시지만 그래도 선생님이 더 좋아요. 지금 선생님께 배우는 후배들이 부러울 정도에요. 행복하겠다는 생각도 들고요. 선생님은 영원히 제자들에게 사랑받는 선생님이 되실 거에요. 전 너무 선생님 말씀을 안 들은 것 같아요. 아마 선생님도 잊지 못할 사건, 수업도 빼먹고 농구경기 보러간 것, 저도 그 때는 왜 그랬는지 모르겠어요. 공부보다 그 농구가 더 중요했던가 싶기도 하구요. 아마 기억하실 거에요. 무지 큰 사건이었으니까요. 저도 처음이에요. 그런 걸 상상할 수도 없었으니까요. 너무 재미있어서……. 죄송해요. 아마 제가 그럴 수 있었던 건 선생님의 너그러운 마음을 믿고한 것 같아요. 화내실 거 뻔히 알면서도…. 아마 저란 아이에 대해 무지 실망하셨을 거에요. 그죠? 죄송해요. 지금도 반성하고 있어요.

지나간 추억들이 제게는 꿈만 같아요. 세월이 참 빠르다는 느낌이 자주 들어요. 선생님 자주 연락할게요. 편지도 쓰고, 전화도 하구요. 영원히 잊지 못할 거에요. 한 순간의 제자가 아닌 영원한 선생님의 제자가 될게요. 노력도 많이 하구요.

언제나 선생님의 가정에 행복이 가득하시길 바래요. 은희가 늘 걱정하는 건강 조심하구요. 무슨 바람이 불었는지 비도 많이 오고 날씨가 꽤 추워요. 선생님을 사랑하는 제자들이 주위에 항상 존재한다는 사실 잊지 마세요.

은희가 기도할게요. 선생님께 좋은 일만 생기기를요. 선생님 감사합니다. 그것도 1년 아닌 2년 동안

자주 연락할게요. 건강하시구요.

선생님을 무지 사랑하는 제자
현은희 올림

수백 번 더
그리운 선생님

이영신
효성여중, 종건당 11기

펜을 든 지는 2시간이 흘렀고, 선생님을 떠올린 지는 까마득히 3년이 흘러버렸습니다.

수십 번 아니 수백 번 선생님이 그리웠으나, 수 많은 시간이 흘러 기다린 만큼 당당하고 멋진 모습으로 나타나 주리라 다짐했는데, 근데 이젠 작은 용기가 아닌 패배자의 망설임으로 이렇게 펜을 듭니다. 혹! 나의 기억 속이 아닌 선생님의 기억 속에서 나 이영신이 부족하지만 아니 부끄럽지만 내 이름 석자 잊혀지지 않을까 하는 이 두려움 때문에. 이런 식으로 쓰는 글이 선생님에 대한 무례함이 되지 않을는지 걱정도 됩니다. 오랜 시간 기나긴 세월 동안 얼 만큼 마음의 풍족함이 함께 했으며, 간혹 작은 근심, 수심이 더해지지는 않았는지 걱정이 앞섭니다. 제가 세상살이를 배워갈 때, 선생님은 어떤 삶을 어떤 색깔로 비춰보며, 어떤 향기들을 느끼고 계셨는지, 책 속에 길이 있다고, 글 속에 삶이 있다고, 느끼고 보고, 깨달음을 글로 나타내리라고 선생님 때문에 너무나 절실히 새겨버렸던 나였는데. 그래서 많은 시간 지금껏 기다렸는데 어느 누구도 삶 속의 성공을 기준 지어 줄 순 없지만 지금의 난 많은 후회와 원하는 것이 잘 이루어지지 않아 슬픔이 자꾸만 더해갑니다.

제게 처음으로 자신감을 느끼게 해주신 분! 내게 용기를 주고 나의 생각들을 진실로 인정해 주신 분! 그러나 전 부족함이 너무 많은 사람이었나 봅니다. 제게 있어 단 하나의 유일하신 분! 그 분이 선생님이셨지만, 선생님에게 있어 전 수많은 학생들 중 하나에 불과했던 사람. 네, 그랬으니까요. 오늘은 선생님 소식을 들었고, 많은 시간 선생님 생각을 할 수 있었습니다.

선생님의 기대를 저버릴 수 없었던 저였는데, 지금은 그저 남들만큼만 인정받고 살기 위해 온갖 애를 쓰고 있답니다. 그만큼도 살지 못해 손가락질 당할까봐 이리 끼고 저리 끼어 제 모습 감추어 살아온 지가 여러 해였습니다. 그러나 선생님께서는 겨우 20여 년 살아온 제가 뭘 안다고 얘기하시겠지만. 지금 현재로서는 삶은 저에게 거짓이었던 것 같습니다. 이 세상 모든 사람들이 속이고 속아주는 것 같습니다. 그렇다고 이런 제가 꽤나 비관적 인생을 살아간다고 느끼지 않으셨으면 합니다.

그저 세상살이는 생각만큼 쉽지 않다는 얘기일 것이며 벌써 어른을 닮아간다는 느낌에 서글픔이 커져 간다는 이유일 것입니다. 정말 말씀드리고 싶은 얘기는 한 줄도 쓰지 못한 채, 허망한 얘기들만 늘어놓은 것 같습니다.

선생님께 안부를 물어보고 싶었고, 건강을 걱정해왔고 아직도 나를 기억하고 있는지, 부끄럽지만 얘기하고 싶었고, 굉장히 보고 싶었습니다. 선생님 고맙습니다. 아니요 감사합니다.

그저 선생님을 우러러 보며 생각 속에 담아 둘 수 있다는 것만으로도 제게 얼마나 큰 힘이 되었는지를. 3년 전 졸업식장을 헤치며 선생님을 찾아 헤매었는데. 2년 전 어느 신호등 앞에서 제게 손짓하던 선생님을 등지고, '지금은 안 된다. 아직은 준비 되지 않았다' 하고 보내 드린 나의 선생님. 그러나 더 이상 기다리지 않습니다. 부끄럽지만 지금 이대로도 선생님께 사랑받고 인정받을 수 있기를. 희망이 아닌 작은 바램으로 보내드립니다. 선생님 전 부족함이 많은 제자입니다. 앞으로 제게 글보다는 삶을 가르쳐 달라고 하고 싶습니다.

늘 건강하시고 복 많이 받으십시오.

96년 2월 22일
이영신 올림

영원히
사랑해도 되나요?

도영신
효성여중, 종건당 11기

안녕하세요?

저 도영신이에요. 벌써 잊어버리신 건 아니겠죠?

방학이라 얼굴 못 뵌 지가 꽤 되었네요. 선생님은 저를 안 보고 싶으세요? 얼마 전에 연하장 보내려고 썼었는데 못 보냈어요. 왜냐하면 말이에요 에이 얘기 못하겠어요. 그냥 비밀로 할게요. 선생님! 선생님은 사랑을 어떻게 정의하시나요? 전 아직 잘 모르겠어요.

요 며칠 동안 계속 생각해 봤는데도 잘 모르겠어요. 제가 왜 갑자기 이런 얘기를 하냐구요? 글쎄요.

선생님! 지금부터는 제가 선생님을 알고부터 느껴온 감정들을 모두 말씀드리려 합니다. 한 번 들어 보세요. 저는 2학년 때 첫 국어 시간에 선생님을 처음 알게 되었습니다. 그 전에는 한 번도 뵌 적이 없었어요. 선생님을 처음 뵙게 되었을 때 뭔가 다르다는 것을 느꼈어요. 그리고 굉장히 젊어 보이셨어요. 처음엔 정말 총각 선생님인 줄 알았거든요. 선생님이 40대 라는 사실을 알았을 때 굉장히 놀랐어요. 그럭저럭 시간이 흘러갔어요. 아이들은 대부분 선생님을 굉장히 좋아했어요. 하지만 전 별로였어요. 아마 선생님을 좋아하는 애들이 너무 많았기 때문 일거에요.

참! 선생님은 기억나실지 모르겠네요. 선생님은 수업 시간에 꼭 출석을 부르셨어요. 그때 선생님이 연속 4일 동안 제 이름을 '도영선' 이라고 부르셨던 일이 있었어요. 그래서 선생님은 4일째 되던 날 제 이름에 노란색 형광펜으로 색칠하셨어요. 그 후로는 '도영신' 이라고 정확하게 불러주셨답니다. 그 일이 있은 후로 선생님한테 조금씩 관심이 갔어요. 거기다가 선생님은 숫자 '18' 을 제일 좋아하신다고 말씀하시더군요. 그 때 제 출석번호가 18번이었어요. 1학년 때도 마찬가지였고 지금도 여전히 전 18번이랍니다. 이것도 인연인가 싶기도 했었어요.

난생 처음으로 독서토론회를 했어요. 그 날 발표는 제가 했지요. 이름이 같은 이영신과 함께 말이에요. 선생님이 잘 썼다고 칭찬해주셨어요. 언제나 글에 자신이 없었던 저는 처음으로 글에 대해 칭찬을 받았지요. 너무너무 기뻤어요. 그 후로는 그렇게 싫어하던 책을 꾸벅꾸벅 졸면서도 열심히 읽었어요. 국어 시간을 눈이 빠지게 기다렸지요. 그러면서 선생님이 점점 좋아졌어요. 그리고 전국 글짓기 대회에도 참석하게 되었고요. 장소는 어떤 군부대였는데 잔디밭이 넓게 펼쳐 진 게 마치 소풍 온 기분이었어요. 점심을 먹고 글도 쓰고 사진도 찍었죠. 물론 전 안 찍었어요. 너무 멋쩍다는 기분이 들었거든요. 자연스럽게 잘도 찍어대는 아이들이 부럽기도 하고 밉기도 했어요. 그 맘 때쯤 전 굉장히 혼란스러웠어요. 모든 게 두렵고 자신이 없어 미칠 것만 같았죠. 그래서 처음으로 선생님께 도움을 청하는 편지를 썼어요. 그리고 저녁에 전화를 걸게 되었죠.

마침 선생님은 집에 계셨고 사모님은 그 날이 계모임이 있는 날이었던지 막 집을 나서고 있는 중이었어요. 전 울음부터 나오기 시작했죠. 한참을 그러다 이런 저런 얘기들을 많이 했어요. 그 때까지 제가 고민을 모두 털어놓은 것도, 들어 준 사람도 처음이었죠. 제겐 너무나 많은 변화가 생겼어요. 그 날 이후로 생각날 때마다 선생님께 편지를 쓰고 전화도 걸었어요. 일기장에도 선생님 이름이 거의 매일 올라왔어요.

하지만 전 저를 표현하는 데는 익숙하지 못했어요. 어쩌면 내숭일지도 모르죠 이렇게 저렇게 시간이 흘러 3학년이 되었어요. 선생님은 앞 반으로 전 뒷 반으로 이별을 했죠. 굉장히 서운했어요. 지금은 아니지만 이종성 선생님 첫인상이 너무 무서웠기 때문에 선생님이 더 그리웠어요. 그만큼 편지도 많이 썼어요. 선생님은 항상 웃으면서 받아주셨죠. 그 때는 기분이 무척 좋았어요. 다른 애들한테 들킬까봐 조마조마 하기도 했고요.

시간이 또 흘러갔어요. 현정이 유정이 지연이 그리고 나, 우리는 점심시간마다 도서관에 갔어요. 현정이 물심부름을 겸해서 말이에요. 어느 날 저는 선생님께 절망적인 쪽지를 드렸고, 또 한 번 선생님 앞에서 눈물을 보였어요. 기억나시나요? 우리 언니일 말이에요. 그리고 시간은 계속 흘러갔지요. 선생님 생신을 모르고 지나쳤지요. 다음날 뭔가 뜻 깊은 선물을 하고 싶었어요. 선생님이 제 생일선물로 주신 향긋한 냄새를 생각하면서 말이에요 조그마한 액자를 샀어요. 거기에 제 어릴 때 사진을 넣어 드리려고 했어요. 선생님은 딸이 없으니까 좋은 선물이 될 수 있을 거라 생각했어요. 그런데 실패했어요. 그 액자는 아직 제가 가지고 있어요. 이유는 말씀 드리고 싶지가 않네요. 어쨌든 실패했어요.

그리고 시간은 더 빨리 지나갔어요. 선생님께 미안한 마음을 감추지 못한 채 그렇게 지나갔어요. 언제부턴가 선생님이 미워요. 선생님이 자꾸만 어른으로 보였어요. 선생님이 어른이라는 것은 당연한 것이지만 너무너무 싫었어요. 내가 알고 있는 선생님은 어른이 아니었으니까요. 그런데 점점 어른으로 보이기 시작했어요. 괴로웠어요. 이제 다시는 전화도 편지도 안하겠다고 몇 번이나 다짐을 했지요. 하지만 쉽게 되지는 않더라고요. 어른이 아닌 선생님이 자꾸 생각났어요. 선생님! 지금도 무척 바라고 있어요. 선생님은 선생님일 뿐이지 어른이 아니기를 말이에요. 영원히 어른이 아닌 선생님만을 기억하고 싶어요. 저도 영원히 어른이 되고 싶지 않아요.

선생님! 전 선생님을 또 한 번 미워했어요. 선생님은 현정이를 굉장히 좋아 아니 사랑하시나 봐요. 현정이에게 굉장히 많은 관심을 기울이시니까요. 현정이가 부러웠어요. 아니 더 솔직히 말해서 샘이 났어요. 이런 생각을 하면 제가 너무 초라해 지는 것 같아 싫지만 솔직히 말해서 그래요. 예쁘고 얘기도 잘하고 항상 즐겁게 생활하는 현정이를 저도 무척 좋아했어요. 그런데 선생님이 너무 좋아하니까 샘통이 나서 현정이가 미워지려고 하잖아요. 하지만 이젠 안 그러기로 했어요. 생각해보니 저 혼자의 욕심이더라고요. 모두에게서 사랑받고 싶었나 봐요. 전 아무것도 하지 않으면서 말이에요.

제 자신이 너무 부끄럽고 어리석어 보여요. 이젠 알았어요. 제가 모두를 사랑해야 한다는 걸 말이에요. 지금이라도 알게 되었으니 정말 다행이에요. 그렇죠? 되돌아보면 저 자신이 참 어렸어요. 그걸 알지 못한 채 고등학생이 된다면 어떤 모습이 될까요? 상상도 하기 싫어져요 우습죠! 이런 제가 저도 무척 우스워요. 모두들 이러면서 커 가는 것일까요? 그렇다고 생각하면서 제 자신을 좀 위로해야겠어요. 자기 자신을 사랑하지 않는 사람은 남도 사랑할 수 없다는데 절 사랑해야죠. 위로도 해주고 격려도 해주고 그렇죠?

아! 이젠 한결 마음이 가뿐해 지는 것 같아요. 처음에는 무척 무거웠는데 전 기분이 좋은데 혹시 선생님은 지루하지 않으셨나 모르겠네요. 이렇게 긴 편지를 써보기는 처음인데 말이에요. 이왕 이만큼 온 거 10장 다 채워야겠어요. 이젠 할 얘기 거의 다

했는데 어떡하지? 아니지 제일 중요한 얘기를 빼먹었네요. 선생님! 다 읽어보신 소감이 어떠세요?

선생님은 정말 대단한 분이세요. 왜냐구요? 제가 이렇게 긴 편지를 쓰게 된 것도 다 선생님 덕이니까요. 선생님! 마지막으로 선생님께 고백할 게 있어요. 선생님도 아시죠? 제가 황승호 선생님을 좋아한다는 것 말이에요. 이제까지 한 번도 말씀드린 적 없지만 전 황승호 선생님을 좋아했지만, 김종건 선생님을 사랑했습니다. 예전에는 몰랐는데 그게 사랑이었다는 것을 이제는 알 수 있을 것 같습니다. 선생님! 영원히 선생님을 사랑해도 되나요?

도영신 드림

참 멋진
선생님

배정윤
효성여중, 종건당 11기, 변호사

선생님, 그 동안 안녕하신지요?

추운 겨울 날씨에 감기는 걸리지 않으셨겠지요? 선생님처럼 민첩하신(?) 분은 또한 빙판길도 문제없었으리라 생각됩니다.

오늘은 25일입니다. 오늘 아침은 제가 처음으로 새로 배정된 고등학교에 가본 날이었지요. 학교는 그리 좋지는 못했습니다. 운동장은 너무 좁고, 강당도 없고. 그 전 효성여중과는 비교도 안 되었으니까요. 하지만 앞으로 뭔가 좋은 일이 일어날 것 같은 느낌말이에요. 이상하게요. 원래 울음이 별로 없는 저이지만, 학교를 졸업한다는 것이 별로 슬프지 않는걸요. 물론 빨리 졸업하고 싶은 만큼 원한이 맺힌 선생님이 있다거나 꼴도 보기 싫은 친구가 있는 때문은 아닙니다. 적어도 효성여중에는 선생님 같은 멋있는(?) 선생님도 계시고, 또 2년 동안 꼭 붙어 다니던 춘희와도 졸업을 하면 떨어지게 되니까요.

춘희는 송현 여고에 가게 되었습니다. 이번에도 문제없이 같은 고등학교에 가서 같은 반에 가게 될 줄 알았는데 말이에요. 전 "운명" 같은 걸 굉장히 많이 믿거든요. 춘희와 저는 운명적으로 같이 붙어 다니게 될 줄 알았는데 말이죠. 선생님과 같은 좋은 분을 만난 것도 저는 "운명" 이라고 생각합니다. 춘희는요, 저와는 무척 다른 좋은 친구였습니다.

얼마 전에 영화 '보디가드' 를 (이 영화 못 보셨죠? 선생님은 아마 영화보다 책과의 씨름을 더 좋아 하실 테니까요. 하지만 영화도 종종 보시죠? 어떤 영화를 보세요? 액션? → 이건 아니겠고, 애정영화? → 이건 선생님께 어울리는 것 같군요. 아니면 저의 아버지처럼 인디언이 나오는 영화를 좋아하세요?) 보았는데, 글쎄 주인공 〈케븐 코스트〉가 총에 맞자 춘희는 막 우는 거 있죠. 나는 계속 웃었어요. 내가 감정이 메마른 걸까요? 집에 와서 막 생각했죠. 나는 왜 슬픈 영화를 보고도 울지 않는가? 하고요.

답을 찾았죠. 내가 왜 울지 않느냐 하면요 그건 다 지어낸 거라는 걸 알기 때문이에요. 다 지어낸 거죠. 실제라면 난 울었을 거예요.

방학동안 책을 꽤 많이 읽었어요. 모옴의 '달과 6펜스', 괴테의 '젊은 베르테르의 슬픔', 에밀리 브론테의 '폭풍의 언덕' 또 '안네의 일기' 등을 봤어요. 참 방학 전이었지만 '바람과 함께 사라지다' 도 봤어요. 그 책을 보고 춘희와 영미는 막 울었대요. 그런데 저는 눈물 한 방울 안 흘린 거에요. 제가 이상한가요?

어떤 책보다도 저는 '달과 6펜스' 가 재미있었어요. 얼마나 재미있었냐 하면 책 한 장 넘길 때마다 아까웠어요. 읽을 내용이 점점 줄어드니까요. 선생님은 물론 읽어보셨겠지만 전, 너무너무 재밌어서 다 읽고 즉시 독후감을 썼다니까요.

참, 저는 요즘 책 읽고 나서 꼭 독서 Note에 감상문을 쓰거든요. 2학년 때 쓰던 Note 말이에요. 전처럼 감상문 뒤에다가 선생님의 싸인이 없어서 정말 섭섭해요.

못 쓴 글이지만 꼭 보여드리고 싶어요. 특히 달과 6펜스는 3장이나 쓴걸요. 그 책을 읽고 저는 여러 가지를 생각했어요. "예술적 기질"이라는 것과 "연애와 육욕", 예술적 기질이 무엇인지 바로 쓰지 못했고, 연애와 육욕은 모두 경험 못해보았으니 그것도 잘 모르고. 결국 "인간의 이기심"에 대해서만 나름대로 생각해 보았죠. 저도 이기적 동물이더군요. 이 편지도 이기적인지 모르죠. 방학이 끝나가는 데 할 일이 없어서 안타까워요. 빈둥빈둥 놀고만 지냈으니까요. 선생님도 한번 생각해보세요. 물론 알찬 생각들을 하셨겠지만.

참, 민이와 현이 또 사모님은 안녕하시겠죠? 제 인사 꼭 전해주세요. 선생님 댁 주소를 몰라 또 학교로 보내게 될 것 같군요. 다음엔 꼭 집으로 보낼게요.

그럼 안녕히 계세요.

1993년 1월 25일
이제 막 17살이 된 예쁜 제자 배정윤 올림(하!하!)

P.S

저는 요즘 사춘기인가 봅니다. TV에서 보는 남자마다 모두 멋있다고 느껴지거든요. 이제 철 좀 들어야 할 텐데. 참 새해 복 많이 받으세요.

연하장 보내지 못해 엄청 죄송합니다.

신선한 충격을 주신
선생님

전소영
효성여중, 종건당 12기

유난히도 맑은 오늘, 눈부심으로 설레는 저는 더더욱 가슴이 뛰어옴을 느낍니다. 평소 그저 옆에서 바라보는 것만으로도 작은 기쁨을 맛볼 수 있었던 선생님께 아직은 서툰 글 솜씨로 제 생각들을 전할 수 있다는 이유에서입니다. 하고픈 말들은 머릿속에서 가득 맴도는데 푸른색 볼펜을 꼭 쥐고 있는 제 손은 무엇부터 어떻게 써야 할지 무척이나 고민을 하고 있습니다.

선생님!

선생님은 한마디로 저에게 '신선한 충격'이었습니다. 중학교라는 작은 세계 속에서 수없이 거쳐 왔던 선생님들 모두 고마운 분들이지만 선생님만은 좀 특별하십니다. 국어라는 과목의 명찰을 달고 처음 들어오신 조금은 왜소한 체구에 얼굴이 유난히 빛나 보였던 선생님!

2학년 때 제 국어선생님은 무척이나 엄하시고 딱딱하셨기 때문에 전 무척 민감해있었습니다.

310 교실에서 온 편지

하지만. 선생님은 앞서 말한 것 같이 특별하셨어요. 일부러 꾸미지 않은, 몸에서 배어나오는 듯한 자유로운 분위기, 말투. 정말 큰 일 저지를(?) 사람 같이 보이는 생각들 처음엔 황당했습니다. 그러나 시간이 흘러감에 따라 그 황당함이 즐거움에 들뜬 환희로 변해갔습니다. 종전에 다른 선생님께서 나는 향은 세상에 태어나 처음으로 맡아보았던 것입니다. 선생님 앞에선 정말 참다운 저를 표현할 수 있을 것 같습니다. 애써 잘 보이려 하지 않아도 애써 말로 일일이 설명하지 않아도 그냥 통할 것 같습니다. 제 생각이 틀립니까? 선생님을 보면 그저 감사하는 마음부터 생깁니다. 스승의 날만 생기는 감사함이 아닌 정말 제 마음 깊은 곳에서 우러나오는 그런 감사입니다.

다른 분들처럼 다그치지도 아니하고 서두르지도 아니하고 그저 옆에서 바라보시며 생각할 수 있게 해주십니다. 저희 나이에 영어 단어 하나 수학 공식 하나 더 외우기보다는 책 한 권 더 읽고 시 한 구절 더 읽을 수 있는 것이 더 소중하다는 것을 일깨워주신 선생님.

선생님 한없이 불러 보고픈 단어입니다. 창밖의 나뭇잎에 햇빛이 부서져 눈이 부십니다.

이런 날, 선생님의 작은 사랑 생각하며 이만 씁니다.

1993년 5월 3일
선생님을 사랑하는 제자 전소영 올림

우리 시대
최고 이상형

곽미희
효성여중, 종건당 12기

에메랄드빛 색채가 대지를 뒤덮고, 깨끗하고 맑은 하늘이 5월을 더욱더 푸르게 합니다.

안녕하세요? 선생님.

우선 스승의 날을 맞이하여 "감사드립니다. 고맙습니다"라는 인사부터 해야겠군요. 책 위주의 딱딱한 지식보단 넓고 깊은, 저희들이 진정 살아가면서 필요로 하는 지식을 전해주시며 가르쳐 주셔서 항상 마음속 깊이 존경하는 마음이 가득합니다.

국어 선생님이시기 전에 한 분의 소박하고 따뜻한 마음을 소유하신 인간으로서 더욱더 선생님을 우러러보게 됩니다.

3학년 초 우리 반 국어 샘이 선생님이신 걸 알았을 때 얼마나 기쁘고 가슴 설레었는지 모릅니다. 하나하나 선생님께서 들려주시는 이야기와 아름다운 몇 편의 시가 참 수수하고 멋있다는 생각이 들었습니다. 진정한 교육이 이런 것인가!

딱딱한 의자, 삭막한 분위기의 침묵보단 활발한 분위기 속에 따뜻한 목소리의 진정한 교육자의 향기가 배어나올 때 참으로 풋풋한 사랑을 느낍니다. 영화에서나 볼 수 있는 그러한 교육 의지나 참 교육이 선생님으로 인해 저와 모든 학생들의 가슴깊이 촉촉이 적셔 옴을 느낍니다.

새로운 교육 방식과 그러한 교육을 꿈꾸는 속에서 참으로 우리가 원하는 게 무엇인지 이해해 주시며 함께 공감한다는 게 얼마나 큰 기쁨이며 행복인지 모릅니다.

청소년이면 누구나 다 한 번쯤은 보았을 '죽은 시인의 사회'의 꿈 많고 해맑은 우리들에게 해박한 지식보단 참다운 지식, 인간미로 감싸주시며 사랑으로 대해주셨던 우리 시대 최고의 이상형 선생님 '존 키팅' 선생님을 떠올릴 때면 늘 선생님이 생각납니다.

선생님 언제나 변함없으신 저희들의 영원한 안식처가 되어주십시오. 가끔씩 현실과 중3이라는 신분 때문에 선생님의 수업과 대립이 생기는 안타까움이 있기도 합니다. 하지만 저희들이 어찌 선생님의 참 뜻을 모르겠습니까? 저는 아마 영원히 기억할 것입니다. 그 분께서는 그러하셨다고…….

앞으로도 더욱더 멋진 수업과 인성교육 부탁드리며, 항상 건강하시고 평안하시길 바랍니다.

1993년 5월 14일
3학년 10반 곽미희 올림

효성의
존 키팅 선생님

김현숙
효성여중, 종건당 12기

어딘가 모르게 보통 사람들과 다르다는 이미지를 제게 남겨 주신 효성曉星의 존 키팅 선생님

또 한 달을 정리하며 이것저것 옛일들을 떠올려 봅니다.

뭘 했는지도 모르게 지나쳐 버린 지난해에는 그래도 유머 감각 넘치는 우리 국어 선생님 때문에 좀 풍요로울 수 있었던 것 같아요. 시간표에 국어가 든 날이면 늘 기대가 되었거든요. 가끔씩 팍팍 튀는 선생님의 번뜩이는 재치 때문에요. 저는 선생님을 그렇게 기억하고 있어요. 항상 우리들과 가깝고, 우리의 편이시고, 유머 감각 넘치시고, 가끔씩 번뜩이는 재치로 놀라게 해주시고, 기분파적인 면도 가지신… 선생님은 요즘 어떻게 지내시는지 궁금하네요.

저는 선생님과 바다 보러 가기로 계획했던 일을 학수고대 했었는데 그 일이 잘 성사되지 않아서 정말정말 섭섭하답니다. 그러고 보니 오늘이 가기로 했던 바로 그날이에요. 이 섭섭

함······.

아참, 새해 인사도 안 드렸네요. 해가 바뀐 지 한 달이나 지나 버렸지만 다가오는 구정을 맞이하여 새해 인사드립니다. 새해 복 많이 받으시고 한 해 동안 늘 건강하세요. 바라시는 일이 모두 잘되시길 함께 빌며, 저에겐 이번 94년엔 참 새롭고, 뜻 깊은 일들이 많을 것 같아요. 이 어린 것이 고등학생이 처음 되는 해니까요.

한편으로 겁도 나곤 하지만 남들도 다 겪는 일들이라고 생각하니 나도 못할 것 없다는 자심감도 생기구요.

열심히 생활할게요. 모든 이에게 인정받을 수 있도록······ 새로운 배움터에 가서도 선생님의 자상하신 모습 잊지 못 할거에요.

선생님도 그 모습 변함없으실 거죠? 그러시리라 믿고 그 모습을 기억하겠습니다. 늘 건강하세요.

1994년 1월 30일
선생님을 잊지 못할 제자, 김현숙 드림

P.S

선생님께서 저보고 노래 잘 부른다고 하셨죠? 감사해요. But 수업시간에 노래 부른 거 제 노래 실력에 50%도 발휘 못했어요. 언제 한번 정말 제 노래 실력 다 발휘해 볼 기회를 주세요. (song room에서요. 진가를 보여드리겠습니다.)

박남정을
닮은 선생님

정수현
효성여중, 종건당 12기

선생님 그 동안 더위가 한풀 꺾여서 지내기가 한결 편해졌습니다.

그 동안 선생님께 전화를 드릴까 했었지만 제가 서울에 있는 시간이 많아 시외전화요금이 무섭기도 했고 전화보다는 편지로 제 소식을 전해드리는 것이 좋을 것 같아 이렇게 편지를 드리기로 했습니다.

선생님께서 제게 처음으로 전화를 주신 것은 제가 대학입시에서 떨어졌을 때였습니다. 제가 대학입시의 실패에서 간신히 벗어나 다시 공부하겠다고 마음을 잡기 시작할 무렵이었습니다. 그 때 선생님께서 전화를 주셨을 때 저는 얼마나 놀랐는지 모릅니다. 중학교 때 그렇게 특출하지도 않았고 그리 말썽꾸러기도 아니었고 그냥 평범했던 저를 어떻게 선생님께서 기억하셨을까 하는 생각 때문이었습니다. 제 담임선생님도 아니셨는데…… 그러면서도 저를 기억해주시는 선생님이계시다는 사실

만으로도 한 동안 행복했었습니다. 그렇지만 그런 고마운 선생님께 저의 대학입학 실패의 소식을 직접 전해드려야 해서 한편으로는 마음이 아프기도 했습니다.

그리고 제가 대학에 입학한 올해 5월, 선생님께서는 다시 제게 전화를 주셨습니다. 저는 그 동안 선생님께서 제게 전화를 주셨다는 사실을 잊고 있었는데 선생님께서 다시 연락을 주셔서 죄송한 마음이 앞섰습니다. 다행스럽게도 스승의 날에 통화가 되었지만 한편으로는 마음 한구석에 아쉬움이 남았습니다. 방학 때 선생님을 한 번 뵙겠다는 마음은 있었는데 제가 계속 서울에 있는 바람에 찾아뵙지 못했습니다.

선생님께서는 제가 맨 뒷줄에 앉은 말없이 조용한 학생이었다고 하셨습니다. 그 말씀을 들으니 5, 6년 전의 꿈 많던 제 모습이 떠올랐습니다. 그리고 조금 특별한 모습으로 때론 친구 같은 모습으로 수업에 임하시던 선생님이 떠올랐습니다. 제 기억으로는 제 짝이 선생님이 그 때 한참 인기 절정이었던 가수 '박남정'과 닮았다고 했던 기억도 났습니다.

지금 학교에는 나무가 많은지 궁금합니다. 제가 다닐 때는 학교를 옮긴 해라서 나무도 별로 없고 삭막했고 교통도 불편하고 흙먼지가 날렸었습니다. 며칠 전에 '빛'이라는 천주교 잡지에서 조용개 선생님이 쓰신 환경에 관한 글을 보았는데 어찌나 반가웠는지 모릅니다.

선생님, 요즘에도 학생들한테 인기가 많으신지요? 제가 다닐 때는 선생님이 총각 선생님보다 인기가 많으셨잖아요.

선생님 제 소식도 전해드리겠습니다. 저는 첫해에 대학에 실패한 후 1년 동안 재수 끝에 가톨릭대학교 사회학과에 들어가 지금은 동급생들보다 한 살 많은 새내기입니다. 비록 제가 원하는 대학에 들어가지는 못했지만 1년간의 재수생활과 짧은 지난 학기 동안 돈 주고도 배울 수 없는 많은 것을 얻었습니다. 그리고 처음으로 세상 일이 모두 제 뜻 대로만은 되지 않는 다는 것을 깨달았습니다. 어머니께서도 제가 정신적으로 많이 성숙해졌다고 하셨습니다. 또, 조금은 자만심으로 꽉차있던 제 마음에 겸손이라는 부분이 자리 잡게 되었습니다. 남보다 부족하다는 생각을 떨쳐버리기 위해 이번 방학에는 영어회화 학원에 다녔습니다.

며칠 전에는 친구랑 대학로에 가서 'Dead man walking' 이란 영화를 보고, 밤에는 마로니에 공원 안의 야외 공연장에서 무명 가수들의 낭만적인 노래를 듣고 마냥 거리를 걸어보기도 했습니다. 읽고 싶은 책도 읽고 음악회도 갔습니다. 물론 제가 고등학교 때 꿈꿨던 것을 다 하지는 못했지만 그래도 이런 것이 대학생활의 낭만과 자유가 아닌가 라는 생각이 듭니다. 저는 대학 졸업 후 선생님이 되는 것이 제 희망입니다. 아이들을 가르치는 것이 제 적성에 맞다는 생각 때문입니다.

오랜만에 편지를 써서 부족한 부분이 없었는지 모르겠습니다. 이렇게 편지를 드릴 수 있고 좋은 기억으로 남아있는 선생님이 계시다는 것이 제게는 큰 행운이라는 생각이 듭니다.

　선생님 , 이번 주 23일 날 대구에 내려갔다가 25일 날 다시 올라 올 계획입니다.

　선생님, 자주 연락드리겠습니다.

1996년 8월 20일
정수현 올림

늘 많은 수업자료를
가지고 오시는 분

김혜미
효성여중, 종건당 14기

선생님 안녕하세요? 그냥 혜미라고 하면 모르시겠죠? 선생님께선 항상 ○○라고 하면 몇 반의 ○○냐고 물으시잖아용. 2학년 11반 김혜미입니다. 이렇게 설명했으니 이제 제 얼굴 떠오르시죠? (내가 너무 멀리 짚었나요?)

선생님! 올해도 여전히 담임은 안 하실 거에요? 오늘 교장 선생님께서 부르신 선생님 성함 중에서 선생님의 성함(?)은 없던데 혹시 1학년 맡으신 건…….

그리고 만약 2학년을 가르치신다면 내 후배들에게 이 말씀 하실 건가요? 나는 수업을 10분후에 들어와 10분전에 나간다고, 지금 전 선생님 수업을 이틀(?)밖에 듣지 않은 것 같은데 벌써 제가 3학년이 된 걸 보면 세월이 빠르긴 빠른 모양입니다. 이제 제 이야기를 들려드릴게요.

전 오늘 우리 담임 선생님의 무심한 탓에 학교를 평소와 같이 일찍 나왔거든요. 덕분에 3시간을 교실에서 친구들과 잡담을 나누었죠. 반 편성 종이를 들고 오시는 우리 선생님 때문에 오장육부가 흔들리는 것 같았죠. 물론 친했던 친구들과는 다 헤어져 버렸어요. 그 전에 전교 등수로 반을 편성해보니까 사라, 은숙이랑 같은 반이 되었길래 정말 끈질긴 인연이라고 생각했었거든요. (1학년 때도 같은 반이었거든요) 그런데 막상 헤어지게 되니까 씁쓸하더라고요?

그래서 이제 3-9 반 저의 교실을 찾아가니까 황모모 선생님께서 그 교실에 계시는 게 아니겠어요? 물론 박모모 선생님이 아니라서 다행이었지만 그래도 정말 마른하늘에 날벼락 맞은 것 같았습니다. 그 선생님께선 당신이 말씀하신 것은 한 번 만에 알아들어야 한다는 것이 제일 첫 번째 약속이셨는데 전 참 걱정됩니다. 저희반 애들 중 벌써 3명이 맞았는데요. 전부다 선생님의 좁은 소견 탓인 것 같습니다. 저는 3학년 국어에 이모모 선생님께서 하신다기에 무척 놀랐어요. 그런데요 선생님, 혹시 3학년 국어는 안 맡으셨나요? 맡으셨나요?

다시 한 번만 선생님께서 국어를 가르치신다면 열심히 할 건데……. 아! 선생님 저 오늘요 선생님들께 딱지를 2번 맞았는데 그중 한 분이 선생님이신 거 아세요? 2층에서 만났을 때 인사했는데 선생님께선 여학생들에 둘러싸여 이야기만 계속 하시더군요. 물론 못 들었을 수도 있겠지만, 그렇겠지 라고 생각했는데 너무 화가 납니다. 사과하고 계시죠? 그럼 용서해 드릴게요.

선생님! 언제나 많은 책을 오른쪽 팔에 끼고 다니시는 거, 그리고 눈썹을 가리는 앞머리 앞으로도 변함없으시겠죠? 물론 주름살은 늘겠지만요.(히히히) 1년 동안 국어시간 힘들 때도 많았고 불만을 가진 때도 많았지만 그래도 제가 아주 커서 '김종건 선생님'이란 말을 듣거나 후배들이 묻는다면 정말 정말로 훌륭한 선생님이셨다고 말해야겠죠? 선생님은 항상 자주 아프시니까요.

건강에 유의하세요.

그리고요. 3월 3일 국어시간에 선생님께서 들어오실 거라고 믿습니다.

좋은 꿈 꾸세요.

1995년 2월 23일 목요일
김혜미 올림

엄마 아빠
다음 선생님

길은우
효성여중, 종건당 16기

선생님 어떻게 지내세요? 좀 더 일찍 편지 썼어야 했었는데 너무 늦었죠? 죄송해요.

한국은 이제 많이 시원해졌겠네요. 여기는 아직 많이 더워요. 선아 말만 믿고 여기에 오면 뭐든지 다 좋을 줄 알았는데 너무 너무 힘이 드네요. 그 놈의 욕심이란 뭔지… 한국에 있으면 죽도 밥도 안 될 것 같은 제 성적에 겁이나 이곳으로 왔는데, 막상 미국에 눌러앉아 있으니 더 힘이 드네요. 요즘, 저희 반은 어때요? 새로 오신 선생님은요. 여기 있으니까요. 무엇보다도 힘든 게 정든 사람들과 다 떨어져 있어야 한다는 거에요.

사랑하는 엄마, 아빠와도 또 정든 친구들과도 그리고 함께 편하게 얘기 나눌 수 있었던 선생님들과도… 한국으로 돌아가고 싶어요. 그런 마음이 꿀떡 같아요. 여기 학교생활이 나쁜 것은 아니에요? 첨에는 너무너무 어색했는데 이제는 차츰 좋아지고 있어요. 어느 정도 적응된 것 같아요.

여기 애들은요 굉장히 자유분방해요. 자기들이 표현하고 싶은 대로 모든 걸 다 할 수가 있어요. 자기들이 배우고 싶은 것, 그리고 하고 싶은 club활동, 자기를 가꾸어 가는 모습, 그리고 공부에 찌들지 않고 언제나 웃는 모습들이 참 보기 좋았어요.

지금쯤 3학년 교실의 모습이 떠오르네요. 내신 성적 1, 2점 올리기 바쁘고, 원서 쓰기에 바쁠 거에요. 서로 1, 2점으로 싸우고 1, 2등 다투고… 여기 그런 점은 참 좋아요. 서로 점수라는 틀에 박혀있진 않으니까요. 그렇다고 여긴 놀기만 하냐구요? 아니요, 더 힘들어요.

여긴 한국처럼 정해진 시험은 없어요. 예를 들어, 중간고사·모의고사·기말고사 같은 거요.

근데 한국에서 말하는 쪽지 시험 같은 거 있죠? 한과씩 끝날 때마다, Test, quiz, daily homework 등 모든 학교생활의 기록들이 다 성적과 직결돼요. 매일매일 열심히 해야 된다는 소리죠. 저 같은 경우는 더 힘들어요. 영어를 한국말로 번역하고, 번역한 걸 다시 영어로 외우고, 이중 일을 해야 되거든요. 그렇지만 그 건 제가 열심히 하면 언젠가는 좀 쉬워지겠죠.

여기 학과 수준은 한국보다 한참 아래에요. 과학도, 수학도 내용으로 따지자면 한국의 중1 정도 수준이에요. 그런데 배우는 방식이 달라요. 한국처럼 문제를 가르쳐주고 답을 외우는 그런 식의 교육이 아닌, 과정과 개념이 확실해야지만 알 수 있어요. 문제는 가르쳐 주지만 답은 스스로가 찾아야 해요. 그리고 딱 1개의 답만이 존재하는 그런 문제들도 잘 없어요. 그래서 그런지 전 아직도 어색하기만 해요.

다 괜찮아요. 딱 한 가지 힘든 건요, 너무 외롭고 허전해요. 그게 너무 싫어요.

선생님, 제가 없어서 섭섭하세요? 전 엄마, 아빠 다음으로 선생님을 생각했어요. 그래서 엄마, 아빠 다음으로 선생님께 쓰는 거고요. 전 아마도 2년 뒤 여름방학 때쯤 한국에 갈 수 있을 것 같아요. 그 때도 확실하진 않지만요. 선생님 보고 싶어요. 그럼 제가 찾아뵐 때까지 건강히 안녕히 계세요.

1997년 9월 21일 일요일
미국에서 길은우 올림

P.S

선생님 혹시나 싶어 전화번호 적어 둘게요.

(770) 723-0380 여긴 한국보다 13시간이 늦어요. 여기 21일 6시 P.M. 이니까

한국은 22일 7시 A.M. 이겠네요. 선생님 시간 되시면 꼭 답장 주세요.

다정한
미소 앞에

이필여
효성여중, 종건당 16기

전 언제나 선생님께 나쁜 제자가 되어 버립니다.

선생님의 자상하신 모습 앞에서 저는 언제나 고개 숙입니다. 선생님의 천진하고 다정하신 미소 앞에서 저는 언제나 어두운 그림자가 될 뿐입니다. 전 언제나 그런 모습이었죠. 내 보잘 것 없는 몸과 지친 영혼이 저를 그렇게 숨게 만드는 가 봅니다. 언제나 당당하지 못한 저를 비웃었을 것입니다.

선생님! 전 언제나 이랬어요. 그래서 선생님 앞에서 그렇게 말하고 행동했나 봅니다. 선생님께선 언제나 명랑하시고 천진난만 하셨지요. 아마도 그건 사람들을 사랑하는 마음이 가슴속 깊이 쌓여있기 때문일 것입니다. 반대로 그렇지 못한 저에게 관심을 가지셨겠죠.

사랑도, 희망도, 믿음도 없는 저를 가르치고 싶으신 거겠죠. 세상의 때에 찌든 탓일까요? 제 의지력이 부족한 탓일까요? 전 가끔씩 눈을 감으면 이 세상에 없었으면 좋겠다고 생각해요.

정말 그랬으면, 고통 없이 사라졌으면, 하는 상상을 하죠. 그리고 또 생각해요. 그리고 물어보지요. '내가 죽으면 나를 위해 슬퍼해 줄 사람이 있을까?' 라고요. 과연 그럴까요. 진정으로.

사람들은 쉽게 얘기하죠, 앞날이 구만 리인 애가... 쯧쯧! 선생님! 저를 이해하지 못하실 거예요. 그리고 이상하다고 하시겠죠? 그래요, 전 너무 한 사람에게 집착해서 탈이라고들 해요.

그리고 너무 어렵게 남의 얘기를 받아들인대요. 그런 점을 알고 있지만 고치지를 못해요. 제가 단순하지 못한걸요. 하지만 어떤 한 사람에게 지극히 사랑을 준다는 것은 아름다운 일이죠. 그리고 한마디의 말에 그 사람은 큰 상처를 받을 수도 있구 말이에요. 친구들이 제 잘못을 말할 때면 전 언제나 이런 말로 저를 대변해요. 선생님 굳이 설명을 드리고 싶지 않아요.

이렇게라도 대답했으니 전 이만.

이필여 올림

니 주관식
하나 더 맞데이

정주운
효성여중, 종건당 16기

언젠가 꼭 한번 편지를 드리고 싶었어요. 근데 우습게도 '스승의 날'에 드리게 되었어요.

항상 검소하시고 우리 주위의 어려운 사람들을 생각하시는 넉넉한 마음의 여유를 지켜보고서 사실 좀 제가 부끄러웠어요. 항상 나만을 생각하던 제가 고개를 들 수 없었어요. 참 배울 점도 많고 존경스러웠어요. 전 선생님의 은혜에 모두 보답해 드릴 수 없어요. 하지만 성적을 올려서 보답해 드릴게요. 진짜로요.

선생님!

오늘 선생님께서 주운아 '니 주관식 하나 더 맞데이~' '왜요?' '연필로 쓴 거 고쳤다' '저 연필로 안 썼는대요.' 라고 농담하셨을 때요, 전 웃을 수가 없었어요. Why : 사실 머리가 깨질 듯 아팠고요, 성적이 안 좋아서 선생님 뵐 면목이 없었어요. - 이해해 주이소!

진짜로 국어 공부를 했거든요. 근데 정신을 안 차려서 주관식

2번은 다른 본문 보고 답 쓰고… 그랬어요. 너무너무 한심했어요. 6월 고사 때는 이를 악물고 할 거에요.

선물은 좋지 못해서 정말 죄송스러워요. 다만 지금까지 제가 걸은 걸음 수만큼의 정성을 담았어요.

무엇보다 성적을 올리고요, 항상 책을 많이 읽고 어려운 사람을 생각할 줄 아는 주운이가 될 게요. 앞으로 잘못된 점 많은 '채찍' 부탁드릴게요.

선생님 사랑해요.

1996년 5월 14일
정주운 올림

아저씬 줄
알았어요

공필욱
효성여중, 종건당 17기

선생님, 안녕하셨어요?

그 동안 선생님께 편지 자주 드리지 못해서 죄송합니다. 아니 써 놓은 건 많은데 선생님께 보내지 못했어요. 왜냐구요? 너무 이상하니까요. 말 안 되는 말도 너무 많고요.

선생님! 선생님 전화 받고 얼마나 기뻤는지 아세요? 정말 무지 무지 너무 너무 기뻤어요. 그리고 뜻밖이라 놀라기도 했고요. 선생님, 지금 자꾸 웃음이 나와요. 너무 좋아서요. 하지만 내일은 울게 될지도 몰라요. 선생님, 옛날에 선생님을 제일 처음 봤을 때가 생각나요. 그 때가 1학년 때였는데 느닷없이 처음 보는 사람이 우리 교실에 들어와서 '아저씨'라고 부르라며 그러잖아요. 전 정말 아저씬 줄 알았어요.(그 때 시도 읽어주시고 재미있는 이야기도 해주셨는데….) 나중에 알고 보니 선생님이셨어요. 그런 후에 2학년 올라와서 클럽활동 시간에 선생님 반에 들었는데 정광자 선생님이랑 바꾸시고…. 그 이후 저한테 소원하나 생겼는데 뭔지 아세요? 선생님 수업 한 번 들어보는 게 소원이었어요. 지금도 여전히 그렇고요. 그래서 2학년 봄 방학 땐 선생님께서 저희 국어선생님이 되게 해달라고 하느님께 기도했어요. 그 대신 겨우 일주일 동안이지만 아침, 저녁 기도도 잘하고, 화 안내고, '바보'란 말 안하고, 제 남동생 별명이 '돼지'거든요. 그래서 '돼지'라고 부르지 않기로 했는데 그걸 제대로 지키지 못했어요. 그래서 선생님 수업 한 번 못 들어보고 졸업하게 됐어요.

그 이후 '바보'라는 말은 거의 안 쓰고 있어요. 선생님! 이 편지가 마지막은 아니겠죠. 이제부터 선생님께 꼬박꼬박 편지 쓸게요. 그리고 졸업한 후에 제가 선생님 찾아가면 기쁘게 반겨주실 거죠? 전 졸업한 후에도 선생님 꼭 잊지 않겠습니다.

아참, 선생님!

이 상자 안에 감춰진 건 제 보물이에요. 선생님 생각하면서 접은 별이에요. 공부 안하고 별만 접었다고 꾸중하시는 건 아니겠죠. 선생님은 좋은 분이시니깐 전 선생님처럼 학생들이랑 친한 선생님이 되고 싶어요. 효고 가면 선생님을 뵐 수 있을 텐데 이게 저의 새해 소망이었는데 또 이루어지지 않았습니다. 선생님! 이 보물 영원히 간직해 주세요. 정말 정말 소중한 거니까요. 별 하나 하나에 선생님 생각 하는 제 마음이 들어 있으니까요. 모두 1100개입니다. 한 개라도 잃어버리거나 누구 주면

안 됩니다.

다음에 선생님 보면 꼭 검사 할 거예요.

그럼, 안녕히 계세요.

다음에 또 편지 쓸 거예요.

1998년 2월 12일 밤
공필욱 드림

고길동은
물러납니다

박민경
효성여중, 종건당 19기

안녕하세요? 선생님. 저는 1학년 2반의 박민경이에요. 오늘은 8월 27일이랍니다. 개학하고 나서 소문은 들었어요. 김종건 선생님께서 다른 학교로 떠나신다고요. 하지만 저는 믿지 않았어요. 그냥 내 마음이 선생님이 가시는 건 생각, 아니 허락을 안했거든요. 하지만 어제 국어 시간에 선생님의 말씀을 들으며 선생님 몰래 눈물이 났어요. 새 선생님이 오시자

"이제 고길동은 물러갑니다."라고 하시던 선생님. 그 한마디에 왜 그리 눈물이 마르질 않던지. 선생님이 가신다는 데에도 농담 식으로 말하는 친구들도 미웠어요. 난 선생님을 잡고 싶은데, 너무나 섭섭한데, 그래도 저는 행운아입니다. 성당에서 선생님을 뵐 수 있다니까요. 선생님 이제 성당 꼬박꼬박 9시 미사에만 오세요. 응빈이랑 규빈이랑 셋이서 항상 기다릴게요.

갑자기 선생님과의 첫 수업이 생각나요. "난 학생들이 웃는 걸 싫어합니다." 라고 딱 잘라 말하시던 그 냉정함. 심장이 굳어

버릴 듯한 얼굴과 목소리. 첫 인상이 중요하다고 했는데 사실적으로 말하면 선생님의 첫 인상을 점수로 치자면 "… 0점 …"이었답니다. (^^; 죄송합니다)

그래도 굳이 첫 인상이 무슨 중요하겠어요. 선생님의 그 뾰족한 몸속에 숨겨져 있는 우리 몰래 숨바꼭질 하고 있는 그 사랑이 제일 중요한 거겠죠.

사실 선생님께서 아름이, 화영이, 류 리만 귀여워하시는 것 같아 얼마나 샘났다고요. 발표 같은 것도 손 번쩍! 들긴 쪽팔려서 선생님께서 조금이나마 기회를 주시길 바랬는데~ 야속하게도 제 쪽으론 철판을 막아 놓은 것 같았어요.

하지만 선생님께서 저를 알아주시고 이해해주셔서 '아 이제까지 선생님의 눈길을 기다리던 보람이 있구나.' 했어요.

오늘 방송에서 선생님의 모습이 왜 그리 슬퍼보이시던지. 저는 또 눈물이 흐르는 걸 알았어요. 가디건에 얼굴을 파묻어 '선생님 가지 마요.' 하고 외쳤어요. 또 교무실로 가 볼 때, 미정이가 들어가자는 데도 저는 선생님 뵈면 또 울어버릴 것 같아, 눈물을 참지 못할 것 같아 망설였어요. 역시 제 예상대로 저는 선생님을 보자마자 또 울음이 나왔어요.

선생님, 이제사 잡아도 아무 소용없겠지만, 가시지 않으면 안 되나요.

아니, 떠나는 사람을 막으면 안 되겠죠… 몸 건강하시고, 언제나 저 민경이 기억해 주세요. 고등학교 오빠들도 물론 잘 가르쳐 주시구요. 반 년 동안이었지만 선생님 정말 감사했어요.

안녕히 계세요.

1999년 8월 27일
박민경 드림

2018년 5월 1일을
기억 하세요

권영애
효성여중, 종건당 18기, 초등교사

선생님, 안녕하시죠?

요즘 날씨가 많이 변덕스러운데, 감기는 안 걸리셨는지 모르겠어요.

선생님께서 너무 갑작스레 전근을 가신다는 말씀에 처음에는 무척 당황했답니다. 미리 말씀이라도 해주셨더라면 더 잘해드렸을 텐데… 항상 버릇없게 굴고, 말도 잘 안 듣고... 나쁜 짓은 다 골라서 했죠. 죄송스러워요.

선생님께서 주신 사랑에 보답하기도 전에 선생님께서 전근을 가셔서 더욱더 죄송스럽고 아쉬워요. 학교 옮기시면서 학생들에게 하신 선생님의 말씀이 문득 기억이 나네요.

선생님!

선생님의 은사님께서 선생님에게 하신 '나는 너희들에게 비가 와도 물을 주고 싶었다' 라는 말씀에 선생님께서 공감을 하신다고 하셨죠. 다른 친구들은 어떤지 잘 모르겠지만요. 저는 공감해요. 다만, 저의 마음을 표현 못 했다는 게 아쉽지만요….

선생님, 우리 반을 맡으시고 고생도 많이 하셨으며 20년 후다 같이 한번 보자고 한 날짜 2018년 5월 1일 꼭 기억하셔야 해요. 저는 절대로 잊어버리지 않을 거에요.

선생님, 대구고등학교로 가셔도 저희 효성여중 학생들에게 하신 만큼만 하세요. 그러면 좋은 선생님이시다 라는 말, 아마 꼭! 들으실 게에요. 그리고 항상 건강하세요.

일을 하시더라도 무리하지 마시고요.

선생님, 정말 감사합니다. 그리고 사랑합니다.

건강하세요.

선생님의 영원한 제자
권영애 올림

우리들의 영웅
종건당

김미정
효성여중, 종건당 19기

선생님, 안녕하세요?

전 1학년 2반 4번 김!미!정!입니다. 선생님께 이렇게 직접 편지를 쓰는 건 처음이네요. 이번에 선생님이 다른 학교로 가신다는 소식을 들었습니다.

선생님, 선생님은 왜 제게 거짓말을 하셨어요? 2학년으로 그저 올라가신다고, 계속 만날 수 있을 거라고 하셨잖아요. 그런데 그게 다른 학교라니요.

선생님은 저희들에게 그냥 2학년으로 올라간다는 거짓말과, 사랑이라는 못을 박고 떠나십니다. 그리고 저희에게 남은 건 선생님의 빈자리와 흔적, 그리고. 소중하고도 많은 추억들입니다. 오로지 선생님이라는 직책의 의무로 학생들을 가르쳐 주시는 게 아니라, 선생님은 저희들을 자유라는 수레에 태우고, 사랑이라는 밧줄로 저희들을 이끌어 주셨습니다.

솔직히 다른 반 아이들보다 더욱 장난스럽고, 더욱 말썽피우

338 교실에서 온 편지

는 2반을 가장 아껴 주시는 분이 아니었나 싶습니다.

선생님, 선생님은 제 편지를 다 읽으시곤 선생님의 그 편지 앨범 속에 넣으시고, 훗날 저희와 같은 또래에게 보이며 말씀하시겠죠. 저 번 그 수업이 마지막 수업이었다는 것을 알았더라면, 더욱 열심히 했을텐데… 너무 장난만 쳤던 것 같습니다.

자전거를 자전차 라며 열쇠를 보여주시는 선생님! 벼룩시장이나 복지관에서 싸게 샀다며 자랑하시는 셔츠를 입고 다니시는 선생님. 항상 앞머리를 M자로 해서 다니시던 선생님 그리고 우리들과 시간을 잠시나마 더 보내기 위해 새로 오신 선생님의 수업시간을 빌려 인사하던 그 선생님을 전 너무나도 사랑하고, 존경합니다.

당신에게는 사랑이 많습니다. 그러나 혼자 앞서서 너무 크게 사랑하지 마세요. 뒤에 오는, 작은 사랑을 가진 이들이 많으니 기다렸다가 함께 사랑하세요. 선생님, 선생님이 그 날 마지막으로 저희들과 인사하고서, "새로 오신 선생님, 아마 너희 가슴에 영원히 남을 선생님이다. 그리고 이만 고길동은 물러간다."라고 하셨을 때 저는 가슴 속으로 얼마나 애타게 얼마나 간절하게 외쳤는지 모릅니다.

"선생님! 아니에요, 가지마세요, 제발 가지마세요! 선생님이 만약에 이 교실에서 영원히 나가신다면… 싫어요!" 하지만 선생님이 교실 문을 조용히 닫으시곤 가버리셨죠. 우리들의 종건당 선생님이 서 계셨던 자리에 다른 선생님이, 선생님의 분필통도 안경도 없었습니다.

선생님, 사람에게 있어서 추억이란 다 아름답고, 재미있었던 나날로 기억된다고 합니다. 선생님과의 추억들도 검은 색이 아닌 따뜻하고도 정이 많이 가는 그런 노란 색이었으면 좋겠습니다. 선생님, 이렇게 늦게나마 선생님께 가슴의 문을 열었어요. 선생님은 저희들이 마음의 문을 닫았다며 장난스레 말씀하셨지만, 얼마나 저에겐 슬프고, 가슴 아픈 말이었는지 모릅니다. 지금 이렇게 문을 열어보니, 너무나도 밝고 환한 것 같습니다. 비록 짧은 한 학기였지만… 선생님은 늘 제 기억에 남을 것 같습니다. 솔직히 학기 초에는 선생님이 절 몰라주시는 줄 알고 너무 섭섭했답니다. 하지만 그 때 홈페이지를 통해 절 아시게 되었다는 게 아닌가 싶어요.

선생님, 저희 악동 2반을 영원히 잊지 말아주세요. 선생님, 선생님은 어느 날 저에게 한 줄기의 빛으로 다가오셨습니다. 이젠 제가 그 빛이 되어드리고 싶어요. 선생님의 그 M자머리, 패션, 자전차, 안경, 그리고 그 사랑까지도… 모두 변치 않고 잘 간직하시길 빌겠어요. 그리고 저희 반 잘 할테니 걱정 마시고요. 선생님, 나중에 크면 세월이 병이 되어 잊혀지지 않을 사람이 있을 것 같아요. 선생님 갑자기 궁금해집니다. 행복은 참으로 더

디게 오는데 왜 불행은 한꺼번에 오는 것인지…

이만 줄입니다.

몸 건강하세요.

선생님을 잊지 못할 제자
김미정 드림

고길동
선생님

주옥연
효성여중, 종건당 19기

선생님! 안녕하세요. 전 1학년 2반의 주옥연이랍니다.

1학기 동안 선생님이 정말 좋았었어요. 항상 친근감으로 우리에게 한 발짝씩 다가오는 선생님이 우리는 너무 편하고 좋았습니다. 지겨운 줄만 알았던 수업 시간이 즐거웠습니다.

선생님! 선생님께선 우리들이 선생님을 크게 좋아하지 않는다고 느끼실 지도 모릅니다. 하지만 저희는 선생님 앞에선 막 선생님 약 올리고 장난치지만 우리는 모두 항상 선생님을 존경합니다. 하늘만큼 땅만큼… 전 선생님께 이 편지가 조금이나마 기쁨이 되었으면 합니다. 우리 반을 사랑해주시고. 우리에게 웃음을 주셨던 선생님. 우린 선생님께 해드린 건 눈꼽만큼도 없는데 그렇게 갑자기 전근 가시면 어떡해요!

솔직히 말해서 전 처음 선생님께서 저를 옥연이가 아닌 옥년이라 부르셨을 땐 상당히 기분이 나빴지만, 이젠 그 말을 해줄 사람이 없다고 생각하니. 선생님의 빈자리가 너무나도 절실히 느껴져요. 전 다른 선생님은 거의 제 이름도 잘 기억하지 못하셔요. 그렇지만. 선생님은 저의 이름도 우리 반 아이들 이름도 모두 외워주셨죠! 그리곤 불러주셨어요. 선생님께서는 아름이만 편애하구 있다고 하지만, 사실은 우리 반, 우리 학생 모두를 사랑하신다는 걸 알고 있어요!

선생님 요즘 국어 시간이 자꾸 짜증나요. 선생님과 새로 오신 선생님이 비교가 되고요! 너무 지루해요. 선생님이 가르쳐 주실 때의 국어 시간은 우리가 좀 더 자유로워 질 수 있어서 너무 너무 좋았습니다. 교탁에 계시는 선생님 모습이 자꾸 떠오릅니다. 선생님! 선생님께 이 편지를 쓰니까 저도 모르게 자꾸 눈물이 나오네요. 왠 일일까요?

선생님. 저요! 시간이 없더라도 시간을 만들어서라도 꼭 대구고에 갈게요. 이상하게도 지금 당장은 선생님이 가신다고 하니 믿겨지지가 않아요. 그래서 오늘 낮에 교무실 앞에서 우는 언니들이 이상했었는데 이제야 알겠네요. 선생님이 다른 학교에 가신다는 걸 생각할 수도 없는 일이었는데. 갑자기 여름방학 때 선생님이 저에게 전화 걸었을 때가 생각나요. 그 때 어느 정도 짐작했어야 하는데 전 그것도 모르고, 그 동안 제가 선생님께 잘못했던 일들 모두 용서해 주세요. 선생님이 가시면 국어 공부가 하기 싫어질 것 같아요. 하지만 저 열심히 공부할게요.

선생님 은혜에 보답할 수 있는 방법은 그 길 밖에 없으니까요. 제가 이 편지를 전해 드리면 선생님은 이 학교에선 더 이상 뵐 수가 없겠군요. 그 생각을 하니 가슴이 찢어지는 듯합니다. 처음엔 이 편지를 가명이나 이름을 안 쓸까도… 생각 했지만, 제가 지금까지 느꼈던 생각과 하고 싶은 말을 꼭 전해드리고 싶었어요.

이름을 적지 않으면 알 수가 없잖아요. 선생님 죄송해요. 자꾸 글씨가 저도 모르게 삐뚤어지네요. 선생님을 계속 우리 학교에 계시도록 하고 싶은 마음은 꿀떡 같지만 선생님께서 원하셨다면 막지 않아요.

그래도 우리 절대 잊지 않으실 거죠? 저희 잊지 마세요. 항상 기억하시지 않으시더라도 가끔씩은 아주 가끔씩은 저희 기억하시구요. 울기도 하세요. 알겠죠? 은지랑 상원이랑 갈 테니까요. 그 때 맛있는 거 사주시고요.

잘생긴 오빠들도 집에 보내지 마시고 데리고 계셔야 해요! 꼭! 이에요. 안 그럼 삐집니다.

하하하… 선생님껜 항상 좋은 모습만 보여드리려고 노력했는데 그러지 못한 때가 많았죠? 너무 죄송해요.

이 편지는 꼭 선생님 혼자만 읽으세요. 선생님 마지막으로 한 번만 더 선생님 별명 불러 봐도 되죠?

고길동! M머리! 종건당! 쓰레기통, 정말정말 사랑합니다. 앞

으로도 영원히 잊지 않는 그런 선생님으로 제 기억 속 한 곳을
차지하고 계실거에요.

2000년
제자 주옥연이가!

김종건 선생님이
계셨더라면

안혜미
효성여중, 종건당19기

안녕하세요?

저 혜미에요. 잘 지내시는지 모르겠어요. 저는 아주 잘 지내고 있어요. (물론 저희 1-4반 모두 다요.) 오늘은 10월의 마지막 날이에요. 이제 2000년도 두 달밖에 남지 않았네요. 조금 서글퍼져요. "시간이 벌써 이렇게나 흘렀구나" 하고요. 하지만 앞으로의 일들이 너무 기대되기도 하네요.

다른 학교(대구고등학교)에서의 생활은 어떠세요? 물론 잘하시고 계시겠죠? 한번 뵙고 싶은 데 그런 기회가 생기 질 않네요. 아쉽게도요. 10월 달은 정말 많은 행사가 있었고 중간고사도 있었고요.(중간고사 끝나고 전화해주신 것 감사드려요.) '달비골'로 가을소풍을 갔어요. 아니, 소풍이 아니라 단체훈련 같았어요. 비는 내리는데 저희 1학년들은 그냥 산행을 진행했거든요. 그래도 비 맞으며 산을 걷는 기분도 나쁘지 않더라고요. 산이 너무 예뻐 보였어요. 그래서 좋은 경험이었다는 생각이 들어요.(물론 고생은 좀 했지만요.)

그리고 합창대회두 있었어요.(저희 반은 입상을 못해서… 합창대회 생각만 하면 왠지 씁쓸해요.) 체육대회도 있었고요. 청군, 백군 나눠서 했거든요. 근데 경기 종목이 많지 않아서 많은 사람들이 같이 참여하지 못했어요. 사실 기대했던 것보다 실망은 많이 했지만. 그래도 나름대로 재밌었어요. (선생님이 계셨더라면. 더 재밌었을 것 같아요) 그리고 보면 10월 한 달은 참 바쁜 달이었다는 생각이 들어요. 그만큼 추억도 많이 생긴 것 같고요. 요즘 국어 시간은 솔직히 좀 살벌해요.(하.하.)

송 모모 선생님께서 수업을 잘 이끌어 나가긴 하시지만 아무래도 너무 터프하셔서, 군대를 연상시키는 분위기가 흐른답니다.(수업시간에요.)

저희 반은 수업 태도가 안 좋아서 벌까지 섰답니다. 손들고 10분 동안 있었는데 10분이 왜 그렇게 길게 느껴지던지. 휴! 정말 십 년 감수했어요.(하.하). 앞으론 정말 열심히 해야죠. 아! 저 펜팔 친구가 있거든요. 저번에 한번 말씀 드렸었나요? 암튼, 잘 모르겠네요. 담양에 살아요. 만나본 적도 없고 얼굴도 모르지만 펜팔하면서 정말 많이 친해졌어요. 처음엔 좀 어색했거든요.

12월이 되면 1년이에요. 앞으로도 더 열심히 살고 싶어요. 그런데 요즘 욕심이 생기네요. 펜팔 친구가 더 있었으면 하는! 이런 욕심 가지면 안 될까요? 아무튼 걱정입니다. 날씨가 점점 쌀쌀해져요. 이젠 정말 겨울 같아요. 그러니까 감기 조심하세요. 전 벌써 감기에 걸렸답니다. 콜록콜록 (물론 전 튼튼해서 그렇게 심한 편은 아니에요.) 선생님 언제나 몸 건강하시구요.

안녕히 계세요.

1999년 10월 31일
제자, 안혜미 올림

후배들에게도
멋진 선생님

이민정
효성여중, 종건당 19기, 의사

그 동안 어떻게 지내셨어요? 너무 연락이 뜸했죠? 늘 하는 소리지만 마음뿐이네요. 저 무사히 예과 2학년 올라갑니다. 시험을 다시 보아서 다른 분야를 전공해야 하나 생각도 많이 했지만 꽤 오랜 고민 끝에… 그냥 다니기로 했어요. 이젠 광주도 익숙해져 갑니다. 언제쯤 선생님을 초대할 수 있을지는 모르겠습니다만, 광주는 눈이 많이 옵니다. 그래서 광주의 겨울을 좋아합니다. 방학이라고 집에 온 지도 꽤 되었네요. 덕분에 야학은 쉬고 있습니다. 이러면 안 되는데 말이죠. 저 야학하거든요. 마음만 가지고 시작한 일인데, 쉽진 않더군요. 이젠 어느 정도 적응도 되고 해서 할만해요. 여름방학 때는 덕분에 광주에 있어야할 것 같습니다. 어차피 하는 일 잘해야죠. 야학은 방학이 없거든요. 근데 엄마가 섭섭해 하시네요.

이번 방학이라도 집에서 잘 해야 할 텐데. 운전이다, 기타다 해서 밖으로만 다니네요. 저 운전면허 땄어요. 어릴 때 해두는 게 편할 것 같아서요. 기타는 음악 공부 차원에서, 또 동아리 활동차원에서… 과 동아리로 클래식 기타반 활동하거든요. 솜씨는 없지만, 한창 배우는 중이니까 늘겠죠. 음악을 좋아해요. 어릴 때부터 피아노치고, 고전 듣고 한 게 있어서 그런지 자라면서도 꾸준히 좋아해요. 지금도 시는 안 쓰기 시작하니까 잘 안 써지네요. 고3 때 마지막으로 쓰고 안 썼어요. 늘지 않는 실력을 참 많이도 원망했는데. 계속 안 쓸 생각은 아니에요. 또 써야죠. 읽는 건 조금씩이지만 하지만 계속 읽고 있어요. 좋아하게 되는 시도 자꾸 변하네요.

신경림 시인의 시가 참 좋았는데, 한참 읽다보니 조금 지루해지네요. 또 새로운 느낌을 만나고 싶어져요. 하고 싶은 게 참 많아요. 고등학교 때 대학에 대한 기대가 없었어요. 그저 졸업하면 가는가보다 했죠. 학교 다니기로 마음먹고부터는 달라졌어요. 다른 과보다야 바쁘지만, 그나마 시간 있는 것도 이번 학기(예과 2학년, 1학기)까지거든요. 2학기부터는 본과 공부가 시작되니까요. 할 수 있을 때, 그리고 한 살이라도 젊을 때 많은 걸해 보고 싶어요. 이번에도 방학 때 하고 싶은 게 너무 많았는데 돈도 없고, 시간도 없고 해서 반은 그냥 미뤄둡니다. 학년 올라가기 전에 많은 일들 경험하고, 느끼고 그렇게 저를 좀 키우고 싶어요.

지금까진 너무 절 가둬놓은 것 같아서요. 조금은 더 자유롭고 여유로운 모습의 민정이로 키워 보려고요. 쉽진 않겠지만 말이죠. 욕심만 앞서서 벌여놓은 일들 따라가기가 바쁠 때도 있지만 그게 좋습니다. 정신없이 바쁜 것. 하루가 몇 시간만 더 있었으면 하는 바람을 안고 지난 학기를 보냈어요. 이번 방학은 지금까지와는 다르게 조금은 여유 있게 보냈지만 남은 한 달은 달라지려 합니다. 스무 살. 선생님 처음 뵈었을 때가 저 열네 살 때였는데. 길다면 긴 시간이 지났네요. 그 시간 중에 지난해가 가장 의미 있는 해가 될 것 같습니다. 외모야 그 때나 지금이나 별다를 것도 없지요. 그 흔한 염색도 하지 않고, 화장도 답답해하니까요. 하지만 마음만은 몰라보게 자랐기를 바랍니다. 나이가 들어서 부끄럽지 않도록, 마음은 어른이 되어야겠습니다. 점점 자라는 민정이 모습 가끔 보여 드릴게요. 두서없이 쓴 글, 지금까지처럼 너그러이 이해해 주시리라 믿습니다.

몸 건강하시고, 그 웃음이 늘 그대로이길, 제게 그랬던 것처럼 후배들에게도 계속 멋진 선생님이시길 빕니다.

2000년 1월 18일
제자 이민정 올림

아낌없이 주시는
선생님

황인섭
대구고, 종건당 22기, 초등교사

안녕하십니까?

선생님 건강이 많이 나빠지신 것 같아서 걱정이 됩니다. 선생님께서 저희들을 위해 비바람을 막아주시고 있다는 사실 저 뿐만이 아니라 2학년 1반 전원이 알고 감사드리고 있습니다.

저는 선생님께서 저희 반 담임선생님이신 게 얼마나 다행인지 모릅니다. 지금껏 선생님만큼 저희들을 배려해주시고 아껴주신 선생님은 뵙지 못한 것 같습니다. 그리고 선생님의 유머감각은 가히 신의 경지(?) 같습니다. 재미있게 학교생활을 할 수 있다는 게 얼마나 활력이 되는지 선생님께서 아시리라 믿습니다. 저는 항상 선생님의 교육관을 믿고 존경합니다.

특히 수학여행 마지막 날 친히 선생님께서 우리반 아이들을 다 모아 놓고 술을 한 잔씩 돌리고서는 모두가 마음을 터놓고 앉은 자리에서 선생님께서 들려주신 이야기는 제 평생 잊지 못할 추억과 감명을 주었습니다. 아무래도 전 종건당의 충실한 당원을 넘어 심복이 될 것 같습니다. 부족한 제가 항상 선생님의 기대에 못 미쳐드려 죄송한 마음 금할 길이 없습니다, 하지만 부족한 것은 성실과 노력으로 메꾸기 위해 최선을 다할 것을 약속드립니다.

우리 반 50명 모두 착하고 선생님 또한 너무 좋으셔서 제가 1반인 게 자랑스럽습니다. 선생님께서 계획하신 친구 집 방 엿보기, 반 대항 체육대회, 이런 것들 모두 저희가 해보고 싶은 것들입니다. 선생님의 생각은 이상이 아니라 실현 가능성이 무궁무진 하다고 믿어 의심치 않습니다. 한 걸음 한 걸음 우리들에게 더 가까이 다가오기 위해 노력하시는 선생님 정말 자랑스럽습니다. 평소에 저에게 부드럽게 잘 대해 주셔서 감사합니다. 행여 제가 부족한 점이 있거든 서슴없이 꾸짖어 주십시오. 올해는 저에게 왠지 최고로 기분 좋은 해가 될 것 같습니다.

항상 학생의 본분과 자세를 견지하고 자신을 끊임없이 성찰하며 초심을 잊지 않는 제자가 되도록 노력하겠습니다.

선생님 항상 건강하시고 행복하시기를 부족한 제자가 두 손 모아 빕니다. 선생님 사랑합니다.

2001년 5월 14일
제자, 황인섭 올림

남 다른 수업을
하신 선생님

김민경
동문고, 종건당 25기

선생님 안녕하세요? 저 1학년 9반 김민경이에요

고등학교 처음 올라와서 선생님의 첫 번째 수업을 들은 게 마치 엊그제만 같은데, 벌써 한 학년을 마무리 하면서 이렇게 선생님께 편지를 쓰게 되어 감회가 참 새롭네요. 선생님께 이런 말 좀 이상하지만, '세월 참 빠르다' 라는 말이 실감이 나요. 생각해보면 지금까지, 선생님과의 추억이 참 많은 것 같아요. 배구시합 지도해 주신 것부터 매 시간마다 수업 한 것까지 수업 한 시간 한 시간을 제가 추억이라고 생각한 건 제가 그만큼 선생님 수업이 정말 남달랐기 때문이에요. 뭐랄까. 이때까지 '선생님' 이라고 하면 아무리 가깝다 해도 말로 표현하기 힘든 어떤 벽이 존재했던 게 사실이었는데 선생님 같은 경우에는 정말 속내를 다 터놓을 수 있을 만큼 편했어요.

그렇다고 해서 선생님이 우습고 가벼워 보인 게 아니라, 학생들의 입장에서 항상 생각해주시고 눈높이를 맞춰주신 점이 제겐 정말 인상적이었답니다.

제가 커서 교사가 되면, 꼭 선생님처럼 학생과의 벽을 허물 수 있는 그런 태도를 가져야겠다고 생각을 했을 정도로요.

선생님과 함께 했던 모든 순간들이 다 기억에 남지만 무엇보다도 선생님이 저희 반 배구 감독으로 저희에게 배구 지도를 해주셨던 게 가장 기억에 남아요. 그 때 너무 자상하게 잘 가르쳐주서서 하루 종일 배구만 했으면 좋겠다고 생각했답니다! 언젠가 시간 나시면 1학년 9반 배구팀 꼭 다시 지도해주시는 거예요! 아셨죠?

지금까지 너무 두서없이 편지를 썼는데요. 국어선생님께 대한 예의가 아닌 듯싶지만 그래도 이런 편지가 전혀 부끄럽지 않은 건, 선생님께는 조금의 가식도 없이 정말 제 마음을 전달하고 싶었기 때문일 거예요.

선생님, 약 1년이라는 시간 동안 정말 수고하셨고, 또 진심으로 감사드려요.

앞으로도 아무쪼록 몸 건강하게 지내세요!

2005년 12월 23일
김민경 올림

배구 감독
SBN 선생님

최나래
동문고, 종건당 25기

안녕하세요?

선생님! 저는 1학년 9반에 최나래입니다. 하하하 ^▽^ 일 년 동안 정말 유쾌하고 건전한 국어 수업하신다고, 많이 힘드셨죠?

3월 초에 선생님 수업을 먼저 들어본 5반 슬기(아시죠?)가, 국어 선생님이 너무 특이하고 웃기다면서, 긴장타라고해서. 처음 선생님 수업하시던 날 지금처럼 웃으시지도 않으시고, 너무 진지하게 그리고 특이하게 선생님 소개를 해주셔서 선생님 수업에 감명 받았어요. 지루하고 또 지루할 수도 있는 국어시간이지만 금요일 6교시는 즐거운 시간으로 여기면서 "SBN"이라고 앙칼지게 외치시는 선생님의 모습을 늘 기다렸습니다.

처음에 국어 선생님께서 정식 수업에서 거친 언어들(시XX, 개XX, 미화해서 ⇒ SBN)를 말씀하셨을 때 속으로 "맙소사" 하면서도 너무너무 재미있었어요.

특히 '봄봄' 수업 때 1인 3역으로 목소리 흉내도 내시면서 책 읽으실 때 그 중간 중간 SBN은 정말 잊을 수 없어요.

선생님이 저희들에게 거친 언어를 가끔 쓰셨지만 한 번도 욕 같지가 않았고, 그냥 선생님만의 언어로 함께 묻어나오는 자연스러움이랄까요?(욕인지 칭찬인지)

아무튼 한 해 동안. 아! 그리고 체육대회 기간에 저희 반 배구 코치 해 주신 점 정말 잊을 수 없어요!! 저희들끼리 너무나도(기초도 없이) 미흡했었는데, 선생님의 '종건당 배구 코치' 아래에, 저희 반이 결승전까지 진출하고, 더욱 뜻 깊게 운동할 수 있었던 것 같아서, 다시 한 번 더 감사드립니다.

마지막으로 한 해 동안 비록 일 주일에 한 번이라 아쉬웠지만, 저희에게 SBN을 아끼지 않으시고, 즐겁고 신나는 수업을 할 수 있도록 해주셔서 고맙습니다.

추운 겨울 날, 오픈카(자전차)라서 바람이 더욱 차가우실 텐데 보온에 더욱 신경 쓰시고요! 감기 조심하시고. 만수무강하세요.(푸하하)

2005年 12月 23日
최나래 올림 ^-^

이상한
선생님

손정희
화원고, 종건당 27기

선생님!

처음에는 선생님이 정말 이상한 선생님인 줄 알았어요. 그런데 선생님이랑 같이 수업하면서 선생님의 깊은 뜻을 알게 된 것 같아요. 화원고등학교에 와서 선생님을 만난 것이 가장 큰 행운 중의 하나에요. 이제 화원고등학교를 떠나신다니 슬프고도 많이 그리워 질 것 같아요. 선생님이 있었기에 제가 글에 대한 관심과 책에 대한 애정이 더욱 깊어졌어요. 고마워요. 체육대회 때 기억나시는지 모르겠지만, 우리 반 8인 9각(?)할 때 옆에서 선생님이 끈도 묶어주시고 구호도 같이 외쳐주셔서 1등을 할 수 있었던 것 같아요. 선생님의 힘이 아주 컸던 하루였어요. 그 이후에는 선생님들과 인연이 없을 줄 알았는데 저에게 글쓰기 대회를 출전하게 해주신 것에 대해서도 감사하게 생각하고 있어요.

저는 글쓰기 대회라는 기회를 선생님 덕분에 다른 아이들 보다 많이 얻은 것 같아요. 제가 비록 상을 타지는 못했지만 선생님에 대한 고마움은 여전해요, 그리고 많은 글 중에서 제 글을 알아봐주셔서 독후감 대회에서 상을 받게 되어 너무 기뻐요. 선생님이랑 저랑 같이 환경봉사도 했잖아요. 다른 아이들이 짓궂게 선생님에게 환경미화원이라고 놀려도 추우나 더우나 학교를 위해서 깨끗이 청소하는 선생님의 모습은 너무 멋있었답니다.

처음에는 청소하기도 힘들고, 형광 옷 입고 청소하는 것이 부끄러웠지만 선생님과 함께해서 즐거운 마음으로 청소를 할 수 있었어요. 선생님은 다른 학교 가서도 학생들의 관심을 많이 받을 거 같아요. 화원고등학교를 떠나셔도 건강하시고, 행복이 가득하길 바래요. 저 나중에 어른 되면 결혼할 때 제 이름으로 된 책 출판할거예요. 그 때 꼭 읽어주세요!

커서 꼭 찾아뵐게요. ~ ^^

그 동안 보고 싶을 거에요 그 때까지 저 잊지 마세요.

그럼 안녕히 계세요.

손정희 드림

다정다감한
종건당

이진희

화원고, 종건당 27기

선생님 안녕하세요?

오늘 마지막 시간인데 그 동안 추억도 많이 쌓이고 재밌는 수업시간 만들어 주셔서 감사해요. 이제 곧 헤어져야할 것이지만 선생님과의 재미있었던 수업들을 되새기며 인사하고 싶어요.

선생님을 처음 봤을 때 구수한 느낌이 들었어요. 뭔가 특이한 분 같기도 했는데 막상 계속 함께 얘기 나누고 수업하다보니 그냥 겸손한 분이세요. 되도록 상처받을 말이나 스트레스 받는 말로 분위기 흐리지 않게 노력하시고요. 늘 한 사람 한 사람 애칭을 불러주고 이상하게 걸어 다니고 활기찬 웃음이 세상에 이런 분도 있구나, 란 생각을 했어요.

세상엔 성질 포악하고 계산적인 사람만 득실거리는 줄 알았는데 되도록 밝고 좋은 모습과 좋은 점수를 주려는 선생님의 모습에 감명 받았어요.

대부분 남자 선생님들은 예쁜 애나 말 잘 듣는 애, 공부 잘하는 아이를 눈여겨보며 예쁘게 봐주고 그러는데, 선생님께선 골고루 사랑해주셨던 것 같아요. 저도 선생님의 따뜻한 마음을 느꼈어요. 일주일에 한번 국어시간이 오면 쓰고 싶은 글 마음껏 쓰고, 쉬고 싶을 때 쉬고 놀고 싶을 때 놀 수 있다는 마음이 있었어요.

그냥 명상처럼 두 눈을 차분히 뜨고 내가 원하는 말을 하얀 종이에 그냥 적기만 하면 되는 것이었으니까요.

선생님께 조금 죄송한 것이 있어요. 제가 1년 동안 발표를 안 했다는 거예요. 저는 이상하게도 발표시간이 오면 싫어졌어요. 소중한 제 마음인데 그걸 모두에게 말해버리면 제가 너무 바보스러울 정도로 여리고 쉬운 애라 생각할 거 같았거든요.

어쨌든 선생님과 즐거웠던 수업시간, 감사해요.

개그 콘서트 같이 즐거웠던 나날들 기억하며 앞으로 힘든 역경이 닥치더라도 눈물에 몸서리 칠 때 이겨 낼게요. 나에게도 행복한 일들이 언제나 이렇게 나의 뒤에 그림자처럼 드리워져 있구나 라며.

정말 선생님이 가신다면, 다시는 선생님처럼 다정하고 재미있는 사람을 만나긴 힘들 것 같아요. 우리 화원고를 명문 화원고라고 부르짖고 다니신 유일한 선생님.

제 이름을 투진희라 불러주신 유일한 선생님, 겸손한 웃음을 가지신 선생님.

　가지 않았으면 좋겠어요. 그래도 가신다면 어떻게 할 수 없잖아요.

　부디 안녕히 가세요.

이진희 드림

제4부
종건당의 저널리즘

※ 제4부에서는 선생님께서 언론에 발표한 글을 수록했습니다. 당시의 상황을 알 수 있도록 하기 위해 글을 발표할 때 선생님께서 계시는 곳을 표시하였습니다.

교실에서 온 편지

나의
대학 4년

김종건
대구대 국문과졸업생

  29살의 적지 않은 나이에 대구대 국어국문학과에 들어 올 때의 포부와 기대가 무엇이었거나, 들어와서 무엇을 공부했고 느꼈던지 간에 졸업에 필요한 최소한의 형식요건인 145학점을 이수한 나도 다른 동료들과 함께 4각의 학사모를 쓰게 된다. 이제 각기 다른 생활의 공간으로 이동해야 할 우리들로서는 지나간 대학생활의 회한과 보람에 감회가 새롭다.

  대학생활이란 것이 너무나 다양하여 한 마디로 말하기란 도저히 불가능하나 나에게 있어서 대학시절이란 일평생 분출할 수 있는 샘물 같은 에너지를 축척하는데 온갖 정열을 쏟은 시기였다. 자칫 조그마한 지식과 설익은 비판력으로 건방지게 행동할 수도 있고 자기 나름대로 얻어낸 문제해결책을 과신하여 과격한 행동을 서슴치 않을 수도 있는 시기에 난 나 자신의 발견에 힘쓰고 사회의 부조리와 모순에 흥분하기보다는 부정, 부패가 존재하는 현실 속에서 짠맛을 잃지 않은 소금이 되기 위해 노력하였고, 인간에게 있어서 가난은 무엇이고 돈과 권력은 무엇이고 우리가 진정 추구해야 할 가치는 무엇인가에 대해서 많은 시간을 할애하였다.

결국 무엇을 성취하느냐 보다 어떻게 살아야 하는가를 깨우칠 수 있었던 것이 나의 대학시절 3년 동안에 얻은 소중한 자산이다.

성숙한 인간이 되기 위해 노력하는 우리들 눈에 현실은 모순과 부조리 투성이고, 학원은 차츰 획일화 되어가고, 돈과 권력을 삶의 최고 가치로 여기는 사람들이 늘어만 가고, 삶의 보람과 의미보다는 쾌락과 향락에 귀중한 인생을 맡겨 버리는 사람들이 줄어들지 않는 한 우리는 괴로워하고 고민하지 않을 수 없다.

약간의 외곬스러운 면이 있는 나로서는 현실의 부조리에 때때로 강력한 반발심이 용솟음치고 인간 삶 자체의 모순에 회의하고 체념하여 혼자이기를 좋아하였다. 이와 같은 성격을 가진 나에게 같은 과의 좋은 친구들과 훌륭하신 선생님을 만날 수 있었던 것은 나의 대학시절에 빼놓을 수 없는 중요한 사건임에는 틀림없다. 오늘날 이구동성異口同聲으로 사제지간의 대화 단절을 원망하는 시대에 내가 원할 때 마다 시간과 공간을 초월하여 언제나 함께 하여주신 K 선생님께 지면을 통하여 정말 마음 저 깊은 곳에서부터 우러나오는 고마움과 존경을 전하여 드리고 싶다.

이와 같은 진실한 만남의 덕분에 학문하는 사람들의 고독과 재미가 무엇이고, 우리가 추구해야할 가치는 무엇인가, 진정한 인간의 참모습은 어떤 것인가에 대해서 인식할 수 있었다.

그래서 나는 늘 내 자신이 성장하고 발전하기 위해서는 사색하면서 행동할 필요를 강하게 느꼈고, 약속 시간을 20~30분간 지각하는 친구들의 행위, 도서관 출입문 하나 제대로 닫을 줄 모르는 동료들, 학점을 따기 위하여 수단 방법을 가리지 않는 친구들의 행위가 예사로만 보이지는 않았다.

앞으로 비록 현실 속의 사회인으로 살아가야겠지만 순수하게 살아가는 사람들을 더욱 사랑하고 어려운 이웃을 생각하며 내 생활이 가난하여도 비굴하지 않고, 부유해도 교만하지 않고, 내 어릴 적의 해맑았던 눈동자를 기억하면서 살고 싶다.

다가오는 새 봄의 대명동 캠퍼스에는 경직과 파괴가 아니라 자유와 평화가 충만하길 기원한다.

대구대신문, 1984년 2월

3일간의
생일 축하

김종건
효성여중 교사

지난 주 난 행복하게도 3일 동안 생일 축하를 받았다. 음력으로 구월 열하루가 생일인데 내가 수업을 맡고 있는 12반의 조아무개가 양력으로 잘못 알고, 초코파이 50개와 작은 초까지 준비해 수업을 시작하기 전에 이미 촛불을 켜놓고 기다리고 있었다. 그것도 모르고 평상시처럼 교실 문을 여는 순간 수십 발의 폭죽이 터지고 생일 축하곡을 부르며 야단법석을 떨었다. 교실 앞뒤에 있는 흑판에는 수 많은 축하 메시지가 나의 눈을 어지럽게 했다. 사실 너무 뜻밖의 일이라 한 동안 정신을 차리지 못했다.

간단한 의식이 끝난 뒤 초코파이를 나누어 먹고, 교탁 위에 놓인 두 개의 선물 꾸러미를 풀어보았다. 하나는 고무장갑, 수세미, 행주, 세척제가 들어있었고, 다른 하나는 즉석으로 끓여 먹을 수 있는 인스턴트식품인 '미역국' 한 봉지가 들어 있었다. 그리고 그 옆에 장미꽃 네 송이가 예쁘게 묶인 채 놓여있었다.

교사는 정성어린 작은 선물에 참으로 감동한다고 하더니만 이런 경우를 두고 하는 말이 아닌가 생각하게 되었다. 이와 비슷한 생일 축하가 토요일, 월요일까지 몇몇 반에서 계속 되었다. 교사생활 20여 년이 다돼 가지만 진짜 생일도 아닌 날에 그것도 연 3일 동안 축하를 받아보기는 처음이었다.

이번 일로해서 교단생활 20년을 잠시 돌이켜 보았다. 20대 초반 총각교사 시절 5~6년간은 모든 일에 의욕이 앞서 아이들에게 회초리도 자주 들었고, 학생 개개인은 물론 학급 성적에 꽤 많은 신경을 썼었다. 그 후 한 10년이 지나면서 무엇을 가르쳐야 하고 어떤 인간으로 키워야 할 것인가를 조금 알고부터는 예전같이 아이들과 교육에 대한 열정이 없어 늘 반성하곤 하였다.

여기에 오늘 날과 같은 성적위주의 엘리트교육이 판을 치는 학교 현장에서 인간교육, 학생 개개인을 위한 개성 있는 교육을 시도하는 교사는 교단 한 쪽 구석으로 밀려나기 십상이어서 늘 기가 죽곤 했다.

이와 같은 우리의 교육 현실에서 지난 주에 받은 3일간의 생일 축하는 나에겐 특별한 의미를 지닌다. 중학교 3학년은 고등학교 연합고사를 준비하는 학년인데도 불구하고, 시간을 쪼개어 '독서 토론회' '각종 주제 발표회'를 통한 토론식 수업방식을 학생들이 어느 정도 인정해 준 것 같아 큰 힘으로 전달되어 왔다.

이제는 정말이지 소신을 가지고 교육에 임해야겠다는 생각이 간절하다. 교복으로 아이들을 통제하고 획일적인 보충수업, 자율학습으로 10대들의 꿈을 말살하는 닫힌 교육에서 과감히 떨쳐 일어나야지만 우리에겐 미래가 있을 것으로 생각된다.

　교사들의 참된 거울은 교장도, 학부모도 아닌, 바로 아이들의 눈빛과 얼굴 표정임을 나는 언제나 잊지 말아야겠다.

하나신문, 1993년 9월 21일, 화요일

참 교사여!
어서 오라

김종건
효성여중 교사

지난 주 전국교직원노동조합에서 교육부의 해직교사 전교조 탈퇴 뒤 복직허용이라는 조건을 수용하기로 했다는 보도가 있었다. 참교육 실현을 위해 대부분의 해직교사들은 사랑하는 아이들이 있는 학교현장으로 돌아가겠다고 밝혔다. 지금까지의 고생을 생각하면 참으로 어려운 결단을 내렸다.

1989년 전교조 결성과 함께 교사로서는 극형에 해당하는 파면과 해직을 당하고 오늘까지 경제적 고통은 말할 것도 없고 가족과 부모 형제들의 마음 고생까지 생각하면 이들의 고통은 당하지 않은 사람은 상상하기 힘들다.

문민정부가 들어서고 변화와 개혁이란 시대적 요청에 따라 사회 각 분야가 기존의 잘못된 제도와 의식을 바꾸고 모두가 새롭게 태어나려는 노력을 지속적으로 하고 있다. 이와 같은 시기에 해직 교사들도 불만스러운 조건이지만 교육부의 요구대로 복직을 결정한 일은 그런대로 의미 있는 일로 생각된다.

김수환 추기경께서도 이번 기회에 우리가 개혁을 하지 못하면 급변하는 세계 속에서 영원한 낙오자가 된다고 걱정 어린 충고를 하셨고, 다소 불만스러운 점이 있지만 많은 국민들은 새 정부가 추진하는 각종 개혁 작업에 능동적으로 동참하고 성원을 아끼지 않고 있다.

　정치 분야, 경제 분야가 새로워지고 검찰과 사법부가 새 출발을 다짐하고 있다. 그런데 가장 먼저 새로워져야 할 교육계가 아직은 아무런 미동도 하지 않고 있어 보는 이에 따라 답답함을 금할 수 없다. 단지 상부관청의 공문에 의한 지시라면서 오후 5시 퇴근시간 엄수라는 학교 경영자의 지시 때문에 다소 경직된 분위기가 조성되는 것이 학교사회의 달라진 모습이다. '보충수업이다', '방송수업이다' 하여 새벽같이 출근하는 교사들에게 정식으로 출근하라는 지시는 없고 퇴근시간만 강조하는 교육관료만 있어 교사들을 우울하게 한다.

　참으로 문민시대에 학교는 어떻게 달라져야 할까?

　첫째, 아이들 장래를 걱정하는 교사들은 스스로 새로운 사고를 해야 할 것이다. 아이들에게 21세기를 능동적으로 살아갈 수 있도록 폭 넓은 인간 교육과 정보 전달을 위해 끊임없는 연구와 연수가 있어야 하겠다. 교사는 언제나 사무와 공문처리가 우선이 아니라, 아이들과 함께하고 그들의 고민을 진지하게 들어주는 사람이어야 한다. 교육의 본질과는 거리가 먼 각종 교육연구를 하여 점수를 따고 그것을 바탕으로 하여 교육행정직을 꿈꾸는 교사가 많으면 진정으로 아이들을 위한 참교육은 요원할 것이다.

둘째, 학교의 경영자들은 자기 학교 재학생 누가 수학능력시험에 수석하고 행정, 사법고시에 몇 명 합격했다고 선전 현수막을 만드는데 열을 올리는 일은 좀 자제해야 할 것이다. 정말로 해야 할 일은 전교생에 대해 질 높은 교육활동을 위한 교사들 뒷바라지에 열과 성을 다하면서 각 분야별로 소질과 재능이 있는 아이들을 그 재능과 소질대로 길러주는데 보다 많이 투자하고 관심을 가져야 할 것이다.

극히 일부이긴 하지만 일부 사립학교 경영자들은 전교에서 20~30등 안에 드는 학생에게만 기숙사를 마련해주고 그들에게만 각종 지원을 하고 수시로 면담하여 그 아이들의 가정환경까지 환하게 기억하고 있다. 이와 같이 흔히 머리 좋은 엘리트들에게만 관심을 가지는 편파교육이 지양되지 않는 한 우리 교육 전체가 질적 향상을 가져오기는 힘들 것이다. 소질이 다르고 지능의 차이가 있어도 함께 더불어 살아갈 수 있는 인간을 육성하는데 학교 교육을 책임지고 있는 경영자는 지금보다 더 세심한 관심과 배려가 있었으면 한다. 그래서 다음 새 학기부터는 교육과정에 명시된 특별 활동만이라도 편법 운영이 안 되도록 각별히 신경을 써 주었으면 한다. 설사 공부를 좀 못한다하더라도 인성면에서 밝게 자랄 수 있도록 학교나 가정에서 많은 노력을 기울여야 할 것이다.

지난 여름 해직교사 친구와 하룻밤 같이 지내면서 들은 이야기가 다시 생각난다. "이제 다시 학교에 가면 정말 올바른 교육을 할 수 있을 것 같다."고 나지막한 목소리로 말하였다. 해직기간 5년 동안 많은 독서와 체험에서 터득한 참 진리를 사랑하는 제자들의 가슴 깊숙이 심어줄 날이 하루 빨리 오기를 기원한다.

　해직 교사들이 학교 밖에서 얻은 소중한 체험과 현직교사들의 현장 체험이 함께 잘 조화를 이루면 지금보다 훨씬 알찬 교육이 이루어질 것으로 기대된다.

하나신문,1993년 10월 19일, 화요일

내 평생
잊을 수 없는 K 선생님

김종건

효성여중 교사

지난주 한국 불교의 큰 스승이셨던 성철스님께서 해인사 퇴설당에서 조용히 입적하셨다. 이 소식이 세상에 알려지자 전국에서 수많은 조문객이 해인사를 찾아 스님의 죽음을 애도하고 안타까워하였다. 그 이유는 간단하다. 그 분의 초인간적 수행과 깨달음의 경지가 우리 속인들로서는 감히 넘보지 못할 피안의 세계였기 때문이다. 늘 밥그릇 싸움과 바람 잘날 없던 불교 종단을 정화하기 위해 일생을 바친 고귀한 삶도 그 이유 중 하나일 것이다.

종교가 세속화 될수록 신자 수에 신경을 쓰고 돈에 관심이 많아지는 경향이 있다. 그런데 스님께서 누더기 장삼 하나로 일생을 보내셨다는 것은 오늘의 많은 성직자들에게 시사하는 바가 크다. 물욕 때문에 늘 사악한 마음이 생기는 우리들에게 더 큰 경각심을 불러일으킨다.

지금과 같은 사회적 변혁기에는 정치, 종교, 교육 등 각 분야에 참다운 지도자, 참 스승이 더욱 절실히 요구된다. 국가가 융성해지려면 훌륭한 지도자가 있어야 한다. 마찬가지로 개인에게도 진정한 스승을 만난다는 것은 대단히 중요하다. 이런 점에서 난 무척 행복한 사람이다. 초등학교부터 대학원까지 20여년을 많은 선생님을 만나고 그 가르침을 받았지만 지금 서울에 계신 K 선생님은 내 인생에서 결코 잊을 수 없는 은사님이시다.

K 선생님은 교사는 있어도 스승은 없다고 개탄하는 오늘의 교육현실에 참 스승의 전형을 보여주신 분이다.

필자가 국어국문학 공부를 하겠다고 대학의 문을 두드린 때는 이 땅의 정치군인들이 광주 양민을 학살하고 군사 독재정권을 잡은 1981년도였다. 정의가 불의에 압도당하고 부패권력이 힘없는 민중을 압살할 때 대학의 교정도 외형상으로는 조용했다. 그 때 나는 '상투스' 동아리 후배들에게 불의에 맞서 싸울 용기는 없더라도 무엇이 정의고 무엇이 거짓임은 알고 이 추운 세월을 보내자, 역사를 두려워하는 사람이 되자고 구석진 곳에서 낮은 목소리로 말하곤 했다.

이 때 난 운 좋게도 K 선생님을 만났다. 첫 인상은 무표정과 냉철함이었으나 시간이 흐를수록 선생님의 학문에 대한 열정과 제자 사랑의 정열이 삭막한 교정을 녹일 만큼 따뜻한 분이라는 것을 알게 되었다. 나의 국문과 생활은 공식적인 교육과정에 따라 개설된 과목 수강에 의한 공부보다 K 선생님과 함께하는 현대문학반, 원서 강독반에서 발표하고 토론하면서 배운 공부가 훗날 내 전공의 초석이 되었다. 선생님은 그 기나 긴 방학을 항상 제자들을 위해 원서반 스터디 그룹을 만들어서 공부시키셨다.

공부가 끝나면 늘상 뒤풀이로 생맥주집, 막걸리집에 가서 사제지간의 따뜻한 정을 나누는 데도 결코 시간을 아끼지 않으셨다. 그 때마다 술값, 음식 값을 전부 아니면 상당액을 기꺼이 부담하시기도 했다. 그 당시 선생님께서는 20평 아파트에 전세로 사시면서도 제자들을 위해서 열과 성을 다하셨다.

하루는 후배 여학생 두 사람과 맥주 집에서 술을 마시다보니 새벽 3시가 조금 넘었다. 취중의 객기로 나는 선생님 댁에 전화를 드려서 지금 저희들이 앞산 체육공원으로 가고 있으니 선생님께서 나와 주셔야겠다고 했더니 새벽 4시쯤에 정말 선생님께서 나오셨다.

당혹함과 함께 그 기쁨 이루 말할 수 없었다. 지금 생각하면 참으로 당돌하고 무례한 짓임에 분명하다. 당신께서는 그런 우리들의 행동까지 다 받아주셨다. 그 뒤로 선생님께서 가끔 술이 취하시면 우리들을 '앞산 도깨비' 라고 부르셨다.

선생님의 제자 사랑은 선생님 댁을 방문하는 그 많은 제자들에게 절대 소홀함 없이 융숭하게 음식 대접을 해야만 직성이 풀리시는데도 잘 나타난다. 선생님께서 한번은 술자리에서 "사실 난 자네들에게 비가와도 물을 주고 싶었다."라고 하신 말씀을 난 아직도 생생히 기억하고 있다.

세상에 제자들로부터 대접받기를 은근히 바라는 선생님들은 많지만 참으로 제자들에게 베풀고 사랑을 실천하는 스승은 그리 많지 않다.

아무리 세상이 바뀌어도 성철 스님의 말씀처럼 산은 산이고 물은 물이어야겠다. 선생이 생활에 쪼들린다고 촌지에 유혹되거나, 권리직에 앉고 싶어 윗사람에게 아부하는 일에 열중한다면 그는 진정한 스승이 될 수는 없다. 이 땅의 진정한 교육개혁을 위해서는 교육부나 학부모도 바뀌어야 하지만, 무명 교사들의 의식과 그 결단도 매우 중요하다.

선생님! 유별나게 선생님을 따르고 좋아하던 전교조 해직 교사이자, 참 교사인 이상훈 선생이 복직되는 새봄에 그 옛날 자주 가시던 성당OB에서 술 한 잔 올리겠습니다.

하나신문 1993년 11월 16일, 화요일

자랑스러운 제자와의
아름다운 동행

김종건
효성여중 교사

1993년 2월 24일은 오래간만에 잔잔한 기쁨을 느낄 수 있는 날이었다. 꼭 일 년 만에 졸업생 제자들을 볼 수 있어서 좋았고, 작년에 우리가 떠나 올 때 "내년에도 꼭 와!" 하던 국제재활원 원생들을 다시 만날 수 있어서 즐거웠다.

아침 일찍 재활원에 가기 위해 약속 장소에 나가니 벌써 학생들이 많이 나와 있었고 조금 있으니 함께 갈 학생들이 한 사람도 빠짐없이 다 모였다. 지난해는 간다고 해놓고 여러 가지 사정 때문에 결국 참석하지 못한 아이들이 꽤 많았는데 올해는 전원 참석했다는 것이 좀 놀라웠다.

물론 이번에는 졸업한 제자들이 고등학교에 진학하여 새 밀알 회원들을 만들고 곳곳에 그 씨를 뿌려 놓은 결과 처음부터 차의 탑승 인원의 제한으로 가고 싶어 하는 제자들을 다 데리고 가지 못하는 안타까움도 있었다. 참 행복한 고민이었다. '학원이다.' '시험공부다.' 하여 요즈음 학생들은 잠시도 다른 사람 생각할 여유 없이 바쁘게 살아가는데 한나절 시간 내어 소외 받고 있는 장애인들과 함께 하겠다는 생각이 너무 고마웠다.

사실 장애인들의 아픔과 고통 덕분에 지금 우리들이 이 정도나마 편하게 살고 있다는 어느 신부님의 말씀을 듣고 난 후부터는 장애인에 대한 우리들의 인식이 크게 달라졌다. 어떤 면에서는 우리 모두가 장애인들에게 고개 숙여 참회하고 감사해야 할런지도 모른다. 왜냐하면 선천적으로 장애를 갖고 태어난 사람들은 어른들의 무절제, 타락과 쾌락 때문에 생긴 결과이기에 이들의 고통은 우리의 고통이자 아픔이다. 이는 결국 우리 어른들의 문제다.

3년 전부터 제자들과 함께 시작한 재활원생들과의 만남이 이제 의례적인 연중행사가 아닌 더불어 살기 운동의 일환으로 지속적으로 해야 할 이유도 바로 여기에 있다. 사실 우리도 엄밀히 말해서 정상인이 아니라고 할 수 있으며, 장애인 그들도 결국은 우리 가운데 그 정도가 좀 심한 사람들일 뿐이다.

3년 전 천주교 대구 교구청 산하 수녀님들이 운영하는 동구에 있는 일심 재활원을 방문했을 때의 일이다. 많은 여학생들이 한 재활원생의 기습적인 습격 - 야구 방망이 모양의 막대기로 뒤통수를 맞음으로 곤혹스러워 하던 모습이 아직도 생생하다. 그러나 이들과의 만남이 계속 되는 동안 이제는 아주 자연스럽고 친한 친구를 만나는 것처럼 친숙해졌다. 재활원 방문 3년 만에 밀알회원도 많이 늘어났지만 장애인들을 대하는 학생들 태도 역시 많이 성숙해 보여 가슴 뿌듯하였다.

인도의 성녀 마더 데레사 수녀님이 80년대 초 효성여대 강당에 와서 강연한 말씀이 아직도 기억에 생생하다. "가난한 이웃을 위하는 길은 백 마디 말보다 지금 당장이라도 그들에게 찾아가서 라면 1박스를 전해주고 손이라도 한번 따듯하게 잡아주는 것이다."라고 하셨다. 더불어 살아가는 사람들에게 중요한 것은 공동체 의식과 함께 고통 받는 이들 곁으로 가까이 가는 실천이 무엇보다 필요하다. 우리의 나눔은 머리로서가 아닌 가슴으로 나누어야 하고 누구에게나 소중한 시간과 물질의 나눔이 있어야 한다. 이렇게 함으로써 우리가 사는 사회가 지금보다는 조금 나은 사회가 되고 우리도 그만큼 더 행복해질 수 있을 것이다.

재활원 방문을 마치고 서부 정류장 부근의 어느 조그마한 분식점에서 오늘 원생들과의 만남에 대한 소감을 발표하는 기회를 가졌다. 그 중 한 학생이 다음에는 다른 재활원에 갔으면 좋겠다고 했다. 그 이유를 물으니까 재활원 시설이 너무 좋고 각방 선생님들이 원생들을 너무 잘 보살펴 주서서 자기가 할 일이 별로 없었다는 것이다.

사실 시설 면에서 보면, 작년과 비교가 되지 않을 정도로 훌륭했고, 원생들의 표정도 한결 밝아 보였다. 내가 같은 곳을 고집한 이유는 한번 맺은 인연을 소중히 여기고 지속적인 관계를 계속했으면 좋겠다는 의미에서였다.

그런데 아이들의 생각은 장애인들은 늘 낙후된 환경, '형제복지원' 같은 시설에서 생활해야만 하는 것으로 인식하고 있었다. 아마 이것도 우리의 잘못 중 하나임이 분명하다. 어른들의 잘못으로 신체적 불편과 정신적인 고통을 겪고 있는 것도 억울한데 생활환경마저 열악하다면 너무 가혹한 시련이 아니겠는가?

1년 만에 다시 만난 원생들이 전에 비하여 훨씬 밝은 표정으로 우리들을 맞아주었다. 오늘이 있기까지에는 그들과 하루도 빠짐없이 함께 놀아주고 이야기하고 반복훈련과 교육에 청춘을 불사르고 있는 담당선생님들의 사랑과 희생 덕분일 것이다. 이 선생님들을 볼 때마다 참으로 고개 숙여 존경과 감사를 드리고 싶었다. 동시대에 사는 많은 세상 사람들은 투기를 하지 못해 안달이고, 고액과외로 일류대학 못 보내서 야단이고, 수단 방법을 가리지 않고 작은 권력이라도 쥐고 싶어 몸부림치는 세상에 음지에서 고생하는 그들은 도대체 누구인가?

우리 사회의 어둡고 구석진 곳에서 참 평화를 갈망하고 빛을 밝히는 하느님의 착한 목자가 이들이 아니고 누구인가? 요즈음 세상 모두들 잘난 체하고 능력보다 더 큰 일 하고 싶어 하는 세상에 진정 이 땅에 누룩과 소금의 역할을 묵묵히 하고 있는 이들 때문에 우리가 오늘 이만큼이라도 편하게 살고 있다고 생각하니 참으로 고맙게 여겨진다. 5공화국 때부터 '복지사회'를 외쳤지만 아직 열악한 시설 환경에서 고통 받는 장애인들이 많이 있다.

함께 살아야 하는 세상, 장애인들의 고통은 곧 우리들의 고통이자 아픔이다. 비록 장애를 지니고 있기는 하나 세상 누구보다도 순수하고 착한 원생들과 진정한 사랑과 희생이 무엇인가를 몸소 실천하고 보여주고 있는 재활원 선생님들을 만나는 일이 이젠 여간 즐거운 일이 아니다. 재활원 방문 때마다 신앙의 신비와 교육의 신비를 체험하고 가슴 가득 기쁨을 안고 돌아온다.

재능과 소질이 다르고 신체적 장애가 있다 하더라도 한 인간으로서 누구나 인간답게 사는 세상이 되기 위해서 우리들 모두는 각자 가진 것을 조금씩 나누고 우리들 주변에 있는 장애인 형제들을 보다 따뜻한 마음으로 맞이하고 함께 하는 자세가 정말로 필요하다는 생각이 나의 뇌리에서 떠나지 않는다.

교직 생활 20년 만에 참교육이 무엇인지는 잘 몰라도 인간은 무엇이며 어떻게 살아야 하는지를 조금은 알 것 같다.

'밀알' 지에 기고한 글임